KEIGO HIGASHINO

東野圭吾作品集——11

鳥人計畫

東野圭吾 著

高倉燦 譯

鳥人計画

導讀——

科學東野的起點

【推理評論家】冬陽

在諸位當紅的日本推理作家當中，東野圭吾可能是最容易、也是最難以介紹的一位。

何以容易？根據日本《週刊文春》於二〇一一年底公布的「年度十大推理小說」（ミステリーベスト10）中，東野圭吾以《萬花筒飯店》、《麒麟之翼》、《仲夏方程式》（以上書名均暫譯）三部作品，分別拿下第四、七、九名，成績斐然。作品影視化的部分，二〇一一全年統計下來，竟有七部之多，分別是《紅色手指》、《白夜行》、《十一字殺人》、《布魯特斯的心臟》、《迴廊亭殺人事件》、《黎明破曉的街道》與《使命與心的極限》。

小說質佳又暢銷、影劇改編頻繁，使得東野不但受到日本讀者的高度關注，華文世界也跟著掀起一波「東野熱」，是近五年來著作譯介種數最多的推理作家。二〇一一年九月，還因「大陸地區盜版電子書猖獗、日本作家東野圭吾決定暫停授權繁體與簡體中文版」一事，登上新聞媒體版面，並引發讀者在網路上熱烈討論——由此看來，一般人想要認識東野圭吾，真是一點也不困難。

但若要好好來介紹東野圭吾是怎樣的一位作家，可就不那麼簡單了。

一九八五年，東野圭吾以《放學後》摘下第三十一屆江戶川亂步獎，從此進入推理文壇，至今超過二十五年。在這四分之一個世紀中，他的寫作路線十分明確，堅守佈線解謎的本格推理型式，幾乎不曾偏離，可是題材、風格卻極為多變，鮮少自我複製，成為其作品的一大特徵。

然而，這種「多變」的風格可能並非東野所願，而是在彼時特有的出版閱讀狀況下不得不採取的應對調整。

那是個社會派推理小說當道的時代，即便距松本清張於一九五七年連載長篇小說《點與線》、開啟此一流派已近三十年，但在東野出道的當時，社會派仍是閱讀與創作主流，本格派尚未吹響復興的號角。包括東野的得獎作《放學後》，甚至是江戶川亂步獎歷來的獲獎作品，純粹的本格推理小說並不容易受到青睞，尤其故事的舞台過於架空而脫離現實、運用的詭計過於浪漫奇想而欠缺實際的作品，更是屢屢被排除在得獎名單之外。

因此，東野在《放學後》選用了寫實的高中校園作為故事背景，然後持續變換題材，延伸到同為日本講談社出版的《畢業——雪月花殺人遊戲》、《魔球》、《浪花少年偵探團》等作品上，登場人物與故事皆具有濃厚的青春氣息，「寫實本格」的書寫方向便在這幾部作品中逐漸摸索、顯露出來。

不過，相對於寫實本格的「浪漫本格」作品，東野也曾寫過幾本，日本光文社（カッパ・ノベルス書系）出版的《白馬山莊殺人事件》、《十一字殺人》，以及講談社（ノベルス書系）出版的《十字屋的小丑》，便是選用了童謠附會殺人等古典本格推理小說常見的主題來創作。

一直到第十部作品，一九八九年由日本新潮社出版的《鳥人計畫》，一個新的元素加進這部小說之後，東野的作品特質才完整確立下來——

那就是科學。

在此所強調的科學，並不僅限於犯罪詭計的佈設，例如利用釣魚線從門外把房間內側的門閂扣上、將刺殺被害人用的冰錐丟進熱水中溶化而使凶器消失云云，否則東野在《放學後》所使用的密室手法即可視為科學元素的首次運用了。

東野特別著眼的，是「科學所帶來的影響」，可能在故事進行的中途改變了走向，或一開始便決定了敘事的背景、架構等。也就是說，當科學元素加進寫實本格的書寫路線後，其影響力遠大於單一個犯罪詭計，甚至能在故事的結尾營造極大的震撼感與意外性，或是帶給讀者強烈的預言、警世意味。

是故，這樣的科學元素不常單獨存在，往往伴隨其他主題一同出現，例如在《祕密》與《嫌疑犯X的獻身》中探討的愛情、《異變十三秒》描繪的人性善惡、《分身》質疑的醫學倫理、《白金數據》反諷的科技辦案等等，既強化了推理小說的廣度與深度，也突顯出東野作品多變風格中的不變核心。

本書《鳥人計畫》，即可視為「科學東野的起點」。在這部作品中，東野選用的是運動科學，搭配的主題則是「競爭」。故事背景為日本滑雪跳躍界，主要關係人物多是日本代表隊的選手、教練與指導員，在一個幾乎是禁閉的空間（投宿飯店）與單純而有限的人際關係中，究竟是誰起了怎樣的動機、運用什麼手法，殺害了可能為國家帶來榮耀的體壇明日之星？又是誰識破了犯人原以為天衣無縫的「完全犯罪」手法？寄給警方的告發信背後隱藏著什麼祕密？

或許是因為東野圭吾在辭去工作成為專職作家之前受過完整的科學訓練，大阪府立大學工學部電氣工學科畢業的學識背景，讓他以科學最根本的思考概念而非皮毛的片斷知識，熟練且流暢地融入敘事之中而不顯突兀，並選用了剖析人心與社會病理的角度，揉合本格派與社會派引人入勝的特點，充分展現推理小說的娛樂性與嚴肅面。

哪怕是第一次閱讀東野圭吾的小說，亦或是每一本都不放過的忠實書迷，讀者們或許可以從「科學東野」的面向切入本書《鳥人計畫》一讀，享受這份特有的閱讀趣味。

目錄

前兆

那並不是會讓人特別留下記憶的事，只是令在場的人稍微留下奇妙的印象罷了。

那是一九八七年三月，在宮樣滑雪跳躍大會中發生的事。天空不時細雪紛飛，風向儀不斷轉變方向，就滑雪跳躍選手來說，這是很難捉摸的狀況。

「二十一號，深町和雄選手。日星汽車。」緊接在廣播聲之後，一名身穿藍色連身服的選手，從閘門開始滑行。

他是一名不起眼的選手。在比賽中從未擠進前面名次。這位選手以曲膝姿勢滑下，接著猛然一蹬。同時間，位在跳台旁邊的教練區裡的幾名教練和指導員，紛紛叫出了聲音。「糟了」、「怎麼會？」，有些則單純只是不自主地發出叫聲。

不管怎樣，眾人肯定都對深町選手這一跳作出同樣的判斷。

他的身體動作古怪至極。身體飛出後，並未以流暢的飛行姿勢移動，而是像發條故障的人偶般，以不自然的姿勢停格在空中。發出「啊～」這聲大叫的，是深町選手自己。他雙手亂揮，猶如被擊中的飛鳥般，一面掙扎，一面墜落。

身體重重撞向落地斜坡後開始打滾，藍色的連身衣轉眼已沾滿雪花。

滾了幾圈後終於停住，他慢慢地起身，拆下滑雪板，邁開步伐。似乎完好無恙，目睹經過的群眾也都鬆了口氣。

「好像平安無事呢。」教練區裡的人以無線對講機聽聞狀況後，也都放心許多，從這裡是看不到落地斜坡的。

「剛才到底是怎麼回事啊？」有人問道。

「不知道，可能是跳躍時沒跳好。」

「時機掌握得不錯，也許是衝太猛了吧？」

「深町是嗎？他最近狀況調整得不錯，可能是太求好心切了。」

眾人針對他跌倒的事所作的交談，就僅止於此。滑雪跳躍比賽跌倒是常有的事，指導員和教練們不久便忘了此事，大家的注意力全放在自己隊伍的選手身上。

選手們依序跳躍。宮之森跳台滑雪場，是進行七十米級跳躍的一般跳台，若有人跳出超越八十米的佳績，便會博得群眾歡呼。

三十號的選手開始滑行，也是位沒什麼特色的選手。從三十六度角的陡坡上滑下，衝進十一度角的跳台。但他蹬地躍起後，教練區又是一陣驚呼。那不自然的動作，與剛才深町選手一模一樣。動作僵硬，一點都不流暢。

這位三十號的選手也同樣墜落。

此事同樣沒引發多大的話題。

不過，這名選手和深町選手同屬於日星汽車，這點引起了指導員和教練們的注意。

「真教人同情，杉江先生應該很頭疼吧。」某位指導員偷瞄坐在包廂角落的杉江泰介。這位姓杉江的男子，是日星汽車滑雪隊的教練。此刻他眉頭深鎖，靜靜望著跳台方向。

「俗話說，有一就有二，無三不成禮。這應該會對接下來的島野帶來不少壓力。」有人以半開玩笑的口吻說道。島野是日星汽車所屬的另一名滑雪跳躍選手。

輪到島野了。傳來廣播的聲音，跳台旁的燈號由紅轉綠。

各隊的指導員和教練，都是從教練區向選手下達開始的暗號。杉江泰介以嚴肅的表情舉起了右手，迅速揮下。

這陣風來得好，正好改為迎面的逆風。

然而……

島野跳躍的模樣，比前面兩人更加古怪。蹬地後理應伸直的雙腳，竟然依舊彎曲，就在如此尷尬的狀態下停住不動，身體被拋向空中。

他就此墜落，離七十公尺遠的目標還有一大段距離，揚起一陣雪煙，一路往下滾。這次大家都沒說話，面面相覷。只有杉江泰介臉部肌肉抽搐，面向滑雪纜車。

日星汽車的三名跳躍選手，全都異常墜落。

天候沒有異常，也沒有突來的強風。這天跌倒的，就只有他們三人。

滑雪跳躍的比賽，每位選手各跳兩次，以距離分和姿勢分的總合一決高下。這天，日星汽車的三名選手全部放棄第二次跳躍。

眾人將此事解釋為壓力的連鎖反應。

除此之外，大家想不出任何理由。

而這起事件，只被當作是一件有點玄疑的小插曲，留在少部分人記憶中。

事件

1

有個東西從眼前橫越。

杉江夕子不自主地急踩煞車，猛打方向盤。在雪道上絕不能這樣駕駛，果不其然，輪胎打滑，車身跟著旋轉。所幸車子只略微偏斜，在道路中央停住，對向也無來車。夕子吁了口氣，打算再次驅車前進，但這時才發現車子熄火了，她一向不太擅長駕駛。

試了兩次後，終於重新發動引擎。她戰戰兢兢地啟動車子，雖是輕型車，但好歹也是四輪傳動，車子好像什麼都沒發生過似的，流暢地往前行。

那也許是北狐——她想起剛才出現的小動物。大倉山有家茶店的看板，正寫著：「北狐會造訪的店」。

夕子小心翼翼地在彎曲的雪道上行駛，前方沒有交會的來車，後頭也沒有車輛跟隨。夕子的前方，有數條重疊的輪胎車痕一路向前延伸。當中有兩條特別新的車痕，夕子心想，一定是他的車沒錯。

繞過最後的彎道後，便門出現眼前。便門的左半邊關閉，只開啟右半邊以供車輛通行。夕子略微放慢速度，通過便門。

方向盤打向右方，不久，巨大的白色斜坡出現在夕子面前。這是七十米級的跳台，宮之森跳台滑雪場。右側為札幌冬季奧運紀念碑與管理事務所，夕子將車子停在兩者中間。那裡已停了一輛廂型車，白色車身的側面，寫有「原工業滑雪隊」的字樣，車內沒人。

夕子下車後，纏上圍巾，由口中吐出的氣，馬上化為白色的煙團飄散。每到午後，這一帶的風勢便會增強，因此滑雪跳躍的選手們都不會在這時間練習。

她往管理事務所的窗戶裡窺望，室內的燈亮著，但沒看到平時那位管理員。夕子手插在短大衣口袋裡，緩緩朝跳台走近。儘管天色灰濛，但雪面還是一樣刺眼。她以手遮光，重新眺望滑雪場的全貌。

下方遼闊平坦，但愈往上走坡度愈陡，寬度也愈窄。中段有個高起的跳台，再過去有個以陡急的坡度向天空延伸的窄細助滑坡。

夕子的視線來到起點台的位置後，就此停住，因為他就在那裡。在雪白的背景下，藍色的連身衣顯得特別鮮豔。

他想要跳嗎？夕子略感納悶。一般來說，滑雪跳躍的選手很少會自己一個人練習。

夕子抬頭仰望，發現他好像在起點台微微舉起右手。因為距離太遠，看不太清楚。不過夕子還是朝他揮手回應。

他就此展開滑行，果然打算要跳。只見他擺出曲膝姿勢滑行而下，身影先是消失在跳台後方，接著飛竄而出。

霎時間，夕子覺得奇怪，這不像他平時跳躍的模樣。當然了，她是個門外漢，無法評論跳躍的優劣，這應該說是她的直覺。

夕子的直覺沒錯。

他以異於平時的難看姿勢落地，狀甚痛苦地弓著身子滑下。接著，速度還來不及放慢，整個人便因衝勢過猛而跌倒，揚起雪煙。

滑雪板和藍色連身衣揚起白雪，飛舞了一會兒才停下。

「榆井！」夕子大叫，飛奔向前。沉靜的跳台滑雪場，只聽得見呼號風聲。

2

昨天舉行的一九八九年HTV盃滑雪跳躍大會的情況，佐久間公一記得很清楚。昨天休假的他，整天都在看電視。雖已年過三十，但至今仍舊是王老五一個，難得有休假卻無事可做，佐久間當然沒試過滑雪跳躍，不過他喜歡欣賞比賽。

大會在宮之森跳台滑雪場舉行。晴朗的天氣和微微迎面的風，今天極適合舉行滑雪跳躍。昔日是知名選手的解說員，預測今天的比賽以原工業的榆井明最為看好。榆井近來的表現令人驚豔。解說員還說，他不單是個人狀況絕佳，跳躍方式也有其獨到之處，跳脫出日本選手的舊有框架。

「如果要舉例的話，他就像日本的尼凱寧（Matti Nykänen）嗎？」HTV的播報員問道。

「沒錯，他可以稱得上是日本的尼凱寧，這位選手蘊藏這樣的潛力。」解說員肯定地說道。

馬蒂・尼凱寧——這位出生於芬蘭的鳥人，他的大名在冬季運動界無人不曉。繼塞拉耶佛（Sarajevo）的冬季奧運取得九十米級金牌、七十米級銀牌後，他在卡爾加里（Calgary）的冬季奧運裡，連同新項目的團體賽在內，共贏得三面金牌。在世界盃中也展現了驚人的勝率，彷彿已打遍天下無敵手，號稱是百年難得一見的選手，其他選手只能爭奪亞軍。

榆井明具有足以與鳥人匹敵的才能。對近來滑雪跳躍積弱不振的日本而言，這是個充滿夢想的話題。事實上，榆井在本季的國內大賽中也確實未嘗敗績。即便是出國比賽，他也接連得獎，雖然至今仍未得過金牌，甚為遺憾，但是拿過兩次銀牌。正因為實力過人，所以在這場比賽中，解說員預言榆井將會獲勝，一點都不足為奇。而結果也確實如此。

其他選手都只跳出八十米左右的成績，唯有榆井跳過九十米線。他飛躍的模樣，光是從電視畫面上看，便覺得很與眾不同。飛行的弧度和別人截然不同，他看起來不像落下，而像是真的在空中飛翔。

第二次跳躍的結果也一樣。榆井第一次越過K點（極限點），為了避免速度過快，而將起點台往下降，但這對他反而更加有利。在其他選手因無法充分加速而紛紛失速的情況下，榆井的跳躍距離卻只比第一次少了兩公尺，著地時一個旋轉急停後，他微微擺出勝利架式。

嗯，日本也有厲害的選手嘛——佐久間心不在焉地望著電視畫面。

那是昨天的事。

而今天，突然傳來榆井明的死訊，而且死因疑點重重。

於是佐久間他們也前往調查，他是札幌西警局刑事課的搜查刑警。

「換句話說，是榆井先生主動找妳去的囉？」

面對佐久間的提問，原本就低著頭的杉江夕子，頭垂得更低了，長髮從雙肩垂落。

佐久間借用宮之森跳台滑雪場的管理事務所進行偵訊。他和一位姓新美的年輕刑警負責偵訊杉江夕子，夕子似乎在南區的幌南運動中心上班。

今年芳齡二十六，但是感覺比實際年齡還沉穩。她的五官鮮明，帶有一點古典美，雖然淚痕已乾，但雙眼依舊紅腫。

據她所言，今天中午過後榆井打電話給她，要她下午一點半到宮之森的跳台滑雪場來。她沒問榆井有什麼事，他們幾個月前開始交往，似乎有幾次都是這樣見面。

「妳實際抵達的時間是幾點？」

「比一點半早一點，可能是一點二十五分吧。」

「你們每次都約在這裡見面嗎？」

「不，以前不曾約在跳台滑雪場見面。」

「那麼，妳應該覺得有點奇怪吧？」

「是有一點，但我沒想太多。」

佐久間心想，也許真是這樣吧。滑雪跳躍選手約在跳台上見面，沒什麼不自然之處。

關於榆井倒地的情形，一開始便已問過。佐久間只覺得這種情況很不可思議。跳躍後露出痛苦的表情，然後就此倒地……

在夕子的通知下，榆井隊上的人馬上帶著醫生趕到。醫生聽完夕子的描述，觀察過榆井的情況後，當下認為有聯絡警方的必要，因為他判斷榆井疑似中毒身亡，而且是劇毒。

於是佐久間他們才會來到這裡。

「妳昨天和榆井先生見過面嗎？」佐久間窺望夕子低著頭的側臉，如此問道。

「見過。因為昨天這裡有比賽。」

「我知道。HTV盃對吧？榆井選手獲得壓倒性的勝利。」

「我們在比賽完見面。一起用餐，然後喝了些酒。」夕子說出店名。全是位在薄野的店家。

「當然只有你們兩個人，對吧？」

「是的。」夕子簡短地應道。

「後來你們去了哪裡？」

「哪兒也沒去……我回公寓，榆井回集訓住處。」

「這樣啊。」佐久間將此事寫進記事本裡。據他打聽得知，日本代表隊今天似乎沒有練習，昨晚可以自由在外過夜，所以就算榆井到夕子的公寓過夜，也沒什麼好奇怪的。夕子獨自住在她上班的那家運動中心旁。還是說，他們兩人的關係還沒那麼親密？

「昨晚用餐時，榆井先生聊了些什麼？」

「聊了些什麼……他想到什麼就聊什麼。」

「榆井先生的談話中，有沒有什麼令妳印象深刻的事？」

「不知道耶。」夕子伸手托著臉頰，微側頭。「他和我在一起時，幾乎都是他一個人在講。他知道很多令人意外的事，不過，他講的話題都沒什麼關聯，而且總是不斷改變話題。」

「妳可以從中想出幾個例子嗎？」在佐久間的請託下，夕子默默思考了片刻。

「例如如何捕捉鱷魚。」她說。
「鱷魚?」
「還有關於偶像歌手臉上痣長的位置、職棒優勝隊伍與政權輪替期的關聯……像這種毫無關聯的話題,他總是一個接一個的說個不停。」
「哦。」佐久間伸手搔頭,望向坐在一旁的新美刑警。新美也側頭不解。
「他一直都是這樣嗎?聽妳剛才所言,感覺他好像有點躁狂症。」
「他一直都是這樣,從來不會心情不好。」夕子以沒有高低起伏的音調說道。
「也許他是和妳在一起,才會心情這麼好。」新美從旁插話。「也許吧。」夕子說道。
「這麼說來,他都和平時一樣,沒什麼不同囉?」
「是的。」
「請容我作個比喻。榆井先生有沒有可能是服毒自殺呢?」
「自殺?」她雙目圓睜。「為什麼要這麼做?」
「我不知道。所以才請教妳有沒有這個可能。」
但她一樣搖頭。「不可能。」夕子的長髮柔順地擺動,微微傳來洗髮精的香味。
「女方年紀比較大是吧。」杉江夕子離開後,新美如此說道。言語間帶有些許揶揄的味道。
「榆井幾歲?」
「應該剛滿二十二歲吧。」

「二十二歲？真年輕。」佐久間頗為驚訝。「這麼年輕，卻這麼厲害。」

「你是指很多方面，對吧？」

新美的嘴角上揚時，門打開了，一名男子往內探頭。他是這間事務所的主人，亦即管理員。年近半百，稀疏的白髮理著小平頭。渾圓的臉蛋，配上一付金框的方形眼鏡。

「請問……已經問完了嗎？」他往那兩名刑警臉上來回打量，如此問道。

「已經問完了。謝謝你。」佐久間站起身，管理員走進房內，換上脫鞋。他個頭不高，但體型相當寬闊。身穿藏青色的衣服，或許是制服。

「可以佔用你一點時間嗎？」在穿鞋之前，佐久間轉頭望向管理員。滿頭白髮的管理員咦了一聲，露出不安的眼神。

「這位大叔，請問你貴姓？」

「角野。鹿角的角，原野的野。」

「角野先生，你今天一直都在這裡嗎？」

「我從早上開始都在這裡。一直到下午五點都是上班時間。」他很乾脆地說道。

「你知道榆井先生來過這裡嗎？」

「知道，我從窗口看到他時，他扛著滑雪板從窗前走過。」角野伸手指著前方，佐久間望向窗戶的方向。從窗口正好可以望見跳台的減速道。

「大約是幾點？」

「是廣播一點報時後沒多久的事，所以大約是一點十五分左右。」

「之後你一直都待在這裡嗎？」

「不。」角野側著頭。「之後我在裡頭。所以不知道那位小姐也來這裡。」

「榆井先生倒地時，你有看到嗎？」

「不，從這裡看不到。那位小姐神色慌張地衝進這裡，我才知道這件事。」

「然後呢？」

「她打電話給集訓住處。那段時間我都在查看榆井先生的情況。坦白說，我也不是很清楚，但我認為最好不要亂動他比較好。如果是腦溢血的話，不是不要亂搬動比較好嗎？」

「這是聰明的判斷。」

事實上，屍體沒被搬動，可真是幫了警方一個大忙。這樣就可以判斷，他是在什麼樣的狀態之下倒地。

「滑雪跳躍的選手獨自練習，是常有的事嗎？」新美改變話題。

「以前有，但最近比較少了。如果沒湊齊相當的人數，我們不會啟動滑雪纜車。」

「嗯，滑雪纜車是吧。」

跳台旁設有通往山頂的滑雪纜車，是選手和員工專用。今天當然沒啟動，所以榆井明似乎是走跳台旁的樓梯上山。

「請問到底怎麼回事呢？」角野略顯顧忌地問道。

「你是問哪件事？」佐久間反問。

「榆井先生啊，我聽說他是自殺。」佐久間聳聳肩，故意睜大眼睛搖了搖頭。

「詳情我們也不清楚，現在才正要調查。」佐久間向他道了聲謝，就此步出管理事務所。

回到案發現場，遺體已經被搬走，加藤主任獨自站在該處，仰望跳台。加藤是佐久間他們的上司，雖然個頭矮小，但體格精壯。一頭花白的頭髮，整齊地梳往後方，鼻下的鬍鬚也摻著些許白毛。佐久間他們在偵訊杉江夕子時，加藤應該是在向榆井明所屬的原工業指導員，詢問相關的事情，現在指導員們似乎離去了。

「你不覺得很了不起嗎？」佐久間走近後，加藤依舊眼望跳台如此說道：「從那麼高的地方滑下，而且還能飛越數十公尺遠。光想就令人覺得心臟緊縮。」

「你知道嗎，滑雪跳躍的發祥地是挪威。」佐久間也抬頭仰望。

「挪威是吧，我以前都不知道呢。」

「原本這是懲罰犯人的一種手段，他們讓犯人穿上滑雪板，從陡坡上滑落。斜坡的前方有一處凸起，犯人們會從那裡被拋向半空，目的是讓他們體驗那時候的恐懼。」

「真是殘酷。」

「當時因為人們害怕這種處罰，犯罪率降低不少，可見它有多可怕。不過，它有一項特別的恩典，國王宣佈，如果犯人全程都沒跌倒，平安落地的話，他所犯的罪便可一筆勾消。有一次，一名犯人漂亮地平安落地。圍觀群眾紛紛拍手叫好，國王也看得龍心大悅，就此赦免了他的罪。這就是滑雪跳躍的起源。」

「哦，原來當初是一種懲罰手段啊！難怪這麼驚險刺激。」

加藤莞爾一笑，望著佐久間說道：「你對滑雪跳躍很清楚嘛。」

「因為我喜歡看。曾經從某本書上看過這段緣由。」

「那你看過榆井跳躍嗎？」

「昨天看了。」佐久間答：「他是個很厲害的選手。不，應該說曾經是。」

「聽說他贏得金牌。」

「他非常厲害，無人能及。」

「嗯。」加藤頷首，再次朝跳台望了一眼後，摸摸下巴。

「我向原工業的指導員問過話，榆井最近可說是如日中天，正在人生的顛峰，很難想像他會自殺。」

「而且是選在這種地方。」

「沒錯。」

加藤從大衣口袋裡取出口香糖，請佐久間吃。佐久間搖頭謝絕他的好意後，加藤俐落地打開包裝紙，把一片送入口中。

「我還問過其他指導員，榆井好像不是那種心思纖細的人。說好聽一點，是個性開朗，天真爛漫；說難聽一點，則是粗神經，凡事都不會深入細想。有人還說，他是處在完全沒有半點躁鬱的狀態，這種形容相當有意思。」

佐久間心想，這與他向杉江夕子問來的結果吻合。感覺他的人格特質愈來愈明顯，只不過，以前很少接觸過這種類型的人哪！

「他確實是服毒沒錯吧？」佐久間問。

「幾乎可以確定。毒物的種類得等解剖結果出爐才知道，但應該不是細菌性中毒。換言之，不是所謂的食物中毒。總之，那名醫生的判斷是正確的。」說到這裡，加藤故意清咳幾聲。「如果毒物有速效性，那榆井應該就是在跳台上服毒。」

「嗯。杉江夕子沒看到什麼嗎？」

「她說當時看不太清楚。」

「嗯。」加藤嚼著口香糖，再次抬頭仰望跳台的起點。「在這樣的距離下，確實看不出對方在做些什麼。」

「榆井到底在跳台上做了些什麼？」

「天知道。不過，根據調查，沒有任何跡象顯示榆井在上面吃東西。」

加藤想要說些什麼，但是佐久間其實很清楚，如果有什麼跡象的話，就可能是某個人在他的飲食中下了毒。

「這樣看來，他可能是自己服毒。」佐久間如此說道，但加藤對此不置可否。

「其實，有件事我很在意。」加藤悄聲道：「我詢問榆井有可能會服用什麼東西時，原工業的指導員峰岸說，榆井常服用維他命。」

「維他命？如果是這樣，應該沒什麼問題吧？」佐久間話才剛說完，加藤便微微閉上眼睛，搖了搖頭。

「我接下來要說的才是重點。他服用的維他命，好像是膠囊。」

「膠囊？這麼說來……」佐久間眉頭微蹙，加藤表情嚴峻地點了兩、三下頭。

「沒錯。在膠囊裡下毒，也是個方法。」

「榆井最後一次服藥，可能是在什麼時候？」

「今天午餐後。他一小時前才用完餐，之後便來到這裡，等杉江夕子前來。」

「原來如此。」

在他飯後服用的藥物中下毒，膠囊正好在杉江夕子現身時溶解，引發中毒症狀——佐久間認為有這個可能。

「已經扣押他的維他命膠囊了嗎？」

「我派島津去了。」

加藤提到年輕部下的名字。「我也請他順便調查榆井午餐吃了些什麼。不過，我猜這方面應該是查不到什麼線索。」

「真想早點知道結果。」佐久間直覺，這可能會是件棘手的案子。

3

日本代表隊在位於南一條的圓山飯店別館住下。原工業的指導員峰岸貞男一打開一一六號房的房間，便直接撲向鋪好的棉被上。他躺在床上，做了個深呼吸，度過漫長的一天，他全身像鉛石般沉重。

接受警方的訊問後，峰岸馬上聯絡公司。榆井算是在勞務課工作，勞務課長旋即趕來飯店，大致聽完事情的經過後，馬上又返回公司。不想為了一位在工作上幾乎沒任何往來的員工而捲進麻煩的風波中，似乎是課長真正的想法。

峰岸也曾打電話給榆井位於旭川的親戚。因為榆井既沒父母，也沒兄弟姊妹。接電話的人是他舅舅，但感覺他沒為榆井的死悲傷，而是顯得有些不知所措。當峰岸提到警方可能會前去詢問些事情時，他只以很厭惡的語氣應道「我們什麼都不知道」。不過，請他們在解剖完畢後前來領回遺體，他倒是很願意配合。

多方聯絡完畢後，又遇上體育記者的連番採訪。冬季運動界最受矚目的榆井明暴斃的消息，才一眨眼工夫，已在記者間傳開來。不過，關於榆井的死因，他們還未掌握正確消息。在宮之森練習時突然倒地，死因至今不明——峰岸只如此透露，其他事絕口不提。這是日本代表隊內決定採用的做法。

但不可能一直都用這種方式蒙混過關。

峰岸再次深呼吸，在床上翻身。當他彎起雙臂當枕時，左肘撞到某個東西。仔細一看，是榆井的旅行包，之前就他和榆井合住這個房間。

他已經不在了——峰岸在心中低語。但至今仍沒有真實感，一切似乎都只是個誤會。

不久，傳來了敲門聲，他出聲應門之後，看見三好靖之那黝黑的臉孔。三好是日本代表隊的總教練。

「要去吃飯嗎？」

「哦……都忘了。」峰岸撐起沉重的身軀，其實他現在根本沒食慾。

「今天很累吧。」三好出言慰勞，不過他自己應該也相當疲憊才對。聯絡滑雪聯盟、應付媒體，全都是三好一個人打點。此外，榆井的死，對他應該也打擊不小。他擔任日本代表隊教練已經三年，好不容易滑雪跳躍界出現了一位救世主，正為此高興時，卻發生這種事件。

「我已經告知選手們榆井的死訊。關於死因，只說是突然倒地，詳情一概沒提。我還有吩咐他們，不管記者問什麼，都不要回答。」

「給您添麻煩了。」峰岸低頭行了一禮。

「總之，打起精神來。」三好伸手搭在他肩上。

圓山飯店的本館一樓，有一間名叫「紫丁香」的餐廳。今天中午接到杉江夕子通知榆井的死訊時，峰岸正好在這裡喝咖啡。

滑雪跳躍隊的選手，通常都在這家餐廳用餐。平時大家都是一起吃固定的料理，但今天是假日，所以可以吃自己喜歡的餐點。

峰岸他們走進之後，覺得店內氣氛相當緊繃。有幾名用完餐的選手站起身，向峰岸和三好點了個頭，就此默默走出店外。而還在用餐的選手，則是動著手中的筷子，不發一語。

店內深處的座位，坐著冰室興產的教練田端，以及帝國化學的指導員中尾，當時就是他們兩人和峰岸一同趕往事發現場。他們發現峰岸和三好後，一本正經地舉手打招呼。

「今天給兩位添麻煩了……」峰岸一面說，一面就座。聲音相當沙啞。

「查出什麼了嗎？」中尾問。他身材清瘦，說話口吻總是如此冷淡。峰岸默默搖了搖頭。

「警方說可能是中毒而死的，對吧？」體型與中尾形成對比的田端，環視著眾人的臉，如此問道：「到底會是吞了什麼樣的毒藥呢？真不敢相信。」

「不過，身體一向健康的榆井突然倒地，這也沒辦法解釋吧？應該事有蹊蹺哦。峰岸兄，你可有什麼線索？」

經中尾這麼一問，峰岸反問道：「你指的是？」

「舉個例吧，會不會是自殺呢？以目前來看，就屬自殺的可能性最高。」

「我完全沒有頭緒。」說著說著，峰岸嘆了口氣。「現在反而是我很想自殺。」

「可是，如果不是自殺的話，那這又是……」中尾突然噤聲不語，因為女服務生藤井加奈江前來詢問點餐。加奈江也許也知道一些消息，顯得相當緊張。

點完餐之後，峰岸儘可能以溫柔的口吻向加奈江問道：「刑警有問妳什麼嗎？」

她將托盤抱在胸前，微微頷首。她有些下垂的眼尾，平時讓人覺得很可愛，但今天顯得有些悲傷。

「警方說，想扣押榆井先生的藥。還說他們已事先徵得峰岸先生的同意。」

「嗯，這我知道。還有問妳其他事嗎？」

「還問榆井先生中午吃什麼。我記得好像是燉牛肉，所以就這樣回答。警方就問這些。」

「這樣啊。謝謝妳。」道完謝，加奈江逃也似的走進櫃台裡。

目送她離去後，「這是怎麼回事？」中尾壓低音量問道：「榆井吃的藥不就是維他命嗎？」

峰岸默默頷首，拿起加奈江剛才端來的杯子，喝了口水。

之前那位姓加藤的中年刑警約談時，峰岸馬上告訴他關於維他命的事。因為他判斷這種事還是早點說得好。

加藤似乎很感興趣，還叫峰岸拿藥給他看。峰岸告訴他，藥在飯店裡。並告訴加藤，為了防止榆井飯後忘了服藥，他把藥寄放在餐廳的女服務生那裡。

「維他命發生過副作用嗎？」田端自言自語道。峰岸心想，你的第六感也太差了吧，但他什麼也沒說。

峰岸他們用完餐時，一名高大的男子推開店門走進。中尾似乎也發現了他，暗啐一聲，把臉轉向一旁。正要說話的田端見狀，也旋即閉嘴。男子環視店內，發現峰岸他們後，先是挺起胸膛，接著邁開大步朝他們走來。感覺似乎極力在壓抑激動的情緒。

「聽說榆井死了？」男子以低沉卻又清楚的聲音問道。他的鼻梁高挺，眼窩凹陷，感覺不太像日本人。他似乎想刻意展現平靜的表情，但目光卻咄咄逼人。峰岸發現他的目光正射向自己，只好無奈地回答一聲「是的」。

「為什麼他會……到底發生了什麼事？」

「就是因為不清楚，才會這麼麻煩。您不妨問令嬡吧。」說完後，中尾拿起桌上的Cabin Mild香菸，站起身，田端也跟著站起。男子朝他們瞄了一眼後，往三好隔壁坐下。

男子是日星汽車滑雪隊教練杉江泰介。以前曾是知名的滑雪跳躍選手，現在應該已四十七、八歲，不過他結實的體格和皮膚光澤，看起來像是三十多歲。

他同時也是杉江夕子的父親。

「聽說他是突然倒地，不過，他應該沒有什麼特別的疾病吧？」杉江像在責備似的問道。

「不是疾病。」

「不然是什麼？」

峰岸提到中毒的事。連杉江也大為驚訝。

「什麼時候服下的？」他問。

峰岸搖頭。

「不知道。」

「怎麼會有這種事！」杉江不悅地說道，一拳打向桌面。人在櫃台裡的藤井加奈江，吃驚地望向他們。

「怎麼會發生這種事？他可是難得的金雞母啊。」杉江打向桌面的拳頭握得更緊了。手背上青筋直冒。

——金雞母是吧……

峰岸以空虛的心情望著杉江的反應，一再思索他說的話。

4

澤村亮太以無法置信的心情接受榆井明暴斃的消息，就此度過一夜。

住同一個房間的兩名前輩，在熄燈後馬上打起呼來，但澤村卻是難以入眠。闔上眼睛不久，榆井的身影馬上浮現眼前，替滑雪板上蠟的榆井、扛著滑雪板坐上纜車的榆井，以及他開始滑行前的眼神。

他並不感到難過，兩人並非有多親暱的交誼。不只是澤村，沒人和榆井有私交。儘管如此，一想到他已不在人世，還是會感到不安，彷彿遺忘了某個重要的東西。

澤村給自己解釋，認為這是因為自己失去了最大的勁敵。

因為對他來說，不管再怎麼努力，榆井都是他無法突破的高牆。就算他以為自己已跳出很好的成績，榆井還是能輕鬆超越他的距離。相反地，在看過榆井的跳躍後，感覺自己飛行的模樣就像沒摺好的紙飛機般，慘不忍睹。

此外，澤村對於榆井那異於常人的開朗個性，同樣感到無法招架。不管什麼時候，總是笑個不停，那不是天不怕地不怕的笑臉，而是一種近乎病態的開朗表現。他在緊張局面下露出笑臉，總會令澤村無來由地感到焦躁易怒。

昨天也是如此，澤村想起ＨＴＶ盃的事。

第一次跳躍，澤村的名次僅次於榆井。只要再多逼近Ｋ點一些，甚至有可能反敗為勝——他坐在起點台上如此暗忖。

燈號轉為綠色。按照規則，必須在接下來的二十秒內開始滑行。澤村望向跳台旁的指導員。指導員揮手，這是叫他開始的暗號。

在開始前，澤村望向身旁，剩下的選手就只有楡井一人，他正在樓梯上堆小雪人玩。當他發現澤村的視線時，臉上泛起靦腆地笑容，就像個惡作劇被人發現的小孩。澤村莫名地湧上怒火，就在這樣的狀態下開始滑行。當他在跳台上蹬地飛躍時，心裡暗叫不妙，一時用力過猛，這樣無法乘風飛翔。腦中才剛閃過這念頭，落地斜坡已逼近眼前。七十二公尺，徹底失敗的一跳。澤村抱頭懊惱不已。

之後跳躍的楡井，遠遠跳過八十公尺，贏得優勝。他在減速道上停下後，馬上拆下滑雪板，一面找尋自己的指導員，一面歡呼道：「哈哈哈，峰岸先生，我成功了！」

安全帽也早已丟向一旁。看到他那粗神經的模樣，澤村備感屈辱。

——對了，也曾經有過這麼一件事。

澤村想起了今年剛進入賽季不久發生的事。比賽結束後，他偶爾會和楡井獨處。當時楡井對他說：「我知道你的缺點是什麼。」

澤村驚訝地看著楡井的臉。他第一次說這種話。

「哦，到底是什麼，告訴我嘛。」

楡井突然向後倒退，助跑數步後，兩腳蹬地躍起。接著往前一個空翻，漂亮落地。

「漂亮落地，九．九五分。」他如此說道，接著轉頭望向澤村，哈哈大笑。

「到底是怎樣？」澤村語帶不悅。空翻到底是什麼意思？

「這是提示喔！再來連我也不知道。」說完後，榆井哼著歌離去。澤村錯愕地望著他離去的背影。

回到集訓住處後，澤村向指導員濱谷提起此事。榆井到底想說什麼？指導員聽過後，只是一笑置之。

「他是在嘲笑你。」

「是嗎？看起來不像。」

「當然是在開你玩笑啊，榆井怎麼可能會動腦想這麼困難的事？你就別放在心上了。」

儘管覺得難以釋懷，但澤村最後還是決定忘了這件事。之後榆井也沒再重提此事，所以他當時到底是什麼意思，至今始終成謎。

——確實是個怪人。

然而，澤村心想，他雖是個怪人，但以前從未嘲笑或是看不起別人。只不過，他那異於常人的開朗個性，常被人誤會。

——他當時到底想說什麼？

澤村在黑暗中睜著雙眼。驀地，他感覺到榆井飛行的模樣從他面前掠過。

5

榆井明亡故的翌晨，佐久間與新美兩人駕車前往宮之森跳台滑雪場，接著又前往圓山飯店。

因為他們聽說滑雪跳躍代表隊仍照預定在宮之森練習，這才前往跳台滑雪場，但後來又得知只有峰岸一人留在集訓住處裡。佐久間他們的目的就是要和峰岸見面。不過，早晚勢必得和滑雪跳躍的所有相關人員見面。

圓山飯店位於西二十七丁目。從宮之森出發，行經圓山動物園和圓山球場旁，會來到和大路交叉的十字路口。圓山飯店就位在十字路口的一角。四層樓高，算不上是新建築。整面玻璃的玄關前，停靠著數輛廂型車。

走進裡頭一看，是一個只擺了兩張桌子的小型大廳，櫃台位在大廳的角落。櫃台裡有名戴著眼鏡、個頭矮小的男子，怔怔地望著佐久間他們。

佐久間走近櫃台，向他點頭，說他想見原工業的峰岸先生。

「峰岸先生剛才去餐廳了。」男子重新托起下滑的眼鏡，如此應道。由於他們常以此作為集訓住處，所以滑雪跳躍相關人員的長相和姓名，他似乎都瞭若指掌。

打開名為「紫丁香」餐廳的大門，一名身穿藍色防風外套的男子映入眼中。記得昨天在宮之森見過他。年約三十，修長的體型和選手相當。

他坐在裡頭的座位，正與一名穿西裝的男子交談，此人年約四十多歲。佐久間他們朝附近的座位坐下後，向女服務生點了咖啡，順便悄聲詢問那名男子是否為峰岸先生。女服務生應了一句「是的」。

過了約十分鐘後，兩人站起身，峰岸像是在朝對方說「請多指教」，穿西裝的男子微微低頭行了一禮後，步出店外。

見峰岸一臉疲態地坐回椅子，佐久間他們馬上起身。走近後，峰岸也發現了他們，擺出提防戒備的動作。

「我是西警局的佐久間。這位是新美刑警——不介意同坐吧？」

他們拉開了峰岸對面的椅子之後，峰岸點頭應道「可以，請坐」。他的膚色微黑，長相略顯粗獷，眼中帶著提防之意。

「剛才那位是誰？」佐久間視線望向門口。

「是公司裡的人。楡井發生那種事，在公司裡也引發不小的風波。」峰岸以沉重的口吻如此說道，接著轉動頸部，像是要放鬆緊繃的雙肩。

「因為他是那麼傑出的選手，對吧？」

「不只是這樣。」峰岸說：「因為我們的滑雪隊只有楡井一人。事實上，經過這起事件，我們的滑雪隊已經瓦解。接下來，我只能繼續在這個集訓住處再待兩、三天了。」

「那可真是個壞消息。今後你有何打算？」

「先暫時在家裡等些時日，應該會被調回原來的職場吧。我猜應該是業務相關的工作。」

說到這裡，峰岸納悶地望著刑警。「請問……關於楡井的事，是否已查出些什麼？」

「這個嘛……」佐久間停頓了一會兒，才緩緩取出記事本。「解剖的結果出爐，已經查明是什麼毒了。名叫烏頭鹼（Aconitine），是從烏頭（Aconitum）中分離出的劇毒。」

峰岸不發一語地頷首。就算告訴他毒藥的名字，他應該也不清楚是怎麼回事吧。

「我說峰岸先生……」佐久間舔了舔嘴唇。「問題在於，楡井先生為何會服下這種毒藥。」

「他是自殺嗎？」

面對峰岸的提問，佐久間搖了搖頭。「不對。」

「這麼說來……」

「你知道這個東西吧？」佐久間從口袋裡取出一個小塑膠袋。裡頭裝有紅色的膠囊。

「那是榆井的維他命吧。」話甫一說出口，峰岸立即倒抽一口氣。接著他以充血的雙眼望向佐久間他們。「難道說，這裡頭……」

「正是這樣。」佐久間平靜地說：「我們扣押的藥物中，有五顆膠囊驗出含有毒物。每顆膠囊都是密合的，但細看後會發現，有用剃刀之類的工具割開過的痕跡。事後再用接著劑黏合。我們推測，榆井是昨天吃完午餐後，想補充維他命，結果服下裝有劇毒的膠囊。」

「聽你這麼說來，榆井他是……」

「沒錯」佐久間頷首。「榆井先生是被人謀殺。」

這句話似乎一時令峰岸說不出話來。他嘴巴微張，視線在桌上的空間游移。

「因此我們想詢問你關於維他命的事。」

佐久間話說完後，隔了一會兒，峰岸才應了聲「是」。目光往兩位刑警臉上聚焦。

「榆井先生是從什麼時候開始服用那種維他命？」

「啊，是從什麼時候開始的啊……」他似乎仍未恢復平靜，焦急地拍打著額頭。「啊，我想到了。應該是從去年春天開始。向石田醫生諮詢，決定藥的用量。」

「你說的石田醫生，是石田醫院的那位嗎？」

「是的。」

這是位於飯店南方兩百公尺處的一所醫院。昨天趕來宮之森的，也是這位醫生。佐久間早已從印在藥袋上的醫院名稱，得知給楡井開藥的人是石田。現在應該已派其他搜查員前去調查。

「藥袋上印的日期是昨天。」佐久間說。

「是的，每個禮拜的星期一都會去領藥。」

「昨天去領藥的人是誰？」

「是楡井。他一早就去了。」

「大約是幾點？」

峰岸側頭沉思片刻後應道：「應該是八點前，他總是在門診時間前到。」

「幾點回來的？」

「正確時間我不清楚，但應該是八點多吧。他回來的時候，我正好在這裡吃完早餐。他讓我看藥袋，說他拿藥回來了，並交給女服務生保管。」

「當時店裡還有其他人在嗎？」

「當然有。」峰岸頷首。

「其他滑雪跳躍的相關人員也在場嗎？」

峰岸聳了聳肩說道：「幾乎都在。」

「你記得是哪些人嗎？」

佐久間如此問道，峰岸就像遇到難題般，面有難色。

「和我在一起的，是冰室興產的田端。三好教練好像也在。至於選手，澤村和日野當時好像在這裡吃飯。」

新美迅速將這些人名記下。至少這些人知道榆井領藥回來，寄放在女服務生那裡。

「榆井先生昨天早上有服藥嗎？」

「應該有。他把藥寄放在女服務生那裡後，點了一份早餐，用完餐後應該就服藥了。我們那時候已經離開餐廳。」

「在那之後，你可有和榆井先生聊些什麼？」

「沒有特別聊什麼。」峰岸露出在探尋回憶的眼神。「午餐前那段時間，我在田端先生的房裡下棋，當時榆井來過房裡一次。不過，他只待了一會兒，在一旁翻閱週刊什麼的，不久後就離開了。後來我們在午餐時又碰了一次面，就只有這樣。」

「你們午餐時同桌嗎？」

「不，我和田端先生以及中尾先生同桌。榆井坐隔壁桌，自己一個人用餐。因為他習慣一個人用餐。」

「他吃完後有服藥嗎？」

「有。為了怕他忘記，我還特別告訴他，別忘了吞維他命。」

「指導員還真是辛苦呢。然後呢？」

「榆井就這樣走出店門，那是一點左右的事。之後的事我就不清楚了。我和田端先生、中尾先生在一起，用完餐後也一直待在這裡。」

佐久間想起鑑識人員的報告。犯案用的膠囊，其溶解時間就算再長，頂多也只能撐五分鐘。若再加上烏頭鹼被吸收的時間，服藥後最多二十分鐘便會喪命。當然了，時間長短因人而異。榆井死亡的時間是一點半，從他服藥到出現藥效，約過了三十分鐘之久。是否有這個可能，目前仍在研究中。

「然後杉江夕子就打電話給你了嗎？」

一提到夕子的名字，峰岸就像頗感意外似的睜大雙眼。

「是的。您可真清楚。」

「因為這是我的工作。」佐久間確認過新美已經將峰岸說的話逐一記錄之後，說了一句：「對了，我想聽峰岸先生你坦然說出自己的意見」作為開場白。峰岸再度露出提防之色。

「我們可以確定榆井先生是遭人殺害。關於此事，你可有什麼猜測？」

「您的意思是……有沒有人對榆井心懷憎恨是嗎？」峰岸壓低聲音，略顯躊躇地問道。

「不見得只有憎恨。」佐久間說：「例如有利害關係、想保護自己、感情糾紛等等，各種因素都有可能。」

峰岸雙臂環胸，一臉沉痛地搖了搖頭。

「說我們身邊有殺人兇手，這我實在無法想像。」

「你的心情我可以了解。不過，還是要請你仔細想想。榆井先生遭殺害的事，是無從否認的事實。」

佐久間說完後，峰岸闔上眼，點了點頭，將下巴往內收。

「好，我會仔細想想。」

峰岸說他接下來得和日本滑雪聯盟的人見面，所以詢問便到此為止。但他離開後，佐久間他們仍留在店內，重新叫了一杯咖啡。當女服務生以托盤盛著兩人的咖啡送來時，佐久間向她問道：「妳是藤井加奈江小姐，對吧？」

他刻意以開朗的口吻詢問，但加奈江還是身子為之一僵，小聲地應了聲：「是的」。

佐久間先道出自己的身分，接著向加奈江確認她負責管理榆井藥物的事。

「哪是什麼管理……只是他們叫我代為保管，我聽話照做而已。」

加奈江雙手搓揉圍裙下襬，噘起嘴唇。

「從什麼時候開始？」

「應該是……去年四月開始的。因為榆井先生動不動就會把藥忘在房間裡，所以才叫我讓他寄放。」

「那麼，妳都放在哪裡？」

「放在櫃台底下的抽屜。」

「不好意思，可以借看一下嗎？」

「可以。」加奈江如此應道，走向櫃台。佐久間他們跟在後方。

櫃台的對面是流理台，底下有兩格抽屜。加奈江打開上面的抽屜。裡頭的橡皮筋、塑膠袋，整理得井井有條。她說榆井的藥就放在這裡。

「昨天早上妳拿到藥之後，便馬上放進這裡嗎？」

「是的。」

「客人應該不會到櫃台裡面來吧？」新美問。

「這絕對不可能，因為客人走進裡面也沒用啊。」

「說得也是。」佐久間笑道。「昨天用完午餐後，拿藥給楡井選手的人也是妳吧？」

「是的。」

「當時妳有發現哪裡不對勁嗎？例如藥包在抽屜裡擺放的位置變了之類的。」

加奈江思考了一會兒後應道：「好像沒什麼不一樣。」

「昨天上午妳一直都待在店裡嗎？」

「營業時間開始後，就一直待在這裡。」

「營業時間是幾點？」

「早上十點起。」

「請等一下。我聽說他早上八點時在這裡用餐。」

「只有對住宿飯店的客人，才會特別提供早餐。但只提供到早上九點。」

「這麼說來……」佐久間摸摸自己的下巴。「九點到十點這段時間，店門是關著的。」加奈江頷首。

「這段時間妳人在哪裡？」

「在裡面吃早餐。」說到這裡，加奈江望向通往廚房的那扇門。「通常九點四十分左右，我就會出來。」

九點到九點四十分……佐久間如此喃喃自語，環視著店內問道：

「這裡一直都只有妳一個人嗎？」

「不，平時店長也在。因為今天顧客較少，所以只有我一個人忙。店長在裡面。」

「可以請他來一下嗎？」

加奈江不解地走進裡面，不久之後，帶著一名身穿黑衣的男子走出。此人梳著一頭服帖的西裝頭，年約四旬，身材清瘦。是這家店的老闆，姓井上。

佐久間詢問他上午發生的事，井上的回答與加奈江幾乎一致。

早上九點到九點四十分這段時間，餐廳裡空無一人。

「這時候可以走進店內嗎？」佐久間問。

「可以。因為我們只掛上準備中的牌子，大門並未上鎖。滑雪跳躍的相關人員，不時會到餐廳裡討論事情。」

「兩個入口都能進來嗎？」

這家餐廳一扇門通往飯店大廳，一扇門通往停車場。佐久間交互指著那兩扇門。

「兩扇門都能進來。」店長回答。「對了，昨天好像有人在十點之前就到店裡來了。我還記得應該是……」

「是片岡先生。」加奈江在一旁補充道。

「他是日星汽車的運動防護員。」井上說明道。「當時他剛買完東西回來。不只他，只要我們開始營業的時間快到了，他們都會到店裡來。」

「這樣不是很危險嗎?」新美望著收銀機的方向問道。

「當時收銀機裡還沒放錢。在快要開始營業的時候,我才會放零錢進去。」

「原來如此。」佐久間頷首,接受她的說法。

「對了,這和楡井先生的事有關嗎?」店長如此反問,佐久間趁這個機會應道:

「不,單純只是作個確認罷了。謝謝您的配合。」他們就此步出「紫丁香」餐廳。

「看來應該是有機會將有毒的膠囊混進藥袋裡。」新美在發動引擎時說:「楡井在早餐後服藥,將藥袋交由藤井加奈江保管。加奈江把它放進櫃台的抽屜裡。她再次取出藥袋,是在楡井吃午餐時。綜合他們說過的話,得到的結論是,兇手在九點到九點四十分這段時間裡下毒。不過,前提是楡井到醫院拿到藥包時,裡面還沒有毒。」

「應該是這樣沒錯。」

佐久間也相信這項推論。「對了,剛才我自己說著說著,發現一件事,一直覺得很在意。一共發現了五顆有毒的膠囊,對吧?」

「是的。」

「連同楡井吞下的,一共有六顆。為什麼要做這麼多毒膠囊呢?」

「或許是非致他於死不可。也可能是想早點害死楡井。數量愈多,楡井服下毒膠囊的機率也愈高。」

「或許吧。但是就結果來說,因為楡井很早就抽中死籤,所以很容易便可推算出兇手放毒膠囊的時間。難道兇手明知會冒這樣的風險,還是認為有提早毒殺楡井的必要?如果是這樣,把裡頭的維他命全換成毒膠囊不就好了，感覺這種做法很不乾脆。」
暖好車，新美就此開車前行。天空再度降下雪花。
「話說回來，」佐久間在狹小的車內蹺著腿。「我很在意那個姓峰岸的男人。」
新美似乎專注於路況，聞言後問：「咦，你說什麼？」
「我說峰岸。」佐久間說道。「當他聽我說榆井是遭人殺害時，不是顯得很驚訝嗎？這點倒還好。問題是他之後的表現。對於我的提問，他總是很巧妙的回答。儘管看起來有些慌亂，但不該多說的話，他一句也沒說，表現得相當精準。就像事先準備好似的。」
「是你想多了吧？我認為他只是反應快罷了。」
「真是這樣就好了。」
面對整面的白色雪景，佐久間想起峰岸那陰暗的眼神。擋風玻璃上已開始覆上雪花，新美打開了雨刷。

6

到底是怎麼了——在底下觀看杉江翔今天最後一次跳躍的澤村亮太，扛著自己的滑雪板，忍不住如此喃喃自語。
雖然蹬地跳躍的時機有點沒抓好，但還是跳出很遠的距離。不只剛才那一跳。杉江翔最近的成長令人為之瞠目。

翔拆下滑雪板，走出減速道之後，身穿一襲黑色防風外套的杉江泰介朝他走近。就像是要以氣勢壓倒對方似的，昂首闊步，踢起不少雪花。來到翔面前之後，泰介大聲咆哮，向他示範蹬地跳躍的動作。

真教人受不了，澤村如此暗忖，搖著頭邁步走開。

澤村在上蠟室裡換好裝，這才看到翔像是解脫似地走進。他膚色白淨，容貌端正，如果是兩、三年前，肯定稱得上是位美少年。如今他白淨的臉蛋變得蒼白，兩頰顯得凹陷。

翔在暖爐前坐下，靜靜凝望自己的手掌。一動也不動。在那詭異的氣氛下，身旁的人都不敢叫他。但這並不是只有今天才這樣。翔最近一直都是這副模樣，大家都覺得有點陰森可怕。

澤村離開上蠟室後，坐進車身上寫有「冰室興產滑雪隊」的廂型車內。他的前輩日野和池浦早已坐在後座。

「小杉江的狀況好像還不錯。」池浦雙手交叉置於腦後，如此說道。他是冰室興產的中堅選手，曾在上次的奧運中出賽。他說的小杉江，指的是杉江翔。

「是啊。不過他老爸好像不太滿意哦。」澤村朝兩位前輩中間坐下，如此說道，池浦突然噗哧笑出聲來。

「杉江先生的理想太高了。想必是看自己兒子和其他選手的落點一樣，心裡很不是滋味吧？畢竟他以前有過一段光榮歲月，正因為這樣，有個曾是滑雪跳躍選手的老爸，實在很難應付，翔還真是可憐。」

池浦拿起擺在身旁的隨身聽，戴上耳機，闔上雙眼。

澤村隔著車窗望向上蠟室，翔正好扛著滑雪板走出來。他低著頭默默行走，一副若有所思的模樣。

杉江翔是日星汽車滑雪隊的選手，是教練杉江泰介的兒子。聽說他從小便以滑雪跳躍選手為目標，接受菁英教育，指導者當然是他父親泰介。早年的熱血運動片，就此真實上演。

據聞日星汽車滑雪隊原本就是為杉江泰介量身打造。泰介是日星汽車社長的親戚，這樣能達到替公司宣傳的效果，所以才在三年前成立。

詳情澤村也不清楚，不過公司提供了相當高額的補助費。就像在印證此事般，日星滑雪隊擁有別隊望塵莫及的工作人員陣容。澤村他們所屬的冰室興產，在這方面已算是相當充實，但除了教練、指導員外，只有一名運動防護員。相較之下，日星汽車除了這些工作人員外，還有專屬醫生、心理諮詢師、營養師，陣容堅強。甚至還配置有科學訓練專門技師。這麼多的工作人員，全都只是為了照料包括杉江翔在內的三名選手。

不久前，日星汽車這支隊伍在滑雪跳躍界並不起眼。剛成立時，感覺就像是隨便找來一些沒沒無聞的選手充數。當時的選手如今已一個不剩，幾乎都是待不下去而自動請辭。就連澤村以前也不太注意翔，雖然從高中時代就認識他，但並不覺得他有多大的威脅性。最重要的是，最近出了榆井明這位滑雪跳躍的超級明星，其他選手自然看起來都差不了多少。

然而，最近他突然開始在意起翔的成績。澤村之前一直努力想追上榆井，但猛然回頭，這才發現有新的競爭對手緊追在後。

「翔的技巧進步不少。」之前一直保持沉默的日野低語。

日野是滑雪跳躍界的老手，明年就三十歲了。也許是已作好覺悟，明白這一、兩年是自己最後的機會，本季他的狀況絕佳。

「去年他還不成氣候，但是今年水準卻提升了許多。他竟然能在這麼短的期間內，有如此大的轉變。」日野以平淡的口吻，自言自語般地說道。

「看來，果然是工作人員的關係。」澤村說。「你看人家東德的正規選手，背後不是有八名工作人員嗎？若不是有這麼多人支援，一定沒辦法得金牌。」

「根本沒有關係。」理應在聽隨身聽的池浦開口了。他閉著眼睛接著說：「飛行的人只有你自己。」

日野什麼也沒說。

三人的交談告一段落時，教練田端與指導員濱谷坐進前座。開車一向都是濱谷的工作，他發動了引擎。

「榆井的事查出什麼了嗎？」池浦朝他們兩人背後喚道。田端一臉不知所措的表情，向濱谷求援。「情況怎樣？」

「還沒聽到任何消息。」濱谷以不帶任何起伏的音調說道。

「感覺有點詭異。」池浦蹙起眉頭，接著又向他們問：「會舉辦喪禮嗎？」

「喪禮是吧……三好先生有說什麼嗎？」田端望向駕駛座的方向，濱谷應了一句「沒有」。

「警方好像有他們辦案的步驟，可能得等一切都結束後吧。我想，應該會辦喪禮。」

「我想去參加他的喪禮。」池浦說。「雖然他是個怪人，但很厲害。俗話說，天才與白痴只有一線之隔，看了他之後，我深深覺得這話說得一點都沒錯。」

「那就去參加吧。我也有這個打算。」田端一本正經地頷首。

但事實上，此事已引發軒然大波，根本無暇舉辦喪禮。

他們是在抵達集訓住處後才知道，因為有大批刑警在圓山飯店等候他們。

「昨天我吃完早餐，便到札幌車站去。應該是九點左右離開這裡。因為我和人約好九點半在車站碰頭。」在「紫丁香」餐廳最裡頭的餐桌，澤村亮太與刑警迎面而坐。不只有他。日野和池浦也坐在一旁的餐桌旁，接受同樣的詢問。

「你和誰約見面？可以告訴我對方的名字嗎？」刑警是一名目光犀利的男子，散發出一股野性。他姓佐久間。

「雖然不太想說，但我要是隱瞞的話，會有麻煩對吧？」講了一段開場白後，澤村才道出實情。昨天他和女友約會，對方是名女大學生。

「晚上八點左右，我送她到家門口。她可是父母的掌上明珠呢。」

「那可真是辛苦啊。你剛才說九點左右離開這裡，在那之前，你在做什麼？」

「做出門前的準備。不過，也只是換衣服而已。」

「當時你房裡有其他人嗎？」

「沒有，就我一個。和我同寢室的池浦先生，從前天晚上就回自己家裡住，日野先生也不知跑哪兒去了。」

前天是HTV盃。比完賽到隔天晚上，採自由活動。

「你為什麼不回家？」

「就算回到我那骯髒的單身公寓，也好不到哪裡去。我老家離得很遠，待在這家飯店的時間又長，所以我的替換衣物幾乎都擺在這裡。」

就算是非賽季，國家代表隊還是會每個月展開集訓。此外，一些企業們聯合舉辦集訓的次數也一樣多。一次都大約十天左右，一年有多達兩百五十天以上都在集訓。

「原來是這樣。」刑警摸摸下巴，視線落向打開的記事本。「我聽說，榆井選手在吃早餐時，你也在這餐廳裡，沒錯吧？」

「昨天早上是嗎？」澤村望向窗外搜尋記憶，很快便想起當時的情景。「啊，沒錯。我吃完飯喝咖啡時，正好榆井走了進來。」

他也記得榆井將藥袋交給藤井加奈江的事。他提到這件事，佐久間刑警很滿意地點了點頭。

「你有看到榆井選手吃完早餐後服藥嗎？」

「有，我看到了。他是這樣拿起藥來。」澤村做出以食指和大拇指拿起東西的動作。「裝模作樣地把藥放進嘴裡。他常動不動就做這種誇張的表演。」

「表演是吧。」刑警嘴角輕揚，但眼中不帶半點笑意。這微妙的表情，令澤村頗感在意。

「刑警先生，請問一下……」

「什麼事？」對方筆直地回望澤村雙眼。澤村不自主地想別過臉去，但他極力忍住。

「榆井是遭人殺害嗎？」

在那一剎那，刑警的眼珠往左右晃了一下。接著應了一句「應該是吧。」

澤村吁了一口氣，他早就隱約有這樣的感覺。如果不是這樣，不可能每位選手都接受這樣的約談。況且，今天搭車返回時，池浦說的話他也一直掛在心上。

「是那個藥，對吧？那個維他命。」

但佐久間刑警卻揮了揮手。「你沒必要知道那麼多。就算你知道也沒用。」

「你認為我們之中，有人是兇手嗎？」

刑警對他的提問保持緘默。澤村將它解讀為「沒必要回答這個問題」。他迅速在腦中思索，看誰有這個嫌疑。

「楡井選手服用維他命的事，大家都知道嗎？」佐久間刑警再度提問。

「這可是出了名呢。」澤村如此強調。要是只有他被懷疑，那怎麼行。「因為峰岸先生好像很嚴格地吩咐他這麼做，他總是定時服藥。」

「峰岸先生是個很嚴厲的人嗎？」

「看起來不像。不過，楡井對峰岸先生說的話，絕對會遵守。雖然他個性有點馬虎。」

「選手對指導員的信任是吧？」刑警以原子筆的筆尖在桌上敲得叩叩作響。看不出他在想些什麼。不過話說回來，那維他命裡面有毒，就表示……

「對了。」澤村在思索藥的事情時，突然想起某件事，不自主地叫了一聲。

刑警揚起他那犀利的目光。「怎麼了嗎？」

「大約兩個星期前，楡井大呼小叫，說他的藥遺失了。聽他說，好像是飯後服完藥，才稍一不注意，擺在桌上的藥袋就不見了。」

「哦，這倒有意思了。」刑警果然很感興趣，眼睛為之一亮。「後來找到了嗎？」

「不，沒找到。當時餐廳裡的客人比較多，大家都說沒看見。我還記得，當時榆井還四處向一些無關的客人詢問。最後他只好重新再回醫院領藥。」

「藥就此不翼而飛啊。」刑警頷首，一副了然於胸的模樣，握緊手中的原子筆。「原來是這麼回事。沒錯……非得這樣才行。」

7

由於經歷長時間的約談，下午的訓練就此暫停。

不僅如此。因為在札幌西警局設置搜查總部，聽聞這個消息的新聞記者們蜂擁而至，峰岸就不必提了，連日本代表隊的教練三好也疲於應付媒體。

你認為兇手就在相關人員中嗎？——面對這樣的提問，峰岸和三好一律以「我們深信這是意外事故」回應。這樣的回答，記者們當然無法接受，他們進一步提到警方認定這是殺人事件的依據，也就是膠囊裡下毒這件事。「我不知道，難以置信」這是峰岸他們的制式回答。

入夜後，風波平息不少，但電視台記者仍是緊纏不放。等到沒什麼好採訪了，他們索性拍攝圓山飯店這棟建築。

用完晚餐，峰岸前往田端等人的房間，詢問警方問了他們哪些問題。房裡除了田端外，還有冰室興產的指導員濱谷，以及選手澤村和日野。

昨天濱谷與澤村外出，刑警詳細詢問他們的去處。一整天待在飯店裡的日野，則是仔細交代自己一整天的作息。

「我好像無法清楚提出自己的不在場證明。」日野說。「九點後，我用位在別館玄關處的公共電話和人聊天，然後行經本館離開飯店，到附近的便利超商。十點多才回來。」

「沒人可以替他作證。」田端說。他一臉擔憂，就像在擔心自己的事一樣。

「是啊。因為我打電話時，只看到亮太到本館去，行經本館時也只和中尾先生擦身而過。」

「剛才我們稍微聊了一下，大家都是這樣。很少有人提得出不在場證明。」

澤村亮太低語道：「就連我也一樣，因為假裝暫時離開飯店，又悄悄返回，這也是一種犯案手法。」

「這樣啊。如果這樣想的話，就沒人提得出不在場證明了。」田端說。

「教練，你當時和峰岸在一起對吧？」濱谷說。

「是啊，不過，我們是從幾點開始下棋，已經不太記得了。是九點，還是九點半？」

「是九點前。」峰岸從旁插話。「我們開始下棋後不久，不是打開電視嗎？」峰岸說出從早上九點開始播放的節目名稱。田端也露出猛然想起的表情。

「經這麼一提，好像真是這樣沒錯。下次刑警約談時，得這樣告訴他才行。峰岸，我們從九點前開始下棋的事，你告訴警方了嗎？」

「我說了。」

「是嗎，那就好。」田端吁了口氣，這時，日野和澤村紛紛望向門口。峰岸也跟著轉頭，發現片岡正明站在門前。片岡是日星滑雪隊的運動防護員。

「聽說要在三好先生的房裡討論今後的因應。田端先生和峰岸請一同前去。」片岡以金屬般的聲音說道。雖是一名運動防護員，但他個頭矮小，有一種菁英上班族的氣質。

峰岸跟在田端身後離開房間後，片岡走在他們身旁。

「你是不是有什麼線索？」他悄聲問。

「就是沒有，才這麼傷腦筋啊。」峰岸回答。「為什麼你會這麼認為？」

「就是有這種感覺。」片岡搖頭道。

在加入日星前，片岡原本是原工業的運動防護員。但他不屬於峰岸他們的滑雪隊，而是冰上曲棍球隊。不過，峰岸不時會找他諮詢，所以有一段時間兩人走得很近。但自從他被日星挖角了之後，就一直沒什麼機會好好聊過。

「你們好像在聊不在場證明的事，有查出什麼嗎？」

「完全沒有。」這次換峰岸搖頭了。

「這種事最好早點弄清楚。我要是獲知什麼消息，會再通知你。」

「那就有勞你了。」

來到三好的房門前，片岡卻不進去。峰岸詢問原因，他回答：「因為我是運動防護員，滑雪跳躍相關的話題，我插不上話。」他表情顯得扭曲。

峰岸走進房內，所有人的目光全都往他身上匯聚。就像嘈雜的開關突然被關掉般，變得鴉雀無聲。他們原本在談些什麼，峰岸隱約感覺得出來。對他們來說，最重要的就是活著的選手。

見峰岸朝房內角落坐下後，三好說道：「聽說明天聯盟理事長要來。」

接著他取了根菸，在盒子上敲了幾下後，叼進嘴裡。

「該不會是說要中止練習吧？」發問者是帝國化學的中尾。經他這麼一問，好幾個人都抬起了頭來。

「就算沒有要中止，可能也會要求我們自我約束吧。」

這時，中尾嘆了口氣。

「到底是為了什麼而自我約束？就算這麼做，這件事也不會就此解決啊。」

「我可不希望現在減少練習量。」田端自言自語似的說道。「平時就已經因為比賽而減少練習量，要是再減下去，這個賽季肯定完蛋。」

「可是就現實情況來看，要像之前那樣繼續下去，恐怕有困難。」坐在田端隔壁的男子說。他是銀行的滑雪隊教練，那家銀行在北海道擁有廣大市場。

「就是說啊。坦白說，選手們都無法專心練習了。」其他隊的指導員說。

「那是個人能力的問題吧。如果是一流的選手，不管什麼情況，應該都能全神貫注才對。」

「那是理想，但正因為幾乎都不是一流選手，所以才傷腦筋啊。」

正當現場開始引發生小爭論時——

「總之，我們先聽聽看三好先生怎麼說吧。」出聲說話的人，是杉江泰介。

經他這麼一說，眾人紛紛將目光投向三好。三好先緩緩吸了口菸，望著白煙流動的方向。接著他朝菸灰缸裡捻熄那根變短的香菸。

「關於練習，我想視今後的情況來因應。現在最重要的，就是早點解決這起事件。」

「解決說來簡單，但我們卻什麼事也做不了。」有人說道。

「話是這樣沒錯，但我們總不能完全丟給警察去處理吧。不妨不露聲色地詢問選手們有沒有什麼線索，也許能問出一些不方便向刑警透露的事。」

「這太難啟齒了。」一邊搔頭，一邊如此說道的人，正是那名抱怨選手無法專心的指導員。

「峰岸，你呢？」銀行滑雪隊的教練向峰岸詢問：「有沒有什麼線索？」

峰岸抬起頭，眾人全都望向他。

「完全沒有。」他搖搖頭。

「真的嗎？在場的全都是自己人，你就不必隱瞞，坦白說吧。」峰岸的嘴角微微下垂。

「我沒隱瞞。」

「那些新聞記者說，也許是有哪位選手嫉妒榆井的實力。」

田端像猛然想到似的，如此說道：「我很想對他們說，嫉妒的人多得是。這是理所當然的。實力弱的選手，嫉妒實力強的選手，然後不斷練習，讓自己變強。但我不希望自己被人誤會，所以當時什麼也沒說。」

「很聰明的做法。你要是這麼說的話，正好會被拿來報導。」中尾說。

但田端這番話，卻令在場眾人沉默了半晌。大家不約而同地想到，殺害榆井的兇手，極有可能是滑雪跳躍的相關人員。

「看來，這種憂鬱的日子還會持續好一陣子。」

解散之後，在回各自房間的路上，中尾向峰岸搭話。「大家都開始疑神疑鬼了。照這個樣子來看，大家是沒辦法好好坐下來談了。」

「這也是沒辦法的事。」

「沒辦法……是嗎？或許吧。因為刑警突然要求提出不在場證明，大家原本都以為自己一輩子都不可能會遇上這種事。」

「真是過意不去。」

「你不應該道歉。」

兩人在中尾的房門前駐足，中尾拉開房門的門把，回身而望。

「昨天那個時間，我在飯店正面的停車場整理車子。也許說了你也不相信。」

「我當然相信。」峰岸說。

「正確時間我其實記不太清楚，不過，當時只有亮太一個人進出。後來我在大廳裡看報。可能九點二十分到十點這段時間，一直都在看報吧。如果我沒記錯的話，當時只有日野一個人從旁邊經過。」

「這表示，九點二十分以後，餐廳前面有你在監視囉。」

「可以這麼說，不過這也沒多大意義。餐廳又不是只有一個入口。」

「說得也是。」

接著中尾伸手搭在峰岸肩上。「我會不露聲色地向其他人詢問。你比較不好開口詢問吧？」

「片岡也對我說過同樣的話，可是，大家都已經疑神疑鬼了，這樣不是更火上澆油嗎？」

「現在已經無所謂了。」說完後，中尾走進自己房內。

回到自己的房間之後，峰岸打開電視。他切換頻道，但沒有一台在播新聞。他只好轉到歌唱節目，躺在棉被上看。

不會有事的，他如此低語。不會有事，一切都會很順利。

他伸了個懶腰。

峰岸闔上眼。榆井跳躍的模樣浮現腦中。從助滑坡上一躍而起，展開飛行姿勢——突然間，他發現那個人不是榆井，而是一身紅衣的……杉江翔。

峰岸猛然坐起，緊按眉間。我作夢了嗎？心跳得好快。

應該是趕上了吧？他深感不安。應該是趕上了，可是……

他起身走向洗臉台。轉開水龍頭，洗了把臉。冰冷的水，寒氣直滲腦中。

他以毛巾擦拭臉龐，望向鏡子，這時他才發現，鏡子前的小架子上，擺著某個東西。

一封白色的信封。上面以歪扭的字跡寫著：「峰岸 啟」。背面一片空白。

裡頭有封信。也許是為了掩飾筆跡，上頭同樣寫了難以辨識的文字。而一把攫獲峰岸心臟的當然是信中的內容。上頭的文章他反覆看了好幾遍。他緊握信紙的手，隨著心跳晃動。

——到底是誰……

峰岸凝望鏡子。眼前是一張面如白蠟的臉。
「殺害楡井明的人是你。快去自首吧！」
——信紙上如此寫道。

警告

1

就像飛鳥一樣，峰岸心想。那是他第一次看到榆井明的印象。雖然是個頂多只能跳五十米遠的小跳台，但榆井的飛躍卻是那麼閃亮耀眼。

「還不夠穩定。剛才那一跳還不錯，但他常會跳出令人沮喪的成績。」站在峰岸身旁的，是藤村幸三。

那已是七年前的事了。

那時候峰岸是原工業唯一的滑雪跳躍選手。指導員是藤村。藤村是之前原工業在滑雪跳躍界佔有一席之地時的選手，此時已五十歲。在公司裡，他的地位相當於廠長。

藤村邀峰岸一起到旭川北方的這座小滑雪場，是賽季結束的四月時。

這座滑雪練習場只有兩道距離很短的滑雪纜車，後面有個小小的跳台。峰岸以前也曾來過，但當時他已忘了這件事。

那天，有幾名國中生和高中生在這裡玩滑雪跳躍。那群國中生是滑雪跳躍少年培育隊，高中生則是學校的滑雪社。榆井明就在他們當中，但他並不屬於其中一方。換言之，他是自己來這裡練習。

「他沒參加學校社團嗎？」峰岸向藤村詢問。

「到國中為止，他都是滑雪跳躍少年培育隊的一員，也被多所高中看上。最後他母親挑選了一間朋友在校內當老師的高中，偏偏那所學校沒有滑雪社。」
「為什麼選那所高中？」
「是母親期望的。他母親好像很擔心他的未來。怕他以後不能成為一個正經的社會人。有認識的朋友在校內當老師，總會覺得比較放心。」
「擔心孩子的未來……他是不是有什麼問題？」
「不，也算不上是有什麼問題啦。只是這孩子有點怪。」藤村走近剛跳完的榆井，峰岸也跟在他身後。
榆井看到藤村後，開心地笑著，他說今天是竹篩。
「竹篩？」峰岸問。
「嗯，竹篩。一點都不好。昨天我就像坐墊一樣。不過，還是得要地毯才行。」
接著他咧嘴哈哈大笑。藤村也同樣笑咪咪的，峰岸不明白哪裡好笑。他完全聽不懂榆井話中的涵義。
當榆井整理滑雪板時，峰岸向藤村問道：「他那話是什麼意思？」
「其實我也不太懂。」藤村笑著道。「好像是在形容他跳躍的感覺。竹篩和地毯，似乎是在說他能否順利地掌握住風的動向。除此之外，他還會用青蛙、蝗蟲、跳蚤來比喻跳躍的感覺。關於這方面，就算你問他，他也無法清楚地回答。他應該是不懂如何用言語來表達吧。」
真傷腦筋，峰岸嘆了口氣。
在搭電車前往那處滑雪場時，藤村告訴峰岸，他想收養榆井這名少年。藤村膝下無子，妻子也已過世，所以當時他過著單身生活。

榆井的母親在一年前過世，他寄養在旭川的親戚家。但那位親戚家境並不寬裕，榆井自然不受歡迎。藤村似乎是在聽聞此事後，決定要收養他。藤村算是榆井他父親的堂兄弟，從很久以前就知道榆井的事，榆井國中畢業後，仍一直很關心他的動向。藤村不時會到跳台來，給他一些簡單的建議。

「他很厲害呢。」藤村道。「日後他將成為世界頂尖的滑雪跳躍選手。絕對不會有錯。」

「所以你才要收養他，是嗎？」

峰岸如此詢問，藤村頷首應道：「這也是原因之一。」

轉學至札幌的學校後，榆井加入滑雪社。聽說他不喜歡在別人的指使下做滑雪跳躍，但他都會聽從藤村的命令。藤村說的話，他絕不會有任何忤逆。

他很快便嶄露頭角。在高中生大賽中多次贏得冠軍，還入選為青少年國家代表隊。在大倉山連續兩次跳出百米的佳績，令滑雪跳躍界驚為天人。也常對成年組造成威脅。

加入企業團體後，每個人都會遭遇障礙。高中生和成人在練習量和體力上相差懸殊，當然會陷入瓶頸。榆井同樣也不例外。但他只花兩、三個月的時間便越過這道障礙，這正是他過人之處。他很快便從青少年選手，躍身成為日本隊選手。

雖然，到這裡還算一帆風順，但是考驗卻以意外的形式，悄悄地造訪。藤村猝死，死因為蜘蛛膜下出血。

守靈時，榆井坐在棺木前一動也不動。整晚哭喊著「叔叔、叔叔」。峰岸第一次見他落淚。

藤村死後的那一整個月，榆井都不肯上跳台。任誰再怎麼嚴厲地命令他，他也只是簡短地應一句「我不想跳」。就算威脅要把他從日本代表隊中除名，一樣起不了作用。因為他原本就對此不感執著，會有這種反應也是理所當然的事。

開朗的榆井，當時臉上完全沒有笑容。

成為兼任指導員的峰岸，耐心十足地靜靜等候。榆井這個人用威脅恫嚇的方式，對他完全不管用。不過，讓他就此遠離滑雪跳躍，是絕對不容許發生的事。

這是與峰岸切身有關的大問題。

峰岸每天都去探望榆井，因為他整天都一直關在藤村的房間裡。三餐似乎也都沒好好吃，日漸消瘦。

峰岸在房裡和榆井聊滑雪跳躍的事。從滑雪跳躍的歷史，一直談到技術的變遷、全球的實力分佈等話題。過程中要是榆井露出嫌惡的表情，峰岸便會說「這是我從藤村先生那裡聽來的」。這麼一來，榆井就會乖乖地聽下去。

當提到藤村昔日選手時代的故事時，榆井有了變化。能拿出當時的舊照片，真是幸運。照片裡的藤村以雙手高舉的姿勢飛躍。

「叔叔他一直跳到什麼時候？」榆井望著照片如此低語。

「他三十六歲那年的春天。」峰岸答道。「他的妻子哭求著要他早點引退，但藤村先生還是繼續跳，他說自己還沒完成夢想。但最後還是因為腰傷而引退。聽說他引退那天，在棉被裡哭了一整晚，因為覺得心有不甘，而淚流不止。」

「很像叔叔的作風。」榆井如此應道，一邊不經意地將照片翻到背面，但這時他突然表情為之一僵。峰岸往他手中的照片窺望，發現照片背後寫有幾個字。

「飛向太陽」

榆井緊盯著那行字，連峰岸跟他說話，似乎也都沒聽見。

榆井從隔天開始練習。就像被什麼附身似的，埋頭苦練，就算勸他休息，他也不停。峰岸怕他會把身體搞壞，變得比以前更加擔心了。

不過，榆井的體力很快便有明顯的恢復，滑雪跳躍也重拾往日的水準。在大倉山舉辦的大賽中稱霸，當電視台的新聞記者問他「感覺怎樣？」時，他指著藍天應道「我飛向太陽了」。

榆井就此東山再起，同時也變得更加成熟。

榆井的時代就此到來。

一年後，峰岸決定引退。

最後這一年，亦即「最後的機會」，蘊有很深的涵義，但最後峰岸明白自己的能力極限，就此結束選手生涯。

從去年春天起，峰岸便成為專任指導員。隊員只有榆井一人。不過，要打響原工業的名號，這樣便已綽綽有餘。榆井的飛翔之姿，深深吸引全國的滑雪跳躍迷。

峰岸將自己未能達成的夢想寄託在榆井身上。在奧運出賽，目標是自從上次札幌奧運後便一直無緣的金牌。榆井應該有這個能耐。

然而……

在十二月邁入滑雪跳躍賽季時，峰岸卻決定要殺害榆井。

方法決定使用毒殺。因為他知道該如何取得毒藥。

他仔細地籌備，靜候時機到來。

接著動手執行。在宮之森確認榆井喪命時，他心頭有一股不可思議的感傷。

雖然難過，但他並不後悔。因為他知道若不這麼做，自己會更加痛苦。

2

「這次的兇手，真教人搞不懂他到底是聰明還是笨。」須川利彥在佐久間身旁低語，他正以電動刮鬍刀刮除鬍碴。他是北海道警察總部搜查一課的刑警。「雖然從兩個星期前就擬定了殺人計畫，但手法也太單純了吧。他這麼做，根本就是在昭告世人，兇手就是他們內部的人。」

聽冰室興產的澤村亮太所言，兩個星期前，有人偷走榆井的藥袋。搜查總部研判，此事與這次的案件關係密切。換言之，兇手事前取得藥袋，將膠囊裡的藥換成毒藥，然後一直在找機會犯案。他看準時機，將放在餐廳櫃台下抽屜裡的藥袋，換成自己手中的毒藥藥袋。掉包過的藥袋，上頭日期有改寫的痕跡。

「也許，他有十足的自信，以為自己絕對不會被人懷疑。」佐久間謹慎地轉動方向盤，如此說道。一早路面結凍，開車大意不得。

「就是這樣才笨。根本就沒人不在我們的懷疑名單內。」

「或許他有絕對不會被抓到證據的自信。」

「佐久間，你太看得起兇手了。因為你凡事總是想得太深。」

「須川兄，你自己不也一樣。」

「我只是個性彆扭罷了。」

說完後，須川將電動刮鬍刀收進車內的前置物箱，接著開始打領帶。

榆井明之死，判定是殺人案後，主導權便轉往北海道警察總部搜查一課。搜查總部設於札幌西警局，搜查一課派出十名搜查員前往調查，由河野警部擔任班長，須川便是其中一人。他比佐久間大八歲，一身精練的肌肉，總是一襲黑西裝。有時還會戴上深色墨鏡，給人的感覺就像一名一臉倦容的殺手。

須川與佐久間一起搭檔行動。他們以前曾搭檔偵破過一件殺人案，兩人很合得來。

此刻他們正前往榆井明居住的原工業單身宿舍。

「順便到集訓住處去一趟吧。那裡叫什麼來著……」

「圓山飯店。」

「對對對，就是那家飯店，取了個這麼俗氣的名字。」

應該已經有數名搜查員前往圓山飯店，當中有些人昨晚直接在飯店內過夜。佐久間他們抵達的時候，一名坐在大廳椅子上的年輕刑警站起身。他一臉睏倦地揉著眼睛，對他們說了一句「沒什麼狀況」。

「找到藥了嗎？」須川問。

「還沒。我們正想檢查他們所有人的行李。」

如果是將榆井的藥袋整個掉包，那麼，原本無毒的膠囊應該會在某個地方才對。所以，警方正在找尋。

「就算檢查行李也沒用。」須川說。「這麼危險的東西，兇手怎麼可能一直留著。」

「組長也是這麼說。」

「我就說吧，上了年紀的人說的話，非聽不可。」

須川才剛說完，「紫丁香」餐廳的門開啟了，走出一名清瘦的男子。佐久間見過他，是店長井上。井上前往櫃台，叫喚櫃台人員。

「那隻狗還沒處理，你向衛生所的人聯絡過了嗎？」

「聯絡了，但他們說晚點才會來。」櫃台人員不疾不徐地應道。

「真傷腦筋。」井上以鞋尖往地上一蹬。「牠在那種地方，客人都不敢過來了。就不能叫他們快一點嗎？」

「可是，他們好像也很忙呢。」

「總之，再打電話去催一次。」經井上這麼一說，櫃台人員心不甘情不願地拿起話筒。

「發生什麼事了？」佐久間問年輕刑警。
「好像是發現狗的屍體。」他回答道。「一隻野狗。」
「野狗的屍體是吧……」佐久間對此有點在意，湊向井上道：「那隻狗死在什麼地方？」
「哦，是刑警先生啊。」他表情略顯驚訝。「就在餐廳旁邊的停車場，從外面直接進餐廳的客人，都會走那一側的進出口，那實在太礙眼了。」
「可以讓我看一下嗎？」
「您要看當然可以。」井上露出古怪的表情，朝餐廳走去。佐久間也緊跟在後。他轉頭面向須川，須川說：「我就不去了。我很怕看到人類以外的屍體。」
井上從餐廳的中央橫越，從直接通往外頭的大門來到了戶外。眼前是足以容納五、六輛車的停車場。
「就在那裡。」井上如此說道，指著停車場的一隅。雖然地上積雪，但有個地方凹陷。湊近一看，裡頭埋著一隻米色的雜種狗屍體。屍體旁還有小小的黃花。
「你是什麼時候發現的？」
「今天早上。是在這裡進出的酒商告訴我的。」
佐久間再次望向屍體。附近沒有凌亂的痕跡。看來，牠在更早之前便已死在這裡，身上還覆有積雪。可能是昨晚到今天早上天氣較為暖和，所以冰雪融化，露出屍體。
「花是誰放上去的？」
「咦，花？」可能是之前沒發現，井上重新低頭細看。「哦，一定是加奈江，因為她都會餵這隻狗。」
「餵狗？這麼說來，這隻狗常在這附近出現囉？」
「是的。要是來成了習慣，就此待著不走，那可就麻煩了，所以我也會叫她別再餵了。這下果然惹出麻煩了吧。」
井上噘起下唇，一副不勝其煩的模樣。
「不好意思，可以幫我叫藤井小姐來一下好嗎？我有些事想問她。」
「可以啊，不過，這隻狗怎麼了嗎？」
「不，還不清楚。」
佐久間如此回答，井上側著頭，納悶地走進店內。
加奈江馬上走過來。一見佐久間，她立刻低頭行了一禮。向她詢問那隻狗的事之後，她眉角下垂，略顯哀戚，承認餵食的事。
「應該是從半年前開始吧，牠常在這一帶遊蕩。於是我中午和晚上都會偷偷拿剩飯餵牠……不過這兩、三天都沒看到牠，我正覺得奇怪呢。」
「妳從什麼時候開始沒看到牠，可否說出正確的時間？」
「什麼時候是吧？」加奈江以食指抵在唇前，陷入沉思。「上星期六中午，可能是我最後一次在這裡看到牠。當時牠在停車場內沒雪的地方曬太陽。」
「當時妳有餵牠嗎？」
「有。」

「之後這隻狗就沒再來了，是吧？」

「不，我猜那天晚上牠可能來過。」

「妳猜？」

「晚上關門前，我會先把飯裝進盤子裡，擺在附近。牠晚上好像都會來這裡，吃完才走。」

「原來如此。星期六晚上妳也是這麼做，然後發現隔天早上牠把飯吃完了，對吧？」

「是的，不過……」她側著頭道。「牠是吃了，可是還剩下很多。當時我也沒太在意。」

「之後妳就沒再看到牠了？」加奈江頷首。

「對了，那花是妳擺的嗎？」

「花？」加奈江低頭細看，搖了搖頭。「不，不是我放的。」

「不是妳……」佐久間再次朝那隻狗望了一眼，接著伸手搭在加奈江肩上。「妳先在這裡待一會兒。我馬上就回來。」

佐久間走回飯店，帶須川回來。說完事情的始末後，須川臉色也為之一變。

「你看這隻狗。」佐久間說道。「渾身沒有外傷。雖是隻野狗，但長得相當健壯，看起來也不像有疾病。聽藤井小姐說，牠相當健康。」

「你的意思，牠是被毒死的囉？」

須川雙手插在長褲口袋裡，低頭看那具狗屍。「先調查看看吧。要是解剖後，查不出任何結果，就當作是笑話一場吧。」接著他向加奈江問道：「妳那天晚上餵牠吃什麼？」

「白飯，還有香腸。」

「妳餵牠吃飯時用的餐具還在嗎？」

「還在。可是我洗過了。」

「說得也是。」須川抓了抓臉。

「妳照顧那隻野狗的事，滑雪跳躍的相關人員知道嗎？」佐久間不經意地問道。

「大家應該都知道。」加奈江說道。「因為有的人還會和牠一起玩。叫牠小野之類的。」

「小野是吧。」須川的目光再次落向狗的屍體，朝胸前比了個十字。「真可憐。牠也許是被拿來當測試用。」

佐久間他們抵達原工業的單身宿舍後，一名自稱是舍監的青年替他們帶路。佐久間見過楡井的房間後，錯愕地說不出話來。

雖說楡井幾乎都住在集訓住處裡，但一年當中好歹也有一百多天的日子是住在單身宿舍。可是他的房間實在過於詭異，稱不上是一處生活空間。

一名單身男子生活所需的各種物品，在這個房間裡完全看不到。沒有衣櫃、五斗櫃，當然，連要放進衣櫃的衣服也全都沒有。

「我猜衣服應該是放在集訓住處吧。」

舍監對佐久間的疑問作出回答：「他把全部東西都塞進背包裡。拎著它四處跑。」

「可是夏天和冬天要準備的衣服不同，總該有備用的衣服吧？」

「不，我認為他不會去想這麼難的事。熱了脫衣，冷了穿衣，這就是他給人的感覺。他平時光穿運動服就夠了。」

「原來如此。」佐久間頷首。楡井不會去想困難的事，這句話他已經不知聽過幾遍了。

如果食衣住這三者當中的「衣」是這種狀況，那麼食和住應該也好不到哪裡去。房間裡沒有熱水瓶和烤箱這類的東西。書桌、電視、收音機、暖器，一概沒有。

「他不會冷嗎？」須川看得目瞪口呆。

「因為天冷時，他幾乎都待在集訓住處，所以沒那個必要。況且，他好像不怕冷。從沒聽說他感冒過。」

「嗯……像他這樣，也真教人佩服了。」須川拉緊大衣前襟，縮著脖子說道。

那麼，楡井的房間裡有什麼呢？說來實在很奇妙。在房間的角落裡，擺著一排百科全書。而且不是放在書架裡，而是直接擺在榻榻米上。佐久間數了數，這套百科全書含附錄，共有二十四本之多。在灰色的老舊牆壁背景下，這套樣式統一、裝幀豪華的全新書背一字排開的景象，令觀者有種詭異之感。

除了百科全書之外，還有一項東西很吸引人，那就是掛在牆上的畫作。不，畫框也相當值得一看。那是周圍有浮雕裝飾的高級品，應該價值數萬日圓。畫框裡是一幅描繪杉江夕子笑容的素描畫。之所以一看就知道是夕子，是因為畫得維妙維肖。在得知這是出自楡井之手時，佐久間他們又是一驚。

「楡井在和杉江小姐交往之前，畫了這幅畫。因為他大方地在房內掛上這幅畫，所以他迷戀杉江小姐的事，馬上便傳了開來。也許是他這個人太粗神經，絲毫都不會感到難為情，就算有人冷嘲熱諷，他還是一樣露出開朗的笑容。不過，最後對方也感受到他的心意，所以他也算是很不簡單。」

「是榆井主動向對方提出交往的要求嗎？」佐久間望著擺在房內角落的一口大鍋，如此問道。那是一口雙耳的耐酸鋁鍋，為什麼唯獨擺了一口鍋呢？

「不，好像不是這樣哦。」

舍監悄聲說道，不懷好意地笑著。

「不是這樣？」

「聽說是杉江小姐主動勾引榆井，老實說我也很吃驚。刑警先生，你們也覺得很意外吧？」

「和她給人的第一印象不一樣。」佐久間答。

「我就說吧。感覺就像被榆井上了一課，原來世上也會有這種事。」舍監露出逗趣的神情。

百科全書和肖像畫的確很顯眼，但這房間裡最古怪的，就屬擺在角落的那座神龕。它高約五十公分，似乎相當勤於清理，上頭沒什麼塵埃。

「這是誰？」須川拿起立在神龕前的一個小相框。裡頭放了兩張照片，一張是年約三十五歲的女子，另一張是年過五十的男子。

「他們分別是榆井的母親和藤村先生。」舍監說。

「原來是他們啊。」佐久間頷首。他已事先調查過榆井的成長背景。

「對榆井來說，他們兩人就像是神一樣。擺在神龕的人，說是神有點奇怪，但真的給人這種感覺。榆井這個人很有趣，但當他面向神龕時，卻感覺有點可怕。」

佐久間再次細看那兩張照片。楡井待在這裡時，總是獨自一人祭拜嗎？

「嗯，原來是這樣。」須川將相框擺回原位，像明白了什麼似的，頻頻點頭。

「怎麼了嗎？」

「我明白楡井被杉江夕子吸引的原因何在了，夕子和楡井的母親長得很像。」

佐久間聞言，仔細比對那張照片和肖像畫，果真如須川所言。首先，兩人的髮型就很相似。前幾天見面時，夕子放下長髮，但這張肖像畫裡的她，則是綁著馬尾。和楡井的母親一樣。逐一比對兩人的五官後，發現並無特別相似處，但整體的氣質很相近。

「這件事，我倒是聽楡井本人提過。」舍監說道。「不只是長相，杉江小姐對花還有顏色的喜愛，也和楡井的母親一樣。」

「這表示他還沒斷奶，是吧。」須川以大拇指輕彈自己的鼻子。

除了百科全書、肖像畫、神龕之外，這房間已無值得一看的東西。在鋪榻榻米的空蕩房間內，只有中央擺著一個薄薄的坐墊。而且房內角落擺著一口大鍋。那口大鍋實在令佐久間掛懷，於是他向那名舍監詢問。對方馬上回答：「哦，那是楡井的洗臉盆，這在宿舍裡可是出名呢。」

「洗臉盆？」

「是啊。他總是帶它去洗澡。聽他說，這樣的大小很方便，而且還附把手，很方便拿取。」

原來是這麼回事，佐久間與須川互望了一眼。

3

走下滑雪纜車後，澤村略微加快腳步，追上走在他前方的杉江翔。輕輕拍了他肩膀一下，翔吃驚地轉頭。

「別那麼吃驚嘛。」澤村露出微笑。「你狀況非常好呢，到底是怎麼回事啊？」

翔並未馬上回答，他那有一對長睫毛的雙眼先是垂望地面，接著才望向澤村。

「總會有這種時候的，不是嗎？」他的語調有些冷淡。

「你是指飛得特別好的時候嗎？我可從來沒遇過呢。」

「那是因為你沒有太大的起伏。你總是穩定地跳出固定的距離。」翔以不帶任何情感的聲音說完後，再度邁步離去。不得已，澤村只好默默跟在他身後。翔的背影看起來無比倦怠。

今天杉江翔跳躍的模樣，同樣令澤村非常在意，有一種不斷向上堆築的壓力。澤村總是自我摸索，藉此提高自己的跳躍實力，相較之下，翔感覺像是朝著某個清楚的目標，穩穩地不斷提升實力。澤村心想，也許翔早在很久以前便一直在進步中。可能是他最近突然有明顯的改變，自己才發現這個事實。

翔先跳，接著才換澤村跳。兩人的跳躍距離一樣。但澤村目前是處在顛峰狀態。再過不久，恐怕就比不過翔了——在滑下落地斜坡時，這個不好的預感從他腦中掠過。

接下來坐滑雪纜車上山時，澤村在中間點下纜車。這裡位於跳台旁，是指導員和教練觀看選手跳躍情況的地方。

「怎麼了，亮太。有什麼事嗎？」見他走來，指導員濱谷詢問。

「不，我有事想找有吉老師。」

澤村擱下滑雪板，朝當中的兩名男子走近，那兩人與教練和指導員有點距離，正在操作相機和計數器。其中一人年約三十五歲，嘴邊留著鬍鬚。另一人還很年輕，感覺弱不禁風。兩人都身穿羽絨外套。

「老師你好。」澤村出聲問候，留著鬍鬚的男子應了一聲「嗨」。另一名年輕男子則是微微點了個頭。

「你還是一樣狀況不錯。」

「沒那麼好啦。只是做做樣子唬人而已。」

澤村來到兩人身旁，往架設地上的相機窺望。

這名鬍鬚男──有吉幸廣，是在北東大學研究生物力學的助理教授。原本是以游泳法作為研究主題，曾發表過《游泳比賽中的甩臂型跳水之相關分析研究》這一類的論文。在某個機緣下，他對滑雪跳躍產生興趣，於是在冰室興產滑雪隊的協助下，持續進行跳躍的相關研究。而且定期在練習場現身，記錄冰室興產滑雪隊成員的資料。

澤村視線移開相機後，彎腰悄聲道：

「我有件事想拜託老師。」

「什麼事？如果跟錢和女人有關，我可幫不上忙哦。」

有吉與身旁的年輕男子相視而笑。那名年輕男子是有吉的助理神崎。

「那種事我不會找你幫忙的。翔剛才的跳躍，你看過了嗎？」

「杉江翔是嗎？」感覺有吉的表情略微變得嚴肅。「他跳得不錯。跟以前有很大的落差。」

「我從之前就很在意，他最近好像跳得特別好。」

「榆井死後，你認為自己的時代終於來臨了，難怪會覺得緊張。」

「你可別開這種玩笑哦。今天早上，某份體育日報才暗指我們可能有這種動機呢。」

「難道沒有嗎？」有吉不懷好意地笑了笑。「今天早上我來這裡時，嚇了一大跳。當時我還心想，什麼時候滑雪跳躍變得這麼熱門呢？從以前那次札幌奧運以來，已許久不曾如此備受世人關注了。」

有吉朝跳台下努了努下巴，澤村跟著望向該處。一旁停了好幾輛報社和雜誌社的車，似乎也來了幾家電視台的記者。警方應該也在，只是藏身在他們之中，沒那麼顯眼。

「全都因為遭殺害的人是榆井。」澤村低語道。

「也許吧。」有吉轉頭望向機器。「對了，翔他怎樣嗎？」

「啊，差點忘了。」

澤村再次低頭行了一禮。「我想請你也一併記錄他的跳躍情形。」

「記錄下來做什麼？」

「分析。」

「誰來分析？」澤村指著有吉的胸口。有吉見狀，也指著自己問：「我？為什麼要分析？」

「有什麼關係嘛。我很在意這件事，你就稍微幫個小忙吧。」

「我說小亮啊。」有吉發出有點不高興的聲音。「我們的研究預算不足，所有活都得靠人工操作。如果這工作真那麼輕鬆，就不必這麼辛苦了。」

「別這麼說嘛！拜託您了。」澤村合掌向有吉拜託的時候，助理神崎叫了一聲「啊，是杉江選手」。澤村就這樣維持合掌拜託的姿勢，轉頭望向跳台的方向。翔正滑下助滑坡。

他精準地掌握時機，奮力一蹬，就此衝向空中。以充分前傾的飛行姿勢，消失在落地斜坡的前方。

「一百二十米。」在遠處觀看跳躍距離的工作人員，以擴音器報告成績。

指導員和教練們也不禁發出「噢」的讚歎。

澤村望向有吉。他似乎也有點驚訝，嘴巴微張。

「拜託你。」澤村再次請託。

有吉環起雙臂一陣低吟，接著望向澤村。

「晚飯你請客？」澤村向他眨了一下眼睛。

澤村在上蠟室聽說，因為挑選黃道吉日的緣故，榆井明的喪禮定於後天舉行。三好教練希望大家儘可能出席。

「怎麼可能不去。」某位選手說。「如果大家都去，只有一個人缺席的話，一定會被當作是兇手。」

這名選手或許只是一句玩笑話，但他這句話效果十足，令周遭的人盡皆沉默。現場變得極為尷尬，那名選手也就此匆匆離開上蠟室。

接著走進的是杉江泰介。他環視室內，走向翔以外的兩名日星滑雪隊成員身邊。傳來他們的談話聲，話題主要是圍繞在意象訓練上。似乎在說明下午的預定行程。

之後泰介走向翔。翔就在澤村身旁，剛開始更衣。澤村一面哼歌，一面豎耳聆聽。

「兩點半開始。兩點在大廳等候。」聽到泰介說了這句話。那是刻意壓低音量的口吻。

「我有點累了。」翔說道。「今天讓我休息一次吧。」

「別說這種任性的話。昨天因為那場風波，什麼事都沒有做，得要追回進度才行。」翔靜默不語。

「聽好了。兩點哦。」撂下這句話後，泰介快步離開上蠟室。澤村目送他離去後，斜眼瞄了翔一眼。

翔一副若有所思的模樣，接著又開始更衣。他面向牆壁，脫下衣服。寬闊的肩膀呈現在澤村面前。

——兩點半開始，是吧？

澤村想起泰介剛才說的話。到底是要開始做什麼？翔的訓練項目，似乎與日星滑雪隊的其他選手不同。

他心不在焉地思索這個問題時，不經意望向翔的下半身，就此停止思考。吸引他目光的，是翔的大腿部位。大腿內側的肌肉高高地隆起。

——他以前腿就這麼壯嗎？

當澤村在心中如此低語時，翔已迅速穿上運動褲。接著他拿起手提包，轉過頭來。與澤村四目交接。

「什麼事？」翔問。一樣是沒半點高低起伏的聲音。他看澤村的眼神，不帶一絲情感。

「不，沒事。」澤村搖頭，翔沒任何反應，扛著自己的滑雪板走出門外。

——他該不會是……

澤村腦中開始存疑。

4

滑雪隊應該已名存實亡，但原工業總公司卻要峰岸暫時繼續待在集訓住處。說得簡單一點，是要他以案件報告人，以及應付警察和媒體的發言人身分留在那裡。峰岸單身，而且自己一個人住。這樣正好。

不過，一直得不到新的資訊，頗令人意外。看似刑警的男子常在飯店內外徘徊，但完全猜不出他們在做些什麼。他曾問過兩、三個人，但對方都是含糊其詞。

中午前，峰岸前往餐廳，靜靜等候滑雪跳躍隊的人們結束上午的練習返回。平時店內總有不少空位，但今天明顯減少許多。從沒見過的男子分坐各桌，肯定是報社或雜誌社的記者。峰岸坐向深處的座位後，眾人紛紛挪動身子，擺出窺望他的姿勢。

——他們一定作夢也沒想到，我就是兇手。

峰岸故作平靜，喝著咖啡如此思忖。任誰怎麼想，都猜不出峰岸殺人的動機，他甚至還被視為受害人呢。

不過……

他心想，自己不能什麼都不做，一直這樣等下去，再這樣下去，我無法安眠。昨天晚上，他幾乎都沒有闔眼。

殺害榆井明的人是你——

那封信上的文字，始終在腦中揮之不去。到底是誰留下那封信？對方故意隱瞞筆跡，而且信紙和信封也從沒見過。

那封信是何時擺在峰岸的房間裡呢？

一想到這點，他便感到無比絕望。因為這件事可以輕鬆辦到，而且每個人都有機會。

從晚餐前，到他去三好房間聊天的這段時間內，峰岸的房間有好幾個小時都沒關。晚餐前他也常離開房間，昨天他根本沒時間悠哉地待在自己的房間裡面。在這裡集訓的人們，幾乎都是如此，大家都不會鎖門。說起來，這就像把東西丟進路旁的垃圾桶一樣，誰都可以輕鬆辦到。

——要我去自首是吧？

峰岸猜想，應該是滑雪跳躍的相關人員。

寫信的人，或許握有什麼線索。我的計畫應該很完美才對，我相信沒有任何破綻。那麼，寫信的人是根據什麼，而推斷是我殺了榆井呢？

他以咖啡潤了潤乾渴的喉嚨，有幾桌的客人連忙別過臉去。雖然剛才沒發現，但他們似乎都注視著峰岸。

有時候別人看著自己，自己卻渾然未覺──

等等！峰岸視線落向在桌上交叉的手掌。也許寫信的人目睹了我犯案的部分過程，這念頭開始在他腦中萌芽。

那麼，到底是哪件事被看到了呢？

關於製作毒膠囊的計畫，峰岸一直很有自信。因為這是他絞盡腦汁的成果，而且執行的過程也相當小心，不可能會被人看見。

──還是說，是更早之前的事？

峰岸想起他取得毒藥時的過程。有誰知道那件事嗎？

峰岸是在今年過年回他位在小樽的老家時，取得毒藥。當然了，家中並非事先就有毒藥，他的目標是離他老家兩百公尺遠的一間老房子。

那裡住著一位七十歲的老太太。她兩年前過世的丈夫，經營一家舊書店，同時也從事蝦夷族研究。峰岸小時候常到她家玩，因為這個緣分，如今他回老家時，也都會前去探望。

峰岸知道老太太家中有烏頭鹼。她丈夫在過世前一年，從櫥櫃抽屜裡取出一個玻璃瓶，拿給峰岸看。他提到以前的蝦夷人都是用烏頭的根來當獵熊用的劇毒，從烏頭中分離出的毒物，就是烏頭鹼。

「只要用針頭稍微蘸一下，一被它刺中，馬上可以讓人倒地。」老人露出一口黃牙笑道。

「吞進肚子也會死嗎？」峰岸問。

「當然會死。內服外用皆可。」老人答。

峰岸一直記得當時的事。所以他決定取楡井性命時，腦中率先想到的，就是這種毒藥。

過年前去拜訪的時候，峰岸趁老太太不注意，偷偷拿走那個瓶子。老太太應該不知道烏頭鹼的事。峰岸不認為有人知道這件事。家人知道他常出入於那家舊書店，但應該不知道已故的店主曾是名蝦夷族研究家。就算知道，也不會馬上聯想到毒藥的事。

——如果不是從我取得毒藥的事而看出我是兇手，那就是我下毒的手法被看穿了……

當他如此思忖時，冰室興產的田端和其他教練一起走進餐廳。田端一見峰岸，便往他對面的位子坐下。

「真傷腦筋。」田端一臉不耐煩地說道。「別說練習了，選手們根本連要專心都有困難。」

「想必暫時會比較辛苦一點。」

「暫時是吧……如果只是暫時倒還好，這個星期六、日一定很慘。」說完他很擔心下次的大賽後，田端叫喚女服務生加奈江。

也許就是他——田端點餐時，峰岸注視他的側臉，迅速在腦中思索。他常和這個男人在一起，也許田端發現了什麼。

「怎麼了？你不吃午飯嗎？」田端拿著菜單詢問。加奈江也望向峰岸。

「當然吃啊，只是不小心發起呆來。」峰岸急忙如此應道，伸指按住眉間。

「你不要緊吧？臉色不太好呢。是不是太累了？」

「是有點累，不過我不要緊。」峰岸一面回答，一面猜想，寫信的人應該不是田端。他們確實常在一起，但自己應該沒在他面前露出破綻才對。

頃刻，片岡也來到一旁。他之前也曾待過原工業，所以田端他們對片岡不像對杉江泰介那般敬而遠之。

「已經知道那天吃完早餐後，誰最後留在餐廳裡了。」片岡湊近峰岸臉邊，悄聲說道。「是三好先生。他好像一直坐在這裡喝咖啡。此事也向女服務生確認過，所以不會有錯。聽說他一直待到快要九點才離開。」

「實在很難懷疑是三好先生。」

「你這種想法很危險，不過算了。有趣的還在後頭。三好先生一開始好像打算從停車場那側的門離開。但因為門結凍，打不開，所以改從通往大廳那側的門離開。」

「那扇門早上一定會結凍。」田端說。

這時，女服生前來詢問點餐，片岡不發一語，伸手指向菜單最上方的定食。

「對了，那天早上十點前，我就是從那扇門走進來。」女服務生離去後，片岡又接續原先的話題。

「嗯，然後呢？」

「當時門並沒有結凍。這表示之前有人從那扇門進出，當時的結凍已經融化。那個人可能就是兇手。」

「而且現在這種時節，不太可能會自然融化。」田端也表示認同。

「換句話說，兇手不論是進還是出，都一定是經由通往停車場的那處出入口。」片岡似乎對於自己的推理頗具信心，眼神相當認真。峰岸也在他的帶動之下，很自然地露出了嚴肅的表情，點了點頭。

「這應該可以供作參考吧？」

「是啊。」峰岸裝出思索貌。「應該可以。」

片岡頷首，端著自己的杯子移往別桌。田端一臉詫異，就像在說「那傢伙在搞什麼啊？」

「出入口是吧……」峰岸低語。

他很清楚，這種想法一點都不管用。只要有人像這樣展開推理，他就能安全無虞。

但是事實並非如此。有人知道真相。

為什麼寫那封信的人知道他是兇手呢？

他應該沒留下任何物證才對。可是為什麼……

峰岸若無其事地環視著四周。不只是片岡和田端，各隊的教練和指導員，都分別坐在各自的餐桌上用餐。

是那個人，還是這個人呢？

峰岸陷入絕望的深淵，心想，今晚又要失眠了。

5

幌南運動中心位在豐平川畔。是五層樓高的大樓，備有運動健身房、體適能教室、網球場、游泳池等，是正規的會員制運動俱樂部。

杉江夕子在這座運動中心二樓的醫學沙龍上班。這家醫學沙龍是以醫學的觀點來對會員進行指導。

她坐櫃台時，一名身穿西裝的男子走來。她本以為是想入會的客人，特意笑臉相迎，但結果不是，她的表情為之一僵。

男子是深町和雄。凸尖的下巴、略顯陰暗的雙眼，一點都沒變。

「我想和妳談談。」他說。

「現在？」夕子問。

深町想了一會兒後應道：「現在就談。只要五分鐘就夠了。」

夕子再度望了他一眼，接著向坐在不遠處操縱電腦的同事說：「我有事離開一下，十分鐘就回來。」

兩人在醫學沙龍旁的一家咖啡廳迎面而坐。深町提議買自動販賣機的咖啡，但夕子回他一句「不需要」。

「對了，妳不喜歡喝即溶咖啡。」他泛起苦笑。

對此，夕子沒有回應，所以深町馬上恢復原本嚴肅的表情，清咳幾聲。

「這幾天，妳應該很辛苦吧？」深町問。

夕子將下巴往內收，應道：「是有一點。」

「我從電視新聞中得知此事。非常震驚。」

「我想也是。」

「遭殺害的人是楡井，我很吃驚，不過，當時妳人在場這件事，我也相當在意。妳果然和他在交往。」

夕子垂眼望向地面，以此代替回答。深町微微頷首。

「警方的搜查，進展到什麼程度？」

「我不知道。」

「妳該不會被警方懷疑吧？」

夕子抬頭凝望深町雙眼。因為她猜不出深町說這句話是否是認真的。看過他的眼神後，還是摸不透。

「也許被懷疑了。」她應道。「懷疑是我將楡井的藥掉包成毒藥。不過，那天上午我一直都在這裡，這應該能構成不在場證明。」

「那就姑且可以放心了。」深町說道。「對了，杉江教練對這次的事件有說些什麼嗎？」

他提到父親的名字時，夕子長嘆一聲，接著搖了搖頭。

「這次的事，他沒特別說些什麼。不過，或許應該說，不見得只有這次的事他才這樣。」

「還是老樣子是吧？其實在我得知這次的事件時，腦中第一個想到的就是杉江教練。我懷疑他和那件事有關，那項計畫仍持續進行中吧？」

這時，夕子同樣垂眼代替回答。

「我猜也是。」深町說。「杉江教練怎麼可能對那項計畫死心嘛。」

「讓你擔心了，真是抱歉。」

「妳沒必要道歉。令堂有說些什麼嗎？」

「她還是跟以前一樣。」

「這樣啊。妳覺得會和這次的事件有關嗎？」

「不，應該沒有關聯。」只有這時候，夕子說得特別堅定。

「是嗎，那就好。我有點在意那件事，所以才順道來看妳。」

「謝謝。」

「已經五分鐘了，上班時間打擾妳，不好意思啊。」

深町站起身，夕子目送他離去的背影。前幾天也和他見過面，但是此刻的心情與當時已截然不同了。待他遠去後，夕子準備重回工作崗位，這時，突然有兩名男子出現在她面前。其中一人注視著夕子，另一人則是望向深町離去的方向。

「妳好。」望著夕子的男子說。

是之前在宮之森見過面的刑警。

6

杉江翔和泰介返回飯店時，時間已過六點。在大廳看體育日報的澤村，確認他們坐進電梯後，跟著站起身。

今天下午兩點，澤村看到泰介帶翔外出。而就在他們開車離去的同時，他目睹兩名刑警開車隨後跟蹤。並非只有杉江父子才這樣。滑雪跳躍相關人員只要外出，一律都會被警方跟監。

澤村吹著口哨，走向緊隨杉江父子走進的年輕刑警。

「案情查得怎樣了？」

朝餐廳的餐點陳列櫃內端詳的刑警，頗感興趣地望向這名突然前來搭話的選手。

「你想問些什麼嗎？」刑警臉上泛著淺笑。突然被人看穿自己的心思，令澤村有點怯縮。

「為什麼這麼說？」

「還問呢。你們不是從來不會主動跟我們說話嗎？你們只會覺得厭煩。不過這也難怪。」澤村摸摸鼻頭和人中。

「你說得也沒錯啦。」

「有什麼事嗎？搜查方面的秘密我不能透露，但你如果是要提供消息，我倒是很歡迎。」

「很遺憾，我要問的事和這起案件無關。你們在跟蹤日星，對吧？」

「日星？」刑警說完之後，這才恍然大悟，點了點頭。「那對父子，是吧？我的確是跟他們同行。」

「他們去了哪裡？」澤村問道。但刑警沒回答，反而是重新抬眼端詳他。

「你為什麼要問這件事？」

「我想知道，他們到底在什麼地方，做些什麼事。」澤村決定如實以告。「杉江翔是我的競爭對手。在乎對手從事什麼練習，這也是理所當然的吧？」

「嗯，競爭對手是吧。」刑警一樣掛著冷笑，上下打量澤村全身。感覺很不舒服。

「很遺憾，我無法滿足你的願望。」刑警說道。「雖然我跟蹤他們，但只一路跟到日星汽車的建築外，沒走進建築內。所以沒看到他們從事什麼練習。」

秘密練習是吧？也許和他想像中的一樣，澤村握緊拳頭。

「那麼，體育館的窗戶也全都遮起來囉？」

「體育館？」刑警皺起眉頭。「不，他們不是去體育館，而是日星汽車的工廠。上面好像寫著第二實驗大樓。」

「實驗大樓……」

他們不是去體育館，而是在實驗大樓裡訓練，果然不出所料，澤村心中更加確定。當中一定暗藏玄機。

晚餐後，澤村到擔任冰室興產運動防護員的笹本房間找他。打開房門一看，池浦和日野也在裡面。池浦趴在床上，正在接受笹本的按摩，日野則是坐在一旁的椅子上看電視。

「連亮太都來啦。這裡可不是休息室哦。」笹本說。
「我是有事想問你。」澤村坐向床邊，如此說道。
「怎麼了啦，這麼嚴肅。」笹本有一張娃娃臉，外加一對大眼。他眼珠骨碌碌地轉著，如此問道。
「是關於禁藥的事。」澤村說。
「禁藥？」笹本就此停止動作。池浦和日野也望向澤村。
「幹嘛，你想用禁藥嗎？」
「才不是呢。我是想請教你，關於檢驗禁藥的事。檢驗很簡單嗎？」
「詳情我也不清楚，但我猜應該很簡單。只要取得尿液就行了。你為什麼這樣問？」
澤村並未回答，他接著問：「笹本先生，你會嗎？」
「我怎麼可能會。這需要技術和器具。」
「這樣啊。」澤村的聲音聽來有點失望。
「你可真是不乾脆，為什麼要這麼問？有人想做禁藥檢驗嗎？」
「算是啦。」
「讓我來猜猜看吧。」池浦一面讓笹本朝他背後按摩，一面注視著澤村。「你是想調查翔，對吧？」
「調查翔？」笹本雙目圓睜。「真的假的？」
「你們可別告訴別人哦。」澤村悄聲應道，接著說出他對翔最近實力突然大幅提升一事感到懷疑。「我今天在不經意中看到他的腿，發現他大腿肌肉非常發達。以前好像也沒這麼誇張。如此短時間內，可以鍛鍊出這樣的肌肉，除了禁藥之外，想不出其他法子了。」

「是大腿的哪一處肌肉。內側還是外側？」

「是內側。」澤村出示自己的大腿內側。

「股二頭肌是吧。」笹本停下按摩的動作，環起雙臂。「有沒有用禁藥姑且不談，如果那個部位肌肉發達，翔的跳躍成績提升就不難理解了。根據一份調查指出，大腿外側與內側肌肉的比例，日本滑雪跳躍選手是一比零點五，歐洲的頂極選手則是一比零點六到零點六五。就效果來說，鍛鍊內側肌肉，在滑雪時會顯現出穩定性的差異。」

「他一定是用了禁藥。」澤村的口吻充滿肯定。「否則不會有這麼大的轉變。下次你們不妨注意一下，因為他的腿有這麼粗。」

澤村用雙手表示出比自己大腿還大上一輪的圓圈。池浦見狀，向笹本問道：「要是用禁藥的話，這麼快就會顯現效果嗎？」

笹本點點頭，「根據使用方法的不同，會鍛鍊出令人難以置信的強健肌肉。」

「就是所謂的肌肉增強劑，對吧。」

「沒錯，一般是使用同化類固醇。此事在漢城奧運中蔚為話題，你們應該也都略有所聞。它讓人容易鍛鍊出肌肉，而且可以減少疲勞，所以能夠勝任更多吃重的訓練。最後，鍛鍊出驚人的肉體。」

「是靠打針嗎？」

「以前只能靠打針。但現在口服便能展現效果。事實上，同化類固醇是在口服藥問世後，才推廣至全世界。」

「嗯。」池浦雙手墊在顎下，沉思片刻後說道：「我也來試試看好了。如果能提升成績，那也不錯。」

「可是，會有副作用吧？」之前一直默不作聲的日野，以認真的口吻詢問。

「問題就出在這裡。主要是會引發肝功能障礙。此外，還有前列腺肥大、高血壓、性慾減退等等症狀。」

「性慾減退我可不要。可是，那些外國選手應該會想辦法解決吧？」池浦橫身躺著，以單手當枕，望向笹本。

「禁藥技術有驚人的進步，這是不爭的事實。」笹本說道。「人們不斷開發出許多可以通過檢查的方法，而抑制副作用的研究也有長足的進步。人們常說，這根本就是惡性循環。」

「這麼一來，日本愈來愈沒勝算。看來該認真思考這個問題了。笹本兄，你怎麼看？你心裡也很想試試看，對吧？」

面對池浦的詢問，笹本神色自若地應道：「是很感興趣。但一旦東窗事發，可是有責任問題呢。還是敬而遠之的好。如果有國外的專家指導，還可以考慮，但這是不可能的事。」

「我明白了。」澤村拍手說道。「日星一定是雇用國外的禁藥專家。只要日星捨得砸錢，總會有辦法吧？」

「沒這麼簡單。」日野低語道。「只要增強肌力，滑行時確實會更加穩定，跳躍力也會增加。但翔的狀況提升，並不只是因為這樣。而是他的技術有所改變。」
接著日野問笹本：「除了增強肌肉外，有沒有提升競技能的方法？」
「這個嘛，能否直接提升能力，還無法確定。」笹本先來了一段開場白，然後望著天花板，開始娓娓道來。「首先是中樞神經作用劑。在自律神經興奮劑當中，一度最廣泛使用的就是安非他命。服藥後會變得相當積極，行動也變得活潑許多。對自己的能力充滿自信，深信自己能贏得勝利。專注力也會提升。」
「聽了真教人垂涎啊。」池浦開玩笑道。
「不過，用得過於頻繁，便會出現精神不安、幻視、幻聽、妄想等症狀。接著取代安非他命問世的，是麻黃素（Ephedrine），它能輕鬆取得。因為感冒藥和鼻噴劑中也常含有這種成分。曾經有個新聞說，有位帶有哮喘病的美國游泳選手，因為服用帶有麻黃素的藥物，而被取消金牌。除了這些藥物外，大概就屬催眠術了。」
「催眠術？」澤村又問了一遍。「你現在很想睡，很想睡……是這個嗎？」
「可不能小看它哦。它對身體完全無害，而且還能防止緊張，建立自信。功效不僅如此。舉個例來說吧，你們都有進行意象訓練，對吧？」
澤村頷首。這種訓練法不是實際跳躍，而是在腦中想像跳躍時的動作，學習身體的動向。其他運動也常進行這種訓練，不過就滑雪跳躍來說，這是很有效的方法。
「像這時候，想像自己最完美的跳躍模樣，應該是最有效的做法，但是要準確地在腦中重現當時的畫面並不容易。催眠術正好可以彌補這項不足。可將存放在記憶皺襞中的感覺喚醒。在腦中反覆上演當時的動作，完美地加以吸收。」
「這太厲害了。」池浦微微舉起雙手，一臉欽佩。「如果是這樣，還真想試試看，但是我不行。因為我至今連一次完美的跳躍也沒有。」
「此外還有許多方法。」笹本面朝日野。「例如以固定週期進行電刺激，讓肌肉變粗的方法，以及使用電擊來提升反應速度的方法。總之，外國人想出了許多方法。」
「他們必定正在做這種事。」澤村深信不疑。「日星就是對翔做了各種嘗試，因為他們有的是錢。」
「也許真是這樣吧。」
日野若有所思地說：「但應該不是以此為主。說到翔的改變，並不單只是肉體方面。感覺也不像是只針對以往的技術加以磨練。而是有另一樣東西在驅策他的身體。」
「你可說得真肯定，可有什麼根據？」澤村如此說道。
日野語氣含糊地回應：「不，我不是那個意思。」
「亮太、日野，我覺得你們可能想太多了。雖然說得煞有介事，但是翔應該沒做那麼複雜的訓練才對。不過，使用類固醇倒是有可能。我猜翔只是最近狀況比較好罷了。」
池浦坐起身。但澤村發現，他的話語中帶有些許不安。
「這件事在這裡談談就好，可別傳出去哦。要是讓人知道我給你們出主意，一定會遭受各方壓力。不過，日野那番話很中聽，就是有另一樣東西在驅策他身體這句話。我猜應該指的是杉江泰介吧。」笹本半開玩笑地說道。

但澤村卻沒當它是笑話。

——也許這才是真正的原因。

他心中如此暗忖。

7

佐久間按了按眼頭，眼睛有點痠痛。而且房間滿是煙霧，煙滲進不抽菸的佐久間眼中。結束搜查會議，眾人就此解散。時間已過十二點。只剩佐久間和須川留在會議室內。

事件發生至今，已是第三天。雖還不必過於心急，但搜查總部內卻已彌漫著一股難以言喻的沉悶氣氛。

因為嫌犯明明就在限定的範圍內，且犯案手法也很明確，但還是遲遲不見進展。

當初他們認為要過濾出嫌犯是件很輕鬆的工作。因為犯案時刻，也就是將榆井明的藥掉包成毒藥的時間帶，相當清楚明確。在餐廳沒人的上午九點到九點四十分這段時間，為可能犯案的時間帶，這段下結論的過程應該是沒有任何瑕疵才對。

但之後卻苦無任何進展。第一，能清楚提出不在場證明的人，出乎預期的少。當天是集訓的休息日，許多選手和指導員在這個時間帶裡都待在飯店內。就算是前一天就回自己家中過夜的人，也有偷偷返回飯店的可能。

第二，沒有目擊者。犯人肯定是獨自走進餐廳，把藥掉包，卻沒人目睹。也可能有人看見，但因為是極為稀鬆平常的畫面，所以想不起來。不管怎樣，完全查無這方面的線索。

第三，毒藥的來路不明。查遍滑雪跳躍界的周邊情報，完全沒發現任何和烏頭鹼有關的事。

第四是動機。

在佐久間身旁吃完泡麵的須川，手伸進香菸盒裡。「覺得榆井礙事的選手不少。但這和想置他於死，又是截然不同的情感。事實上，根據目前的調查，完全找不到有人對榆井懷有殺意。」

「沒人會憎恨榆井——這是杉江夕子說的話，對吧？」

佐久間想起今天白天和她見面時的事。聽說是夕子主動追求榆井，佐久間向她詢問這項傳言的真偽，結果夕子並未否認。由於榆井常送她禮物，所以一開始她主動邀榆井一起用餐，當作是回禮。就這樣一直交往至今。

「我當時沒想過以後的事。」

這也是她自己說的。須川毫不避諱地問：「是有年齡差距的問題嗎？」夕子則是回了他一句「你自己去猜吧」。

他們對杉江夕子做了很深入的調查。她自當地的短大畢業後，便在現在的公司上班。去年初夏才邂逅榆井，為了替日星隊加油，她幾乎每天都會送吃的到集訓住處慰勞他們，就這樣和榆井變得熟稔。

不過，今天有名陌生男子到她公司找她。是名臉頰瘦削，看起來一本正經的男子。向夕子詢問後得知，那男子名叫深町和雄，昔日曾是日星滑雪隊的選手。現在似乎在日星汽車從事實務方面的工作。聽說他是從新聞中得知此次的案件，因為擔心而前來探望。詢問夕子與他的關係時，夕子回答以前曾和他交往過一陣子，臉上沒有難為情之色。

警方也對深町展開調查，但目前沒查出什麼結果。

簡言之，沒任何線索。

「也許被你說中了。」

「被我說中？」

「兇手並不是一個笨蛋，他有自信，自己應該沒那麼簡單就讓人推測出身分。所以才會想出那樣的犯案手法。」

「他確定就算經由毒藥的取得管道來調查，也不會露出破綻。」

「應該是吧。」須川吐了口煙，重新交叉雙腿。

目前發現的線索，就只有疑似兇手丟棄的藥袋。就丟棄在圓山飯店外某個果汁自動販賣機的垃圾箱裡，裡頭放有約一星期份量的維他命膠囊。鑑識課迅速進行調查，但不出所料，上面沒留下任何指紋。警方也針對此事找尋目擊者，但還是一無所獲。

「不過，以兇手的行動來看，還是有幾個疑點。」須川自言自語般地說道。「兇手至少在偷走榆井藥袋的兩個星期前，就想出此次的犯案計畫。可是卻在兩天前才進行毒藥測試。這點怎麼想都覺得奇怪。」

「我也有這種感覺。」佐久間點頭表示同意。

那隻野狗屍體的調查結果，終於在今天晚上出爐。佐久間的直覺沒錯，那隻狗體內驗出毒性反應。和楡井服下的毒藥一樣，是烏頭鹼。推測是兇手為了測試毒性，而在星期六晚上將毒藥混進藤井加奈江準備餵狗的食物中。

「會是犯案前，突然對毒藥的效果感到不安嗎？」

「有可能。要不然就是取得毒藥的時間比預期來得晚……」

須川話才剛說完，旋即搖頭說：「不對。」

「這名兇手不是這麼沒計畫的人。毒藥應該是照預定的計畫取得，對它的功效應該也很有自信才對。以野狗來實驗，是很危險的行徑。此次是因為那隻狗倒臥在雪堆中，而且那晚剛好下了一場大雪，兩相重疊之下，才比較晚被人發現。然而，要是被人發現那隻狗死狀怪異地倒臥在餐盤旁，馬上便會懷疑是食物有問題。一般來說，兇手在實際犯案前，都不想引發無謂的風波。」

「也許是發生某個意料之外的事。」

「意料之外的事……」

須川叼著菸，深深陷進椅子內。白煙在他的眼前裊裊而升，煙似乎滲進他眼中，只見他頻頻眨眼。

「因為發生意外事件，而不得不毒殺那隻狗。然後向那隻可憐的狗獻花，是吧？」至今仍不知道是誰在狗的屍體旁獻花，只能猜測是兇手所為。

「這種意外事件，往往會要了兇手的命。」

「你說得對，不過……兇手可能不會那麼輕易露出狐狸尾巴。」須川終於把菸移開嘴邊，朝一旁的菸灰缸捻熄。接著他以雙手拍拍臉頰。「我們也回去吧。」

確實正如須川所言，要是再這樣下去，恐怕連搜查當局也沒能那麼容易鎖定兇手。但是就在隔天，情況突然有了戲劇性的變化。

震撼搜查總部的，是一封快遞信。

「札幌西警局 楡井明命案搜查總部 敬啟」

白色的信封外，寫有這一行字。那方方正正的文字，就像是用直尺寫成的一樣。沒有寄件者姓名。郵戳日期是昨天下午。

信紙是畫有直線的正規信紙，裡頭同樣是工整的方正文字。

當河野警部公開信中內容時，在場的所有搜查員皆為之譁然。

佐久間也是其中之一。

「這到底是怎麼回事？」他低聲說。

「不知道，完全摸不著頭緒。」須川也說。

信中內容如下：「殺害楡井明的人，是原工業滑雪隊的指導員峰岸。應立即逮捕。」

查明

1

峰岸離開被窩時，已將近十一點，但他還是感覺昏沉沉的。

他並不是睡昏頭，而是沒睡飽。昨晚他始終無法成眠，結果他在快天明時喝了杯威士忌。

他在坐墊上盤腿而坐，茫然望著空中。朦朧中，他依稀記得自己作了幾個夢。毫無脈絡可循，莫名其妙的影像，一一拼湊成夢境。當中還有自己跳躍飛行的畫面，此刻的不舒服感，似乎就是源自於此。

真是夠了——他如此低語。夢見自己跳躍飛行，是很痛苦的一件事。

高中時代的峰岸，人稱「小樽怪童」。每每出賽都贏得冠軍，也曾多次蟬聯冠軍。面對同是高中生的對手，他自信無人能出其右。也曾向朋友和競爭對手發出豪語，說他就算現在加入日本代表隊，相信也不會表現太差。

到了高三那年，開始有不少人前來挖角，全都是知名的企業隊。峰岸猶豫良久，最後決定加入原工業。這是個經營多年的隊伍，過去造就了多位知名選手。而最吸引他的原因，是隊上由藤村擔任教練。因為他早有耳聞，藤村是最棒的指導教練。

加入企業團體後，他首先嘗到的是日本代表隊的嚴苛。青少年與成人，其練習量與競爭激烈的差異，根本無法相提並論。

比賽時的壓力也遠遠高出許多，而且當中還有不少爾虞我詐。

在某次比賽中，峰岸完成第一次跳躍時，首次暫居領先。光是這樣他便已相當興奮，但他在等候第二次上場跳躍時，其他滑雪跳躍的前輩們輪流前來和他攀談。

「喂，你也太拚了吧。」有人笑著這樣對他說，也有人告訴他：「希望你第二次跳躍能超越八十五公尺。這樣就肯定能奪冠。」讓他特別在乎這具體的數字。甚至有位前輩還拍著他的肩膀，很明白地對他說：「這是你第一次贏得冠軍，對吧？」

他們的目的都是要造成他的壓力。這是個追求勝敗的世界，所以也是理所當然，但當時峰岸還沒習慣這種爾虞我詐。而對他影響最大的，是有人在他身後若無其事地談論：「右邊吹來的風好像增強了。」

對習慣往左彎的峰岸來說，右邊吹來的風正是他的罩門。結果他第二次跳躍失敗了，因太過在意風向而用力過猛。事實上，右邊根本沒風。那些人在他身後交談，只是為了讓他感到緊張而運用的策略罷了。

有了幾次教訓後，峰岸已能在一次賽季中奪得幾場冠軍。並在他二十三歲，也就是高中畢業後的第五年，達到顛峰。在日本全國大賽中奪得優勝，參加世界盃同樣也表現不俗。

我想維持實力，好參加下次的奧運——這是峰岸唯一的心願。

就在這時，他的身體遭遇了意想不到的事故。

那是一場九十米級的比賽。在這天的比賽前，他一直保持絕佳狀態。他心想，如果能維持這種狀況，今天也有可能獲勝。

接著他展開第一次跳躍……

當他從助滑坡滑下時，感覺一切都很完美，姿勢比平時更穩定，腳掌緊緊抓牢雪地。他加速滑行，進入飛躍跑道。接著使勁一躍。角度、時機，理應都掌控得很完美才對……

當時他為何會那麼做，峰岸至今仍不明白。可是看錄影帶重播，那的確是不爭的事實。理應是一次完美的跳躍，但他卻在躍出後縮起雙腳。顯而易見，如此一來，他將完全無法承受升力，最後倒栽蔥落地。

他就此墜落。同時下半身感受到一陣劇痛，意識頓時遠去。有人衝向他，向他叫喚：「喂，你不要緊吧？」但那聲音聽起來就像來自牆外一般。

他受的傷，病名為左膝關節處的複雜性骨折。

「你跳得太完美了。」藤村凝望醫院窗外的景色，如此低語。聲音相當平穩。「因為跳得太完美，身體前後都沒受到風阻，因而產生一種宛如置身真空中的不安感。滑雪跳躍的選手要是感覺不到風的存在，反而會產生恐懼。明知這時縮腳會造成反效果，但是卻本能地採取這種行動，對吧？」

峰岸在床上坐起身，望向房內的白牆。他怔怔地聆聽藤村解說，但對於自己在什麼念頭下做了什麼，沒半點記憶。因為他躍離跳台的瞬間，腦中一片空白。

藤村回過頭來，靜靜注視他的雙眼。接著他以堅決的口吻說道：「你得戰勝那種恐懼。這樣才會變得無敵。」

「我還能飛嗎？」峰岸指著石膏問。

「當然。就連鳥也是會換羽毛的。」藤村很肯定地應道。

接著，果然如藤村所言，一年後，峰岸重新站上跳台。一開始是和這段空白期所產生的恐懼對抗，但他很快便度過這個時期，以前的感覺再次甦醒。

然而，他始終無法恢復以往的成績。感覺明明一樣，但落地點卻比預期的短少許多。

「你的肌力和爆發力都已恢復。」藤村說道。「簡言之，你的感覺已亂。當務之急，就是先認清這點。」

感覺是滑雪跳躍選手的財產。是否擁有好的感覺，足以左右一名選手的技藝高低。

峰岸默默反覆練習。聽取知名選手的建言，重複看自己過去顛峰時期的影帶。他想發現自己心中究竟是哪裡亂了。

正當他為此所苦時，年輕選手輩出。他們就像昔日的峰岸，展現出無所畏懼的跳躍英姿。曾幾何時，峰岸在比賽中上場的順序，已排在前頭。這表示他的排名一路往下掉。

榆井明高中畢業後加入原工業時，峰岸正處於這種狀態。

峰岸很明白榆井的實力，但和他一起練習後，又受到新的衝擊。

最令他印象深刻的，是榆井第一次贏得優勝時。那是電視台在大倉山舉辦的大賽，感覺上觀眾比平時來得多。

榆井在第一次跳躍中，跳出最長距離而暫居首位。但因為今天天候狀況佳，暫居次位的選手僅以些微差距緊追在後。第一次跳躍結束後，眾人都認為勝負難料。而領先集團的選手們，這時當然會對榆井施壓。然而，在這種時候，他們的陰謀根本起不了作用。

第一次跳躍結束後，選手們走進上蠟室，為滑雪板上蠟，準備第二次跳躍。楡井打從走進上蠟室之前，便一直開心地大呼小叫。

「我領先，領先耶。我的第一次優勝。」他的聲音尖銳刺耳。峰岸提醒他安靜一點，但他卻還是笑咪咪的模樣。

「這位大哥，你這麼開心好嗎？」一名資深的選手低聲道。「滑雪跳躍是兩次決勝負耶。會發生什麼事，還不清楚呢。你也有可能會墜落哦。」

接著他轉頭面向身旁的選手，說了一句：「對吧？」詢求對方附和。那名選手也帶著不懷好意地笑容看著楡井。

但楡井面不改色。聽完那名資深選手的話後，他重重點頭，開朗地笑道：「說得是，會發生什麼事，還不清楚。也有可能除了我之外，所有人都在比賽中跌倒。」結果反而是令那名資深的選手臉色大變。

站上跳台後，有許多雜音傳向楡井。但他完全不以為意。大家想讓他在意優勝的事，對他造成壓力，但打從一開始他便深信自己會贏得優勝，所以根本沒效。結果他獲得壓倒性的勝利。其他落敗的選手，見他那樣的態度，恨得咬牙切齒，但還是拿他沒輒。

「那傢伙比想像中來得奸詐。」第二次跳躍失敗的那名資深選手，在峰岸耳邊低語道。

那天下午，電視播出比賽情形，所以峰岸在房間裡與楡井、藤村一起觀看。第一次跳躍越過K點的楡井，一面拍手，一面滑下助滑坡。當他在減速道停下時，他側身面向螢幕，雙手比出勝利手勢。他是在比給誰看呢？正當峰岸感到納悶時，一旁的榆井笑出聲來。
「啊，糟了。電視台攝影機在拍我啊？」看來，他是向觀眾比出勝利手勢。
那天晚上用完餐後，榆井點了一份蛋糕。將水果蛋糕擺在桌上後，他從口袋裡取出某樣東西，插在蛋糕上。原來是螺旋形狀的蠟燭。他朝蠟燭點火，唱了首莫名其妙的歌後，吹熄燭火，然後一臉開心地吃起了蛋糕。
「這是慶祝贏得優勝唷。」他說。
見榆井將叉子送入口中的神情，峰岸心想，他並不是奸詐，只是神經構造異於常人罷了。峰岸不只注意到他的精神層面，當然也從他的跳躍技術中看出他的天才特質。特別是他做出飛行姿勢後的速度，總令他為之瞠目。

峰岸腦中浮現一個念頭。
那是在他的滑雪跳躍生涯中，最後下定的決心。

猛然回神，峰岸已來到健身訓練館。
這座健身訓練館是圓山飯店為了因應各種運動選手集訓之用，特別建造的。位於別館一樓，就在峰岸他們住宿的房間隔壁。
峰岸坐在舉重練習凳上，嘆了口氣。
——為什麼想到那種事？

他想起當時自己下定的決心，緩緩地搖了搖頭。到頭來，他當時的「想法」，根本就是一項錯誤。那不過只是幻影罷了。

峰岸伸手抵著前額，接著摸了摸臉龐，他覺得有點頭痛。彷彿胃部被人往上頂著，甚至有些微微想吐。

他摸著臉龐的手突然停住，注意力移向從指縫間看到的東西。正是峰岸他們房間的窗戶。雖然已拉上窗簾但並未關緊，可從縫隙看見房內。

峰岸站起身，走向窗邊。為了防盜，窗上設有窗格。他隔著窗格窺望房內。可清楚看見房內的暖桌。

他首先想到的，是上週四的夜晚。

他鎖上房門，坐在暖桌前，然後從手提包裡取出準備好的東西。一個是裝有烏頭鹼的瓶子，另一個是從榆井偷來的維他命膠囊。

要做的事很簡單。只要將膠囊內的藥換成烏頭鹼即可。不過，這是劇毒，處理時馬虎不得。他套上事先備好的橡膠手套，並戴上口罩，以掏耳棒將毒藥裝進膠囊中。

做出幾個含有劇毒的膠囊後，他結束這項工作。接著將鋪在暖桌上的報紙、橡膠手套、口罩、掏耳棒，全部收進塑膠袋，塞進手提包裡。

接著他將一顆有毒的膠囊放進一個小塑膠袋裡，收進衣服口袋中。其餘的有毒膠囊與維他命膠囊混在一起，確認數量後收進藥袋中。正巧這個時候，榆井似乎剛領回兩週用量的維他命，數量不少。

藥袋也同樣放進衣服口袋裡。

至於關鍵的烏頭鹼瓶子……

峰岸走向健身車，鬆開固定坐墊高度的螺絲，連同座管一起往上拔。座管的中間是空洞。現在以膠帶封住。

撕下膠帶，可以看見裡頭塞了一個塑膠袋。峰岸伸指進去將它取出。

裡頭裝有多餘的膠囊和一個細小的瓶子。瓶內的白色粉末就是烏頭鹼。

峰岸注視那裝有毒藥的瓶子，雖然只有一把大小，但這便足夠再多殺幾人。

不過，現在他只需要再殺一人即可。殺了對方，再佯裝成是自殺。將對方偽裝成是殺害榆井的兇手，加以毒殺。

在那之前，他不能丟棄毒藥。

他正準備將毒藥放回管中時，突然就此停止動作。因為他為了不讓塑膠袋的袋口打開，特地用橡皮筋綁上，但他覺得綁法有點可疑。

為了謹慎起見，他鬆開橡皮筋查看，結果為之愕然。

裡頭明顯有碰觸過的痕跡。感覺像是有人從塑膠袋中取出瓶子，然後又放回原處。

他手指打顫。

——到底是誰會查看這種地方？

此時峰岸腦中閃過一個念頭，自己該不會是在藏毒藥時被人給撞見了吧？可以從隔壁房間的窗戶看見訓練館內。但他在藏毒藥時，應該已充分注意過四周才對。

峰岸將裝有瓶子的塑膠袋塞進座管內，讓坐墊恢復原形。接著他跨上坐墊，踩起了踏板。起初沒什麼變化。但用力踩了幾下後，微微發出卡啦卡啦的聲音。

他暗啐一聲，離開坐墊，再次拆下坐墊，取出塑膠袋。

——竟然會這樣！

我真是太丟臉了。

也許是有人在進行踩腳踏車訓練時，發現有怪聲，因而拆下坐墊。然後發現這個塑膠袋。

「竟然會是這樣！」這次他發出了聲音，一再反覆地喃喃自語。要是有人發現這裝有毒藥的小瓶子……

當他呆立原地時，發現飯店的櫃台人員從外面走來。這座訓練館的出入口是一扇玻璃門。

「峰岸先生，原來您在這裡啊。」櫃台人員一副鬆了口氣的神情。

「有什麼事嗎？」峰岸問。他掌心出汗，伸手往長褲兩側擦拭。塑膠袋放進自己口袋中。

「警察來了。」

「警察？刑警不是每天都來嗎？」

「不，事情是這樣子的……」櫃台人員似乎自己也不太明白，側著頭說道：「他們說有事要找您，務必要見您一面。」

「嗯……」峰岸嚥了嚥口水，發出很大的聲響，令他擔心是否連櫃台人員都聽見了。

「他們在餐廳等您。」不過櫃台人員對他的表情變化沒什麼興趣。

「我馬上就去。」

櫃台人員離去後，峰岸環視訓練館內。他的目光停在舉重練習凳上。他抬起練習凳，拆下其中一隻腳的止滑墊片。這隻腳同樣也是鐵管做成。他將塑膠袋藏進裡頭。

處理完後，他邁步離去。感覺雙腳在顫抖。

——現在不是沉浸在回憶中的時候。

他想再次嚥口水，但口中無比乾渴。

2

「只是單純想要作一個確認，沒什麼特別的意思。搜查沒有進展，所以想回歸原點，確認一些事情。只是要核對一下，看是否有哪個環節疏忽了，警方畢竟也算是公家單位，你只要這麼想就行了。」須川流暢地說明原委，他們坐在「紫丁香」餐廳裡。而坐在佐久間與須川對面的，是原工業的指導員峰岸，他們要求峰岸再次描述事件發生當天他人在何處，峰岸露出詫異的表情。

「搜查沒有進展嗎？」峰岸反問。

「算不上順利。」須川以誇張的動作，伸掌朝腦後拍了兩下。「因為範圍很小，本以為要是進行順利的話，現在就差不多破案了。沒能達成你的期待，真是不好意思啊。」

「為了要早點破案，還需要各位的鼎力協助。」佐久間補上這麼一句。須川頷首。峰岸眉頭微蹙，清咳幾聲。

「我是很想幫忙，但關於那天早上我人在哪裡，答案還是跟我之前告訴你們的一樣。我吃完早餐後，到冰室興產的田端先生房間，和他一起下棋。之後吃午餐。」

「你們兩人一直在一起嗎？」佐久間問。

「都在一起。我們一直在下棋，田端先生愛下棋。」

「結果誰贏？」

「我連輸兩場。因為當時田端先生的狀況不錯。」

佐久間瞄了須川一眼。他表情沒變，但應該是已經發現可疑之處。

今天在來這裡之前，他們先去了宮之森的跳台滑雪場一趟，向田端問了些話。若無其事地問他那天早上是否一直和峰岸在一起。田端的答案很明確，說他們連上廁所都在一起。不過，問到下棋的勝負結果時，田端提到一件令人略感在意的事。

「當時我們下了兩盤，兩盤都是我贏。老實說，這種情況很罕見。因為平時十盤當中我往往會輸六盤。第二盤我之所以會贏，是峰岸他太疏忽了。我原本還以為自己輸定了呢，看來是他看錯哪步了。」

佐久間將這項證詞視為重要的線索。峰岸犯下了不像他該有的疏忽，也許是因為有某個無法集中精神的原因。而峰岸也不說他是因為疏忽而輸棋，反而說是對方狀況好。這當中或許有什麼蹊蹺。

「聽說那天是集訓的休息日，你們常在休息日的上午下棋嗎？」須川問。

「倒也不是常常，但若我閒來無事，都會陪田端先生下棋。」

「這麼說來，那天也是田端先生邀你一起下棋囉？」聽田端說，主動邀約下棋的人，似乎是峰岸。佐久間等候他回答。

峰岸想了一會兒後應道：「不，當時是我主動邀約。因為我突然很想下棋，田端先生這個人向來不會拒絕別人的邀約。」

「看起來的確像是這樣。有個這樣的人，應該很方便吧？」須川說完後，峰岸隔了一會兒，露出奇怪的表情。

「因為我這個人沒什麼其他娛樂。」他說。

「是嗎？這工作可真是辛苦啊，聽說整個賽季幾乎都住在飯店裡。」

「是啊。」

「峰岸先生，聽說你老家在小樽，平時不太方便回家，對吧？」

「是啊……最近都沒回家。」說完後，峰岸的視線投向斜下方。佐久間察覺到他在這一瞬間顯露慌亂之色，但也可能是他自己想多了。

之後，須川再一次詢問峰岸得知榆井昏倒時的事，和之前他的說法吻合，也與其他人的供詞一致。須川向峰岸道謝，站起身，臨走時說道：「啊，對了。昨天在停車場發現一隻野狗的屍體。聽說那隻狗叫小野，你知道嗎？」

「小野？哦，對了，昨晚好像有人在談這件事。怎麼了嗎？」

「沒什麼，只是有個地方覺得有點可疑。我們進行了解剖。」

「哦……」峰岸的表情看不出特別的變化。

「結果從牠體內驗出毒性反應，和榆井選手服下的毒藥一樣。」

「咦？」峰岸睜大雙眼。「這……真的嗎？」

「是真的。所以我們才想，你或許會有什麼線索？」須川說，佐久間在一旁仔細觀察峰岸的反應。峰岸嘴巴微張，眼珠急促地轉動。

「不，我沒半點線索。那隻狗為什麼會……真的是和榆井服下的毒藥一樣嗎？」

「不會有錯的。」須川斷言。

峰岸做出像是以手背擦嘴般的動作，搖了搖頭。

「這到底是怎麼回事呢？我真的不知道……」

「是嗎？要是你想到什麼的話，請再與我們聯絡。」須川與佐久間再次行了一禮，就此與峰岸告別，走出飯店。

「真搞不懂。」坐上車後，須川低語道。「問到那隻狗被毒死的事情時，你看到他的表情了吧？看起來像是真的很驚訝。」

「我有同感。如果是他毒死那隻狗，在聽到狗被解剖的事情時，應該會顯得有些慌亂。但當時他的表情幾乎沒有任何變化。還是說，說他的演技高超？」

「他看起來不像很會壓抑情感的人。還有件事真教人猜不透，就是他在命案當天的行動。」

「確實讓人猜不透。峰岸有完美的不在場證明。他應該沒時間掉包藥袋才對。」

「田端也有可能是共犯，但目前看來，沒這個可能。」

「不過，峰岸身上確實帶有犯罪的味道。哪天不好，偏偏選在那天主動邀田端下棋，這點實在啟人疑竇。而且那天下棋時，他很罕見地失誤連連，田端的這番證詞也很引人注意。」

「如果他就是兇手，他主動邀田端下棋的事，可以視為刻意製造當時的不在場證明。我們原本認為藥袋掉包的時間是早餐後到午餐前這段時間，看來推論有誤。不過，榆井將藥包交給女服務生，是早餐時的事。而他服藥死亡，又是在午餐後……」須川坐在前座，沉聲低吟。

「一開始藥裡面就有毒，這應該是不可能的。」搜查員已到榆井領藥的石田醫院調查過。調查的結果得知，在轉交榆井之前，其他第三者不可能有機會碰觸藥包，醫院也不可能聯合起來毒殺榆井。

「那封信裡的內容是真的嗎？」須川如此說道，佐久間正好也在想那封信的事。

殺害榆井明的人，是原工業滑雪隊的指導員峰岸。

到底是誰寄出那封信？

此事無從得知，他們決定姑且先對峰岸展開調查。再次確認過峰岸的不在場證明，但正因為峰岸給人灰色的迷濛之感，讓人對那位寄信者的身分更加在意。

「為什麼要用告密的手段？」佐久間提出心中的疑問。

「應該是害怕自己的名字曝光吧。不管是採用何種形式，要是向警方出賣自己的同伴，日後總還是會覺得尷尬。」

目前猜測，寄信者應該是滑雪跳躍的相關人員。其他搜查員應該已不動聲色地展開調查，看最近有沒人寫信，或是昨天有誰靠近郵筒邊。對於密告信所用的信紙和信封，也逐一向各家文具店打聽。

「如果是這樣，直接勸峰岸自首不就好了嗎？對峰岸來說，這樣也比較好。」

「可能交情沒那麼好吧，也可能是個很冷漠的人。」

「此外還有一項疑點。那封信為什麼不明示兇手毒殺的手法呢？如果他這麼做，應該可以更輕鬆破案。」

「關於這點，我也很不滿。」須川往膝上一拍。

「對此，有兩個可能。一，寫信的人是信口胡謅。他沒有根據，就只是懷疑峰岸。或是想要誣陷峰岸。」

「有這個可能。」須川頷首。搜查總部也有人提出看法，認為這可能是憎恨峰岸的人所做的惡作劇，或是這名告密者才是真正的兇手。

「另一個可能，就是寫信者確實知道兇手便是峰岸。但他不知道峰岸如何掉包藥袋，所以才寫了這樣一封信。」

「為什麼他知道峰岸是兇手？」

「也許是在某個機緣下，得知峰岸的殺意。例如目擊他擁有毒藥的過程之類的。」

「目擊是嗎？如果是這樣的話，就不需要理由了。」

回到搜查總部後，兩人向河野警部報告。河野顯得悶悶不樂。

「沒有動機，而且又有不在場證明，像這樣的人為什麼說他是兇手？」他難掩心中的焦躁。

「找不出他的殺人動機嗎？」須川問。

「找不到。打從知道榆井是遭殺害的時候起，便對峰岸展開詳細的調查。他應該是沒理由殺害榆井才對。倒不如說，榆井死了，最吃虧的人便是峰岸。」

「對於寄信者，可有查出什麼？」佐久間如此詢問，河野明顯露出不悅之色。

「上面沒留下指紋。雖然查出信封和信紙的製造商，但一點用處也沒有。真希望那個人不要這麼不乾不脆，直接上這裡跟我們說不就好了。」他的焦躁不耐，似乎也針對那名寄信者。

「假設峰岸就是兇手，」須川以右手中指輕敲太陽穴說道。「他是如何取得毒藥呢？這可不是到處都有的東西啊。」

「關於這點，我已派人調查。要是峰岸身邊有人和毒藥有關，事情就好辦了。」

「結果查得怎樣？」面對須川的詢問，河野嘛起下唇，搖了搖頭。

「烏頭鹼是從烏頭中萃取出的毒藥，蝦夷人作為狩獵之用。我們從研究這方面領域的人展開調查，目前還沒查出和滑雪跳躍相關人員之間的關聯。」河野遞出一本擺在旁邊的小冊子，佐久間接過後打開翻閱，上頭列滿了人名。

「這是向附近的蝦夷族研究家組成的研究團體借來的，是他們所屬人員的名單。」名單上的人名，幾乎都已用簽字筆打勾過。應該是已打過電話確認與滑雪跳躍相關人員之間有無往來。名單的最後，寫有兩名退會者的名字。分別是立花直次、山本悟郎，這兩人都因過世而退會，會內可能以高齡者居多。

「植物園有沒有可能？」佐久間說道。「在北大農學院的附屬植物園內，栽種了各種烏頭。他們可能也會製造毒藥。」

「之前得知楡井服的是烏頭鹼時，便已到北大農學院調查。目前查無任何關聯。」

「他沒辦法自己從烏頭中取出有毒的部分嗎？」須川說。

「要取出有毒的部分很簡單，只要切下根部就行了。但要分離出烏頭鹼，就不是外行人所能辦到。」河野直接加以駁斥。

「聽說烏頭也用在中藥中。」佐久間說。

「沒錯。」河野翻開自己的記事本。「好像會為了鎮痛、強心，而搭配八味地黃丸、真武湯之類的中藥。不過在這種情況下，也不會使用分離出的烏頭鹼，所以這種可能性微乎其微。倒不如說，有藥學相關背景的人還比較有這個可能。聽說在藥理實驗中，都是用烏頭鹼來造成心律不整的現象。」

「你研究得可真徹底。」須川調侃道。

「就是因為完全沒進展啊。」

河野冷漠的表情就像在說——這話一點都不好笑。

到峰岸住的公寓附近打聽的搜查員已經返回。不過，成果如何，從他的表情就看得出來。

「住在峰岸隔壁的男子，果然也是在原工業上班，聽說他和峰岸走得近，還特地到他們公司一趟。但都打聽不出什麼有用的消息。」這名體型矮胖、理著五分頭的刑警，一臉遺憾地說道。「人們對峰岸的風評，都說他是個一板一眼、很有責任感的人。不論做什麼事，都絕不偷懶，也很會照顧人。那名男子甚至還對我提出忠告，說我如果懷疑他的話，根本就是找錯對象，該適可而止了。」

「女人方面的線索怎樣？」河野問。

「什麼也查不出來。峰岸身邊似乎沒有女人，他好像全神投入滑雪跳躍的工作中。」

「這樣啊……」面對這令人失望的結果，河野一臉無趣地搔著臉頰。

有人提出意見，認為峰岸和榆井之間，有可能曾為了杉江夕子而起爭執，但在聽過調查結果之後，佐久間心想，果然和他原本的預料一樣。

「雖然全神投入滑雪跳躍的工作之中，但是他現在已經不是選手了，總還是會有一、兩件情史吧？」須川坐在桌上，剪著指甲，如此揶揄道。「集訓期間就姑且不談，如果是非集訓期間，他都在做些什麼？過年期間總沒有集訓吧？一個三十多歲的男人，待在公寓裡，難不成會是在打電動？」

「我不清楚他平時會不會打電動，但聽說他過年期間都不在公寓裡。」

「那他會去哪裡？」

「回老家。他老家位在小樽，聽說他都會回家過年。」

「嗯，我知道他老家是小樽……」須川轉頭望向佐久間，佐久間也略微側頭作為回應，兩人似乎想著同一件事。

剛才與峰岸交談時，提到他老家的事。當時他說「最近都沒回家」。如果過年時回家了，應該是不會這麼說才對。還是說，他不小心忘了呢？

——假如他撒謊，為何要撒這種謊？就算他過年時回老家，也沒人會覺得奇怪啊。

難道真的只是忘了？

不對，佐久間在心中暗忖，他想起峰岸說「最近都沒回家」時的表情。在說話的瞬間，他臉上浮現慌亂之色，他在慌亂什麼？

——難道是……

在峰岸的意識中，極力不想讓人知道他曾經回小樽老家的事？是這個念頭，讓他不自主地撒謊嗎？

——如果真是這樣，這就是他隱瞞自己曾經回過小樽老家的原因了。

3

午後，峰岸前往榆井的單身宿舍。明天將會借用這裡的集會所舉行喪禮，他今天是來討論治喪事宜。來到宿舍管理室一看，榆井的舅舅早已從旭川趕來。之前曾在電話中和他談過話，但這還是第一次見面。對方遞出的名片上印有「草野文雄」這四個字，好像是經營一家電器行。他個頭矮小清瘦，臉色欠佳。看起來年約五十五歲左右，但也許實際年齡更為年輕一些。

據草野所言，他昨晚來到宿舍，已和宿舍管理人白木大致談過。

「本想去跟集訓住處的諸位問候一聲，但時間不夠，所以……」草野如此說道，語尾含糊帶過。不想惹上這件麻煩事，應該才是他的真心話，峰岸心裡如此解讀。

討論完後，白木端出即溶咖啡招待。白木看起來為人親切，一些麻煩的工作，他幾乎都一手攬下。提議要集合宿舍裡的住戶，今晚一起守靈的人，正是白木。

「榆井是個很有意思的青年。不論何時，臉上總是笑咪咪的，從沒見過他板起臉孔。」白木瞇著眼說道，但旋即又臉色一沉。「像他這樣的青年，到底是誰這麼狠心，下這樣的毒手。當中應該有什麼原因吧。」

對此，草野沉默不語，他喝了口咖啡後，以略顯沉重的口吻道：

「樂觀開朗的人，未必就不會招人怨恨。」

「您這話的意思是……？」白木如此詢問。草野流露出凝視遠方的眼神。

「這是我從他母親那裡聽來的事。」他開始娓娓道來。「那應該是他小六時的事，他班上有位同學非轉學不可，而且是要移居國外。而就在告別大家的當天，全班同學一起討論要如何為這位男孩餞別。他們問那名男孩有什麼願望，結果他說想舉辦一場相撲大賽。於是便以淘汰制的方式舉辦大賽。班上的老師為了讓那名即將轉學的男孩贏得冠軍，事先悄悄吩咐他們該怎麼做。說得簡單一點，就是要他們放水。而且還讓那名男孩在第一輪比賽中不戰而勝。這場相撲大賽就此展開……」

說到這裡，草野又伸手端起咖啡杯。「打了幾場後，現場氣氛也熱鬧起來。明也在裡頭和人相撲。這孩子從那時候就有過人的運動神經，相撲也相當厲害。結果他打進第二輪的比賽，對上那名即將轉學的男孩。」

峰岸聽他描述，心裡已大致明白這故事的結果。

「一來，得怪當時現場氣氛太過熱鬧。二來，要是讓那名男孩不戰而勝，那也不好吧？總之，明和那男孩對決時，已完全忘了老師的吩咐。他全力以赴，將那個男孩摔出場外。真正吃驚的不是那個被摔出的男孩，而是老師和其他孩子。只有明一個人因獲勝而開心。」

「很像是他會做的事。」白木表情柔和地說道。

「之後，其他孩子對明說，你得假裝輸給他才行啊。明這才發現自己搞砸了，他說了一句『啊，對哦』，搔著頭傻笑。他並沒將這件事放在心上，之後還是一路獲勝。主角兩、三下就落敗，大家都搞不懂這場相撲大賽是為了什麼而舉辦，但只有明一個人比得很起勁，沒有察覺到大家對比賽已興致缺缺，因為優勝而開心。明的母親，也就是我的妹妹，總是向我吐苦水，說班上其他家長總是對他冷嘲熱諷。」

「榆井確實有這樣的一面。」峰岸平靜地說道。

「沒錯。雖然不清楚那名轉學的男孩當時是什麼樣的心情，不過，最後明反倒成為相撲大賽的主角。」峰岸心想，榆井確實有如此殘酷的一面。他本人完全沒有惡意。一開始可能也想讓這位即將離開的朋友高興一下，但隨著相撲比賽愈打愈熱，他也只能全力以赴了。可能在他站上土俵時，完全沒發現對方就是那名主角。他只是面對眼前的對手，全力比賽罷了。

峰岸想到，最近也發生過一件類似的事。

是兩個月前，峰岸引退時的事。當時他曾透露，想再贏得一次優勝，結果榆井聽了說：「你一定可以的。最近不是有幾次跳出二、三名的成績嗎？」

「那是很久以前的事了。最近我常連前十名都擠不進去。跳出第三名的成績，也只有一次而已。況且，有你在根本就不可能贏得優勝。你的狀況我最了解了。」

這時，榆井思索片刻後說道：「那就這麼辦吧。要是你第二次跳躍結束時，取得首位的成績，而且除了我之外，沒人贏得過你，那我就故意放水。這麼一來，你就能贏得優勝了。」

峰岸苦笑著搖頭。「不用了，你大可不必這麼做。我可沒那麼想贏得優勝。況且，我也沒辦法取得第二名的成績。」

「沒關係的。就這麼說定了。」說完後，榆井立起小指要打勾勾。

之後經歷了幾場比賽，但峰岸果然狀況不佳。不，說狀況不佳並不正確。是已經達到極限，他自己心知肚明。

然而，就在那個賽季的最後一場比賽——

那是在長野縣野澤溫泉舉辦的比賽。峰岸滿腦子只想著不要留下遺憾，全力以赴，結果表現出奇地好。第一跳和第二跳，他巧妙掌握風的流向，拉長了距離。滑雪跳躍比賽，是由裁判依據選手空中姿勢加以評分的姿勢分，再加上距離分，以此決定名次。關於姿勢分，峰岸深具信心。

結束兩次跳躍後，峰岸暫居領先。他後面還有十名選手要進行跳躍，最後一人是榆井。年輕的選手依序起跳，峰岸感受到前所未有的緊張，緊盯著他們飛行的樣子。他們跳出逼近的距離，顯示出逼近的得分。但待九人跳完後，他仍是居於領先地位。

榆井承諾的情況已經出現。

峰岸在底下看他跳躍，榆井應該也知道目前峰岸領先的事。

也許這次真的有機會，峰岸心想。

榆井滑下助滑坡，進入飛躍跑道，接著猛力一躍，身體在空中劃出一道圓弧。

他劃出的曲線又大又美，遠勝之前任何一位選手。

榆井的第二跳，跳出最長距離。遠遠勝過峰岸，贏得優勝。榆井獲勝時，雙手高舉過頂，不斷拍手，一如平時。喜不自勝。

站上頒獎台時，峰岸對榆井說：「我好久沒得亞軍了。」

他心裡想著，也許榆井會想起之前的承諾也說不定。但是榆井卻面不改色地說：「所以我就說吧，你行的。」

峰岸微微一笑，向榆井伸手，榆井用力地回握。

峰岸感受著他的握力，心想「這樣也好」。故意放水的承諾，是榆井自己單方面說的，所以這稱不上什麼違背諾言。比賽就必須公正，這是最重要的原則。

不過，峰岸還是記得榆井曾經親口說過的承諾。坦白說，正因為還記得，所以他一直很期待榆井會履行。

他心裡覺得難堪。

相反的，榆井已壓根兒忘了自己說過的話。當然了，他並非惡意。一站上跳台，他便全神貫注，腦中只想著如何飛得遠。

峰岸心想，就得是像榆井這樣的人，往後才有進步的空間。一位即將引退的選手，不管什麼小型的比賽都好，滿心只想留下美好的回憶，如此感傷的想法，榆井完全沒放在心上。

他早已拋諸腦後。

當天晚上，峰岸宣佈引退。

步出宿舍後，峰岸攔了一輛計程車。坐進車內時，右眼餘光看見某個東西一閃而過。他裝作沒發現，坐進車內，吩咐司機開往圓山飯店。他佯裝調整姿勢，轉頭望向身後，發現有輛白色轎車繞過轉角，駛向馬路。

果然在跟蹤我。

這是為什麼呢——峰岸暗忖。

今天早上也有兩名刑警來調查我的不在場證明。雖然他們說只是作個確認，但事實恐怕不是如此。難道他們已握有什麼線索，懷疑我是兇手？

不，不可能，峰岸馬上改變念頭。警方應該拿不出任何證據才對。他們應該還沒發現我殺害榆井的動機。

或許是……

峰岸想到那封信，叫他去自首的那封信。寫信的人終於向警方告密了是嗎？

但那個人是在星期二那天寫信要他自首，今天也才星期四。未免也太猴急了吧。

算了，不管它——峰岸心想。警方還沒掌握任何證據，他們還專程來問我當天的不在場證明，這表示我還不必擔心。

總之，我得趕快找出寫那封神秘信函的人。視情況需要，可能得……

倘若光靠推理就能看出兇手，到底會是什麼樣的一種推理呢？一般來說，若是光靠推理，有不在場證明的峰岸應該會被排除在嫌疑人之外才對。

只有兩個可能性。一是他們知道研究不在場證明，沒有任何意義，二是他們已握有某個有力證據。若是前者，那表示寫那封信的人已清楚掌握他的作案手法。如果是這樣，他是如何看出玄機的呢？

峰岸相信自己的行動應該沒有任何疏失才對。

照目前的情況來看，峰岸認為後者的可能性比較高。寫那封信的人或許握有什麼證據。藏在訓練館健身車內的毒藥，一直令峰岸掛懷。某人已發現那包毒藥，這是可以確定的事。那麼，這個「某人」連藏這包毒藥的人是峰岸也知道嗎？

如果知道這件事，對方理應馬上便會明白殺害楡井的人是峰岸。這麼一來，此人很可能就是寫那封信的人。

另一方面，如果有人偶然發現那包毒藥，但不知道藏匿它的人是峰岸，便不會發現他就是兇手。但若是這種情況，為什麼對方至今仍未將發現毒藥的事通報警方，令峰岸百思不解。

不管怎樣，找出發現那包毒藥的人，是當務之急。峰岸已有線索，那就是星期六晚上待在訓練館的人。

那個人碰巧發現了毒藥，並測試它的藥效。

用在那隻野狗身上……

4

北東大學的有吉前來的時候，澤村還在餐廳吃晚餐。有吉舉起手，向他打招呼，就此與他迎面而坐。

「翔的情況怎樣？」有吉劈頭便問道。

「還是老樣子。這樣下去，下次比賽我肯定贏不了他。」澤村以叉子捲起義大利麵，以不太高興的口吻說道。

「看你好像很自暴自棄呢。」

「也不是啦，我只是覺得，用正規的方法，根本贏不了他。」

「這話怎麼說？」

「我也不知道怎麼說才好。總之，他一定做了些什麼。這是我得到的結論。可是我卻什麼也沒做。」

「嗯。」有吉拍打著自己的後頸。「你的直覺可能是沒有錯的哦。等你吃完飯之後，有沒有時間呢？」

「有啊。不過指導員和教練好像都聚在三好先生的房間裡。」

「你一個人來就行了，我們在房間裡談吧。」有吉說完後，重新交叉雙腿，環視店內。他的視線來到貼在櫃台旁的一張紙上，就此停住。

「那是什麼？」

紙上以魔術筆寫著：「上個星期六晚上，在訓練館裡掉錢的人，請至櫃台登記。」

「好像有人掉錢。不過沒寫金額，令人覺得有點奇怪。」

「如果是知道自己掉錢的人，應該可以準確地說出金額吧。要不然就是沒多少錢。」

「在比賽前，沒人會去訓練館。」澤村喝了口水，嚥下口中的義大利麵。

池浦和日野在房裡躺在棉被上，看著電視演的時代劇。有吉走進來之後，他們急忙起身關掉電視。

「你們這些傢伙可真悠哉。那起命案不是還沒破案嗎？」有吉盤腿坐在澤村給他的坐墊上，如此說道。

「和我們又沒有關係。」池浦應道。「雖然周遭引發不少騷動，但我認為我們當中沒人是兇手。一定是有哪裡弄錯了。」

「選擇相信夥伴是嗎？很好、很好。」

「哪是什麼相信，我只是覺得我們裡頭沒人有這麼大的膽子。雖然有很多人都巴不得榆井不在了最好。」

「你這番話要是被媒體聽到，可是會引發軒然大波呢。」

「會嗎？這種事，在其他領域也一樣吧。聽說職棒的候補球員，都祈禱正式球員受傷呢。」

「可是，總不會希望對方死吧。先不談這個，今天我帶來珍貴的資料，替你們打氣。」有吉一面說，一面從手提包裡取出資料，擺在他們三個人的面前。「我今天帶來的資料，簡單來說，就是清楚呈現出你們日本頂尖選手與芬蘭鳥人馬蒂・尼凱寧之間技能的差異。怎麼樣，大吃一驚了吧？」

澤村一聽到尼凱寧，立即趨身向前。池浦和日野也重新坐正。尼凱寧是眾人追求的目標，在滑雪跳躍界擁有崇高的地位。

「這次我錄下他們各自的跳躍動作，然後求出選手蹬地的施力方向和力道大小。這些是誰的照片，看得出來吧？」

澤村從他給的照片中找到了自己。蹬地的瞬間化為多張分解照片，排成一列。好像是由左到右排列，呈現出時間的進行。照片旁的註解寫著：「此照片以附有數位快門的攝影機拍攝（每秒為六十張）」。

「我試著以這些照片進行影像解析，以此求出與身體重心有關的加速度要素，其隨著時間所產生的變化。像這張圖，便是將尼凱寧跳躍的瞬間畫成線條畫，呈現出他對哪個方向施展哪一種加速度。」有吉出示一張以簡單線條，呈現剛才那些分解照片的圖畫，從上頭畫的小人腰部各自延伸出一條箭頭。【見圖1】

「箭頭的方向，表示那一瞬間的加速度方向，箭頭的長度表示加速度的大小。在什麼時機下，發揮多大的加速度，是不是一目了然呢？以亮太的情況來說，是這個，給你參考。」有吉取出另一張類似的圖。同樣是線條畫，上面也畫有箭頭。【見圖2】

「感覺差很多呢。」澤村拿自己的圖和尼凱寧的圖比對後，說出心中的感想。

「你說的加速度，是蹬地的力道與重力所產生的嗎？」日野以認真的口吻詢問。

「此外也有空氣阻力的影響。」有吉答道。「我試著將加速度的大小分割成垂直要素與水平要素，來加以研究。所謂的垂直要素，是往上躍的力量大小，而水平要素則是往前飛的力量大小。先來看垂直要素。它大小的時間變化就像這樣。為了方便你們各自比較，我將衝出跳台的瞬間設為零，時間從那裡開始，以負秒顯示。」

有吉拿出一張以時間為橫軸，以加速度為縱軸，以此表示垂直要素大小的圖表。驀地，池浦流露出興趣缺缺的表情。【見圖3】

「你就算讓我看這個，我也看不懂啊。」

「你有圖表抗拒症是吧？可是，你無法理解這張圖，就無法理解尼凱寧哦。」

「從這上面來看，尼凱寧並不是特別突出呢。」日野說。有吉重重點頭。

「說到重點了。從上面應該看得出來，這當中使出最大加速度的人是亮太。一般認為，在最逼近跳躍的時候才發揮最大力量，是正確的做法，從力量達到顛峰的瞬間到躍出的這段時間⊿t，就屬亮太最短。關於這點，尼凱寧也比不上池浦。」

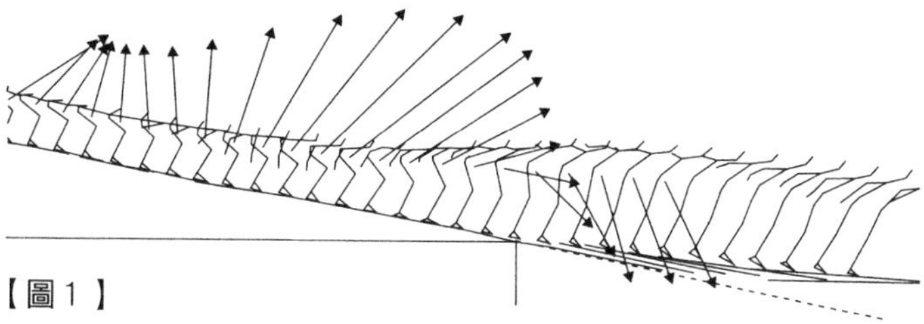

【圖1】

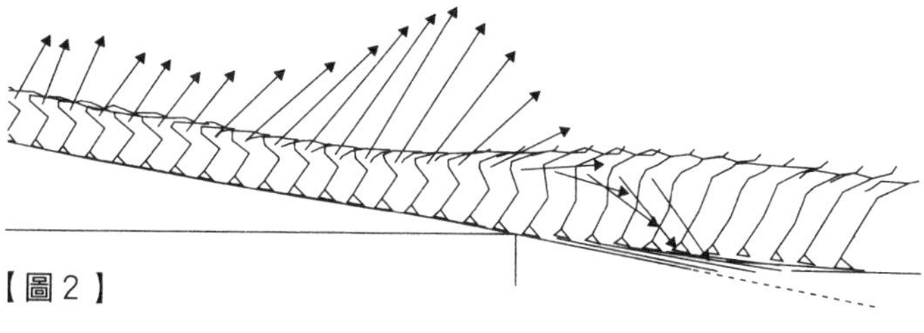

【圖2】

「真強呢，原來我也贏過尼凱寧啊。」池浦得意地撐大鼻孔。

「但事實上，尼凱寧卻跳得比你們都遠。也就是說，從這張圖中，可以明白尼凱寧之所以這麼厲害的秘密。」

「水平要素又是怎樣？」澤村問。

「問題就是在這裡。」有吉取出第四張資料。呈現方式和剛才的圖表一模一樣【見圖4】。看到這張圖表的瞬間，澤村和日野同時發出一聲驚呼。隔了一會兒，池浦也頷首說：「原來如此，連我也看得懂。」

「一目了然對吧。」有吉對他們三人的反應深感滿意，微微挺起胸膛。「一看就很清楚，加速度的水平要素大小，也就是往前飛的加速度，尼凱寧遠遠勝過你們。他的加速度從顛峰到飛出這段時間，比你們都來得短。而且……」有吉伸指順著尼凱寧在圖表上的曲線移動。「加速度的水平要素，要像這樣形成漂亮的山形很不容易。只要看你們三人的曲線便能明白，連哪裡是顛峰都看不太出來，這是一般的情況。換句話說，能以迅速的動作讓身體往前方移動，而且能在最接近跳台時發揮最大力量——這兩點就是鳥人尼凱寧的跳躍之所以深具威脅性的秘密。」

「原來是這樣……」澤村感覺到自己的心跳加速。汗水從腋下一路滑落。全身發熱。可他從以前就覺得尼凱寧很厲害。高高在上，伸手搆不到邊。但這是主觀想法造成的結果。可說是一種定性。如今他第一次得以用具體的形體與數字來了解尼凱寧和他的差異。其他兩人可能也是同樣的心思，不發一語，靜靜注視著那張圖，看它清楚道出自己與芬蘭鳥人之間的差異。

半晌過後，有吉突然冒出一句「不過話說回來」。三人紛紛抬頭。

「雖然已明白尼凱寧與其他選手有哪裡不同，但為何這樣能拉長他的飛行距離，這方面的結構至今仍舊無法解開。目前的階段，就只是尼凱寧告訴我們，這是一種正確的跳躍方式。簡單來說，科學還跟不上他。不過，以後的事不必你們來傷腦筋。你們只要照著他這種以數據資料證明過的跳躍方式來練習就行了。」

「話雖如此，但就是因為辦不到，才傷腦筋啊。」池浦噘起嘴，誇張地皺著臉。

「除了尼凱寧外，有其他選手也採用這種跳躍方式嗎？」日野問。

「若沒收集數據資料，便無從得知。不過，我猜那些厲害的選手應該和他的情況很類似。對了，有一份資料，我很感興趣。」語畢，有吉瞄了澤村一眼，接著手伸進手提包裡。澤村有一種很不好的預感。

「這是對翔的跳躍動作進行分析的結果。」有吉取出一張文件說道。「亮太叫我分析他的跳躍動作，所以我就順便做了。結果相當耐人尋味，你們看一下。」

他把資料擱在榻榻米上，三人不約而同地衝向前。那是以剛才討論過的加速度水平要素所畫成的圖表。

「這是……」日野望向有吉。「這是翔的跳躍資料嗎？」

「正是。」有吉答。「你有什麼看法？」

「有什麼看法……」澤村如此低語著，語帶顫抖，顯得很不中用。「這不就跟剛才老師你說的一樣嗎？形成漂亮的山形曲線，從顛峰到躍出跳台的時間很短。雖然他不像尼凱寧那麼厲害，可是……」

「就是這樣。簡言之，他的跳躍方式比你們好。」有吉以平淡的口吻說道，三人盡皆無言。有吉見狀，接著又說道「還有像這樣的數據資料」，取出一張資料，上面畫有同樣的圖表。

「我突然想到，去年我開始研究時，曾用錄影機錄下日本代表隊的每位選手。我取出那捲老舊的錄影帶，分析翔以前跳躍的動作。虛線是去年的跳躍，實線是這一次。另外，為了供作參考，尼凱寧的部分，我用鏈線來表示。」

最近澤村直覺有異，一直惦記在心的那件事，都清楚地呈現在圖表【見圖5】之中，並附上數字。翔去年的跳躍並沒有這麼漂亮的山形曲線。顛峰並不明顯，離躍出的時間也很長。但今年卻大幅提升。

「這樣明白了吧。」有吉望著這三名目瞪口呆的選手。「因為原本有榆井這個怪物在，翔今年的表現還不算突出。他優異的跳躍方式，還沒直接展現在成績上。不過，他的技能確實提升了。如果將尼凱寧的跳躍視為完美狀態，那麼，翔的表現可說是不斷朝那種完美的狀態接近中。如果他現在的技能可以持續進步下去，不久的將來，你們就贏不過他了，直到他引退為止。」澤村聆聽有吉說的話，一再伸舌舔舐乾渴的雙唇。他最近一直有這種感覺。翔的跳躍和他們就是不一樣……

「要達到這種跳躍方式……」日野話說一半，突然輕咳幾聲。他似乎也因為緊張而喉嚨乾渴。「要怎麼做，才能學會這種跳躍技能呢？聽亮太說，翔有可能使用禁藥呢。」

「禁藥？」有吉以驚訝的表情面向澤村。

「我覺得翔的肌肉長得不太一樣。特別是這個部位……」澤村指著自己大腿內側。

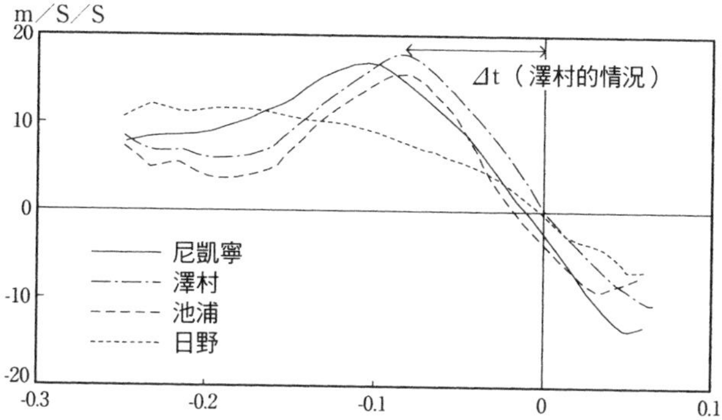

【圖3】 加速度曲線 Y-要素

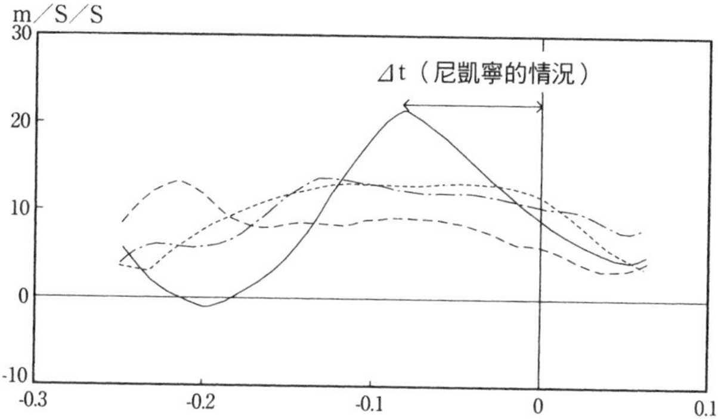

【圖4】 加速度曲線 X-要素

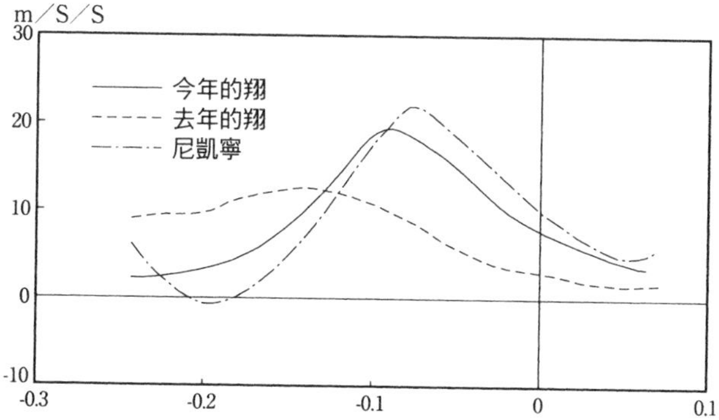

【圖5】 加速度曲線 X-要素

有吉思忖片刻後應道：「的確，要達到這樣的跳躍水準，需要鍛鍊股二頭肌的力量。可是，如果光靠單純的重量訓練，或是像亮太所說，使用禁藥來鍛鍊肌肉，是不可能學會這種技能的。這種跳躍方式，簡單來說，不是往上跳，而是往前跳。他應該是平時便反覆進行這樣的練習。這需要學會如何運用雙腿的肌肉。」

「就算一再反覆練習，但等到實際跳躍的時候，不見得就能隨心所欲吧。」池浦流露悲觀的神色。

「我的意思並不是突然在實際的滑雪跳躍中練習。就算這麼做，也不知道自己做出何種動作，而且也無法確認自己使用肌肉的方式是否正確。首先，得用最基本的動作來學會這種跳躍方式，這才是最重要的做法。」

「最基本的動作？」澤村問。

「例如，立定跳遠。」有吉說。「習慣往上跳的選手，一定會比較擅長垂直跳，而不擅長立定跳遠。去年歲末的體力測驗結果，日本代表隊的選手幾乎都是二米八左右的成績。但是尼凱寧據說可以跳出將近三米二的成績。當時日本代表隊的選手當中，能跳出三米以上成績的人，只有榆井一人。」

榆井——

他也有這樣的技能是嗎？澤村感到有點失望。難道厲害的選手都有這樣的共同點？

「亮太有不錯的跳躍力。」有吉望著澤村道。「在體力測驗中，你的垂直跳躍有頂極水準。

但你使力的方式卻不太好。剛才我讓你們看的是加速度的垂直要素做成的圖表【圖3】，應該看得很清楚才對，亮太的跳躍不是往前，而是往上。」

「這樣不行是嗎？」

「至少尼凱寧不是採這種跳躍方式。」

「如果繼續維持這種方式，就不能變得和尼凱寧一樣對吧。看來，從明天起，得趕緊苦練立定跳遠了。」雖然以開玩笑的口吻如此回應，但內心卻是大受震撼。

「除了立定跳遠外，還有何種練習方法？」日野問。

「這個嘛，有魚躍前滾翻。就是墊上運動所做的動作。」

「如果是那個的話，我很拿手。」池浦說。

「還有……前空翻吧。」

「前空翻？」

澤村大聲問道：「這有幫助嗎？」

「應該有。怎麼了嗎？」

「嗯……」澤村想起之前楡井對他說的話。他對澤村說了一句「我知道你的缺點」，然後使出一個前空翻。當時澤村完全不懂他的意思。

「楡井說過這樣的話是嗎？」聽完澤村的說明後，有吉露出不解之色。「我不認為他是無意義地說了那句話。因為在滑雪跳躍方面，他是天才，所以他或許是看出亮太的缺點，以這種方式來表達。」

「真教人難以相信。」池浦以不悅的口吻低語道。「我承認楡井是個厲害的傢伙，我們也確實是某個環節有錯誤。不過……」

說到這裡，先前說的話他又重複了一次。道出楡井明給每個人的印象。

「真教人難以相信，楡井竟然會思考這麼艱難的問題。」

5

在單身宿舍集會所替楡井明舉辦的喪禮，除了宿舍的住戶外，滑雪跳躍相關人員和公司同事也都前來參加，排場大致完備。之所以說大致完備，是因為楡井的親戚幾乎無人到場。只有他舅舅別著喪章，面無表情地站在現場。其他既非滑雪跳躍相關人員，也非公司同事的與會者，一律都是媒體記者。

佐久間站在遠處監視，確認峰岸和滑雪跳躍相關人員都離去後，這才回歸警局。佐久間負責監視峰岸，也順便觀察現場有無陌生臉孔。但一無所獲。

回到搜查總部一看，須川和河野警部正坐在暖爐前取暖。須川應該已前去拜訪過峰岸高中時代的朋友，打聽消息。

「有掌握什麼消息嗎？」佐久間也把手湊向暖爐前烤火。

「一無所獲。」須川搖頭。「他們高中時代是好朋友，但畢業後似乎沒見過面。峰岸進原工業上班後，曾和他聯絡過，但聽說峰岸告訴他，自己會暫時全心投入滑雪跳躍中，無法再和他往來。從那之後，他們就沒再聯絡過了。」

「峰岸以前好像也是位前途看好的選手。」河野說。

「沒錯，在他跌斷腿之前。對運動選手來說，受傷是很可怕的事。聽說當時他相當痛苦。」

「愈是認真的選手，愈是痛苦。」

「好像是吧。」須川說。

「小樽方面有傳來什麼消息嗎？」佐久間向河野問。

「傳來了第一個消息，峰岸在除夕夜返回老家，然後於大年初三早上外出。那段時間他並沒有遠行。」

「不見得要遠行啊。」

「我知道。總之，我已下達指示，要調查他的所有所動。不過依目前來看，他老家附近似乎沒有半家中藥店。」

「是嗎？」佐久間對於峰岸沒老實說他回過老家的事，一直耿耿於懷。當中或許有什麼原因，讓他刻意隱瞞此事。想著想著，讓他懷疑起峰岸也許是趁回老家時取得毒藥。今天早上，有兩名搜查員前往小樽調查。

「不過話說回來，最教人想不透的就是不在場證明。」河野沉聲道。「就算兇手是峰岸好，他又是如何把藥掉包的呢？」

「關於這件事，也許我們一開始就想錯了。」須川鬆開領帶，如此說道。

「這話怎麼說？」

「他有很充分的不在場證明。也就是說，他不可能有辦法動手掉包。」

「這麼說來，峰岸不是兇手囉？」

「這也是其中一個可能，那封信根本就是假情報。」

「那另一個可能呢？」佐久間問。

「峰岸沒將藥袋掉包，直接讓楡井服下毒藥。這是另一個可能。」

「這怎麼可能！」河野不屑地說道。「正因為有人把藥袋掉包，才查出兇手的犯案手法，不是嗎？也清楚證實這是一場兇殺案。」

「也許藥袋掉包是在楡井服毒後的事。或是趁現場一片慌亂時幹的。總之，他動手的時間，與他提出不在場證明的時間根本毫不相干。」

「楡井服毒後，才把藥袋掉包？為什麼要刻意這麼做？」

「這就是重點。我們之所以知道藥袋被掉包，是因為從楡井寄放在餐廳女服務生的藥袋中發現有毒的膠囊。我打從一開始就很在意這件事。為什麼不只放一顆毒膠囊在藥袋裡呢？如果這麼做，楡井死後，就算警方調查維他命膠囊，裡頭也查不出有毒的膠囊，這樣就不能斷言藥袋被掉包了。」

「這件事我原本也很在意。」佐久間附和道。

「那不是因為他想早點毒死楡井嗎？」

「我原本也這麼想。但有可能是另一個原因，兇手想告訴警方，藥袋被掉包了。」

「什麼？」河野臉色大變。

「也就是說，他想要讓警方相信，是榆井自己以為那是維他命，誤服有毒的膠囊，才就此被毒殺。」

「也就是說，這是陷阱囉？」

佐久間說：「事實上，他並不是用這種方法讓榆井服毒。但只要讓警方以為兇手是用掉包藥袋的手法，什麼時候動手掉包便會成為追查的重點。兇手只要在那個時間作好完美的不在場證明即可。」

「原來還有這種可能……不過，榆井是遭人殺害的事，會因此而明朗化。也會暴露出是滑雪跳躍相關人員所犯案。」

「的確是如此，但是這對於兇手來說，不見得會提高他的危險。若是以現實面來考量的話，不論是採用何種殺人手法，結果是自殺、他殺，還是意外死亡，最後其實都會被查明，只是時間先後的問題罷了。然而，以現在的情況來看，如果榆井明是他殺，滑雪跳躍相關人員肯定都避不了嫌疑。」

「原來如此，結果都一樣是吧。」

「既然這樣，選擇略施小計，讓自己完美地擺脫嫌疑，這才是聰明的做法，對吧？」須川對佐久間的說法點頭表示贊同。

「這麼說來……兇手果然是峰岸囉？」河野說。

「如果這項推理沒有錯誤的話，那他就是兇手。擁有完美的不在場證明，反而顯得可疑。」

須川說道。「不過，這樣還是有疑點。總之以結果來說，藥袋確實被掉包了，所以必須查明峰岸是否有可能辦到。此外還有一點，如果真正的犯案手法不是掉包藥袋的話，峰岸又是如何讓榆井服毒的呢？」

「關於第一個疑點，必須重新訊問。因為之前我們一直以為藥袋掉包的時間，是榆井早餐之後到午餐前這段時間。不過，第二個疑點應該不會太難。峰岸是榆井的指導員。只要把毒藥交給榆井，叫他把藥吃了，問題就可解決。」

「不，我認為沒這個可能。」佐久間雖然語帶含蓄，但口吻略顯強硬。

「為什麼？」河野一副意外的表情。

「只要一考慮到峰岸的心情，就覺根本不可能達成。他吃完早餐之後，便一直沒和榆井獨處。換言之，如同警部所言，峰岸如果要將毒藥交給榆井，最晚也得在早餐之前交給他才行。在這種情況之下，峰岸必須向榆井下達何種指示呢？首先，你得在午餐之後服藥才行。服藥時還不可以讓人瞧見。不能讓別人知道你持有藥物——峰岸得向榆井下達這些指示，而且還不能讓他起疑心。」

「就不能想個方法嗎？比如說這是某種秘藥之類的。」河野一面說，一面笑出聲來。這種說法不太有說服力，他似乎自己也發現了。

「雖然他可以下達指示，但考量到榆井的個性，應該會覺得很可怕吧。就像大家所說，榆井的個性漫不經心，很可能會不小心向人洩漏此事。若要這麼做，需要很充分的理由，讓榆井有自覺要絕對保密。」

「讓漫不經心的男人認真看待的理由，是嗎？」

河野在一陣沉聲低吟之後，說了一句「應該很困難吧」。

「接下來我要說的，是最重要的理由。就算要將毒藥交給楡井，但峰岸應該會想到，如果是自己直接交到他手上，那可不妙。因為他不知道楡井是否會馬上斃命。也不清楚他會死於何處。要是他服藥後，開始感到痛苦時，身旁聚滿了人，而在無意識中不小心說出是誰給的藥，到時候一切就全完了。說得更極端一點，萬一楡井保住一命，事情將無法收拾。」

「你說的我懂，可是，他會想這麼遠嗎？」

「我認為會。」

須川替佐久間幫腔：「如果沒想這麼遠，他刻意設下的陷阱就沒意義了。反過來說，會想出這種陷阱的人，應該不會冒這種危險才對。」

嗯，河野低吟一聲，闔上眼。嘴角下垂。「那麼，峰岸是如何讓楡井服下毒藥呢？」

「很遺憾，目前還無從得知。」須川說道。「不過，我們不能再像之前那樣，只執著於掉包藥袋這個方法上。」

佐久間也頷首。河野還是一樣緊閉雙目。這種狀態持續數十秒後，他才睜開眼。

「好。再次前往圓山飯店。」須川與佐久間拿起大衣站起身。

6

峰岸望著煙囪冒出的黑煙，心裡覺得很不可思議。他很難想像這是焚燒楡井遺體所排出的黑煙。想像中應該會有一股更神秘的味道，但眼前那不過只是骯髒的黑煙。他重新確認了一件事——人不過也是物質的一種。

從煙囪上移回視線後，發現杉江夕子站在一旁。她原本也抬頭仰望黑煙，但似乎察覺到峰岸的視線，轉頭望向他。

「楡井的靈魂，也會像那陣煙一樣，升向天空吧？」她清澈的雙眸略顯濕潤，如此問道。

「我這個人最不會做這種神秘的想像了。」峰岸答道。「楡井在宮之森死亡的那一刻，他的一切便從這世上消失。什麼也沒留下。」

「說……說得也是。人死了，一切也就此結束。沒有思考，也不會恨殺死自己的人。」

「妳認為楡井知道是誰殺了他嗎？」

「這個嘛。」她側著頭。「仔細想想，還真不知道呢。連自己被誰所殺也不知道……不，甚至連誰想要他的命也不知道，就這麼喪命，這很像是楡井的作風。」

「妳說得沒錯。」峰岸頷首。「那樣才像他。」

「況且，」夕子說道。「要是楡井知道兇手的名字，臨死前一定會告訴我。就算沒辦法開口說話，也還是能用其他方法。」

「死前訊息是吧。」

「就像推理小說一樣。」

「的確。」峰岸道。語畢，他抬頭仰望煙囪。

就算榆井陰魂未散，應該也不會知道自己是被誰所殺。因為毒藥並不是峰岸直接交到他手上，所以榆井臨死前絕不可能將自己的痛苦與峰岸聯想在一起。如同夕子所言，要是他留下死前的訊息，那可就麻煩了。

不久，煙囪不再冒出黑煙。基於人情而前來參加喪禮的人們，開始三三兩兩地離去。峰岸也就此邁步離開，夕子走在他身後。

「我從以前就一直想要問妳一件事情。」峰岸如此說道。

夕子將被風吹開的圍巾重新纏好，望向峰岸。

「是關於妳和榆井的事。」峰岸接著說。「我很早以前就知道他喜歡妳，可是我覺得妳對他沒意思。所以我初聞你們兩人在交往的事情時，覺得很難置信。」

「你想問的是，我是抱持什麼心態和他交往對吧？」

「沒錯。」她不發一語，持續走了幾步後才說道：

「其實沒什麼特別的理由。」她平靜地說道。「和愛自己的男人在一起，是很快樂的事。而和榆井這種擁有赤子之心的人在一起，更是特別。」

「妳不愛榆井嗎？」

「我很喜歡他。」她說。

來到大路後，峰岸邀夕子一起喝杯茶。但她撥起長髮，搖了搖頭。

「很抱歉。因為我想自己一個人走。」

「這樣啊。希望下次有機會再見。」

兩人分別反向而行。途中峰岸一度回頭。他發現夕子也停下腳步，但目光卻是望向火葬場。

峰岸回到飯店餐廳後一看，田端正和兩名刑警在交談。其中一人是須川，另一人是佐久間。兩名刑警發現峰岸後，向他點了個頭，接著又向田端展開詢問。

刑警他們離開後，峰岸來到田端身邊。

「警方問你什麼？」

「問一些奇怪的問題。他們問我榆井午餐後服完藥，藥袋怎麼處理。這種事我哪記得住啊。況且，榆井既然都服完藥了，和案情又會有什麼關係嘛。」

峰岸驚訝地望向刑警離開的方向。兩名刑警仍站在玻璃門外，正以觀察的眼神注視著峰岸。

7

「由於已過了一段時間，每個人都已經記憶模糊。」

回到搜查總部後，須川向河野報告。「聽女服務生說，服完藥後，榆井把整個藥袋擱在桌上就離開了。之後她在收拾餐具時，一併把藥袋收走。」

「這麼說來，在女服務生收走餐具前的這段時間，有機會掉包藥袋囉？」

「正是。或許只要看準機會，要下手並不難。」佐久間在一旁插話道。

「這麼一來，這套毒殺的詭計有一半已經解開了。還剩另一半。要是這另一半也能順利查明就好了。」

入夜後，到各處探聽案情的搜查員返回總部。前往小樽的搜查員也已歸來。

「他並沒有去什麼和毒藥有關的地方。」一名像藝術家般留著長髮的刑警向河野報告。「聽說除夕夜他都待在家裡。元旦當天和附近兩名老朋友到附近的神社參拜。我問過那兩人，一位是酒店老闆的兒子，一位是漁夫。兩人都和毒藥沒有關聯。」

「那大年初二呢？」

「初二時，親戚到家裡拜訪，所以晚上他也在家。不過，白天時兩度到外頭散步。一次是帶著親戚的孩子到附近公園散步，大約去了四十分鐘。我問他們峰岸回來時有沒有帶東西回家，他們回答不記得了。不過，我問話的對象是他母親，所以也不能完全盡信。第二次出門，則是四處向左鄰右舍問候。他是個重規矩的人，聽說每年都會這麼做。」

「左鄰右舍全都拜訪嗎？」

「不，好像只拜訪以前熟識的鄰居。我請他母親就她所知道的，全部寫下來。」長髮的刑警從西裝內側口袋裡取出一張紙，遞給河野。

「模型店、舊書店、糕餅店……看起來都和毒藥無關，你都去調查過了嗎？」

「調查過了。聽說那家模型店和糕餅店，峰岸只在店門前小聊幾句，至於那家舊書店，他則不時是進屋喝了杯茶才走。舊書店的老太太還直誇峰岸善良，見她一個老人家獨居，替她擔心，不時都會去探望她。由於她說起話來沒完沒了，所以我趕忙藉故逃離。」

「他可真是溫柔又善良啊。」河野一臉不耐煩的神情，將信紙擱在桌上。「那初三呢？」

「初三他一早就出門了。不過，沒人送他出門，所以有可能離家後去了某個地方。」

「如果真是這樣，要查出他去了哪裡，可不容易啊。」

河野臉色沉重。「簡單說，就是查無任何線索。」

他這番話，令搜查總部彌漫一股沮喪的氣氛。因為大家都心知肚明，只要峰岸周遭查不出毒藥的來源，這次的案件便無法輕易偵破。

佐久間也覺得很失望。正因為他直覺峰岸想隱瞞自己回過老家的事，所以他推測這當中一定有什麼秘密。

他拿起擺在桌上的紙，那是峰岸曾前往拜年的附近住家名單。

佐藤模型店、立花舊書店、綠糕餅店……

——模型店和舊書店不可能販賣毒藥，更何況是糕餅店。

他將信紙放回桌上。但這時，他覺得有點不對勁，於是再次拿起那張紙。

——立花舊書店……是嗎？

這名字令他在意。並不是因為它是舊書店，而是立花這個姓。

佐久間暗忖，最近好像在哪兒見過。不，是曾經聽過。

——立花、立花……

「有了。」佐久間朗聲叫道，前往搜查資料堆疊如山的桌前，從中取出他要的那本冊子。焦急地迅速翻頁。

「有了，就是它。」佐久間指著冊子的最後一頁。

那是蝦夷族研究家的名冊。

逮捕

1

隔天是星期六，一早天空便飄落細雪。澤村從上蠟室仰望天空，覺得沒有下大雪的跡象，他感到放心。

今天將在宮之森的跳台滑雪場舉辦札幌奧運記念大賽。澤村打算在這次的比賽中奪下暌違許久的優勝，因為這是榆井死後的第一場比賽。雖然它也兼充環太平洋盃國際大賽，但是像尼凱寧這樣的選手當然不會參加。澤村想趁這次的機會讓外國人對他的名字留下印象。昨天練習時聽人說，外國選手們似乎認為，只要榆井不在，日本選手根本不足為懼。

但是有一件事一直令澤村掛懷。那就是前幾天有吉說的話。說他和尼凱寧、榆井他們的跳躍法截然不同。

澤村並不想現在馬上改變跳躍法，這個賽季只能繼續維持這種方法。儘管在練習中多少又跳得更遠了一些，但一想到自己的跳躍法可能沒有發展性，他便開心不起來。

上完蠟後，澤村扛著滑雪板走向滑雪纜車。不經意地望向前方，發現身材高大的杉江翔正緩緩往前走。他總習慣低著頭走路，就像要踩穩每一步似的。

澤村加快腳步追向前。

「你這次想贏得優勝吧？」澤村悄聲道。

翔面無表情，唯一的反應就是微微睜大眼睛。

「你也是吧？」他如此應道，復又望向前方。

「大家都傳聞，你突然進步這麼多，當中一定有什麼玄機。怎樣，是不是有什麼秘密啊？比如進行什麼特訓之類的。」

翔一時停下腳步，轉頭望向澤村。他的嘴唇輕顫，像要說些什麼，但最後終究還是沒說。他就此快步離去，坐上滑雪纜車。澤村也跟在他身後。

比賽中，選手們各跳三次。試跳一次，正式跳躍兩次。不過，雖說是試跳，也不能隨便敷衍了事。勝負從這個階段便已展開。

「可能會跳出很遠的距離。看來會往下調降哦。」來到跳台上後，已早一步來到上頭的池浦，一面做伸展運動，一面如此說道。他提到「往下調降」，指的是起始閘門。為了調整初速，起點位置能以五十公分的間隔來加以改變。

陸續有一、兩個人完成試跳。後頭等候的選手一面做暖身運動，一面緊盯眾人的跳躍情況。必須從別人的跳躍情況來推測今天的狀況，當作自己的參考依據。此外，今天誰狀況好，也絕不能錯過。

澤村的前輩日野和池浦也已展開跳躍。日野肩膀到手臂的線條相當獨特，略感僵硬。他本人說這是一種傳統的跳躍方式，充分展現出日野的個性，澤村相當喜歡。

池浦向來都不太彎腰。感覺就像全身往前傾。由於他上半身未與滑雪板平行，所以在國內的比賽中，這種姿勢取得的姿勢分都不高。但在國外的比賽中，似乎有很高的評價。好像是因為它給人充滿攻擊性的印象。

日野和池浦也都跳出很好的成績。其他選手也都狀況不錯，紛紛越過八十米線。

接著輪到翔登場。澤村排在翔的後面，他站在開始的橫桿旁，窺望翔的表情。翔一再調整綁在安全帽上的滑雪鏡位置。從他口中吐出的白煙，可以感覺得出他呼吸有些凌亂。他吞了口唾沫，上半身往前後搖擺兩、三下後，就此開始滑行。

他以雙膝不太彎曲的姿勢，從助滑坡上滑下。三十六度的斜角突然變得平緩，但他的姿勢還是維持不變。在逼近跳台處，他將貯備的能量一次爆發，猛力一蹬。

他的身體躍向空中，緊接著下一個瞬間消失在跳台的另一頭。在那一瞬間，澤村明白他這一跳極為完美。接著觀眾席傳來一陣歡呼，就像在印證這件事一般。觀眾對翔的歡呼，比對之前任何一位選手都來得響亮。

在跳台前方的落地斜坡成功落地後，出現翔一路滑下的身影，他張開雙臂旋轉急停。但他背後並未呈現出非勝不可的氣勢，澤村只感覺到他飄散出一股平淡的氣息。

翔跳出九十一米的成績。

排在澤村後頭的加拿大選手飛快地說了些話。由於他身旁正好有位英語不錯的資深滑雪跳躍選手在場，所以他好像是向那名選手詢問些什麼。那名資深選手作出回答。他說的英語，澤村也聽得懂。他說道：「No, he is not NIREI. He is SHOU SUGIE. NIREI was killed.（他不是楡井，是杉江翔。楡井被人殺死了。）」

聽聞此事的加拿大選手，並未露出太驚訝的表情。他應該已聽聞楡井被殺害的事，只是乍看翔的跳躍，一時不小心脫口問：「他是楡井嗎？」也就是說，翔的跳躍十分逼近楡井的水準。

你們將永遠贏不了翔……

有吉的話，再次於澤村腦中浮現。

結果澤村的試跳失敗。因為腦中雜念太多，當然無法展現出自己原有的跳躍水準。不論是跳躍時機還是角度都七零八落，最後以難看的跳躍成績收場，連他自己都看不下去。

他坐在上蠟室的長椅上，意志消沉。

「你是看前面的人跳出那麼好的成績，一時用力過頭了。」池浦前來拍著澤村的肩膀。他剛才跳得還不錯，現在似乎心情很好。如果是自己狀況不佳的時候，他絕不會像這樣關心他人。

「翔在哪裡？」澤村環顧室內。

「在日星的廂型車內。好像正和他父親研擬比賽計畫。」

「嗯……」澤村心想，到底是在研擬什麼計畫呢？難道是指示他第一次正式跳躍也要越過K點，將起點位置再往下降嗎？如果真能這樣隨意控制距離，那大家就不必那麼辛苦了。

澤村下定決心，今天一整天都不要再想翔的事了。如果是自己技不如人，那也就認了，但他可不希望自己毀了自己。

似乎從第一次正式跳躍開始前，雪便愈下愈大。澤村搭滑雪纜車上山時，心中便有一股不祥的預感。此刻好像沒風，但如果下雪，有風反而還比較好。風可以成為助力，但雪卻只會礙事。

正式比賽果然不出所料，是從調降後的起點位置展開。這樣跳出的距離就不會像試跳時那麼遠。當然了，愈後面的選手實力愈強，所以接下來將會有人創下佳績。一般來說，愈到後面，雪面的滑順度也愈好。

不過，以今天的天候來看，結果很難預料。因為若是雪花附著在助滑坡上，雪面馬上會增加不少阻力。

澤村發現，選手們大多不像平時那樣保持時間的間隔，就這樣開始滑行。一來也是因為無風；二來可能是想趁前面的選手剛滑過，新降下的雪花還沒附著時，趕緊滑行。

集訓時常碰面的選手們陸續展開跳躍。他們都知道今天的比賽有何涵義，榆井已經不在了，人人都有機會獲勝。

澤村心中暗忖——要是今後杉江翔將取代榆井，稱霸滑雪跳躍界，我們就只有這短暫的時間有機會贏過他。

他實在不該再去想翔的事，但自己愈是在意優勝，翔的事就愈是在腦中縈繞，揮之不去。

翔的第一次跳躍，跳出八十六米。是目前的最長距離，姿勢分也相當高，所以毫無疑問地暫居目前首位。

在底下比出訊號的同時，澤村便展開滑行。他讓腦袋淨空，只想著完美的跳躍畫面。他就像被吸入一般，從助滑坡上滑下。跳台從視野上方映入眼中，全身承受著強勁的風壓。風的角度有了微妙的變化，下半身比腦袋早一步得知傾斜的變化。在以八十公里以上的時速流動的視野中，他找出自己自認最佳的跳躍時機。

猛力一蹬。

瞬間，他面前出現無比開闊的空間。當中包含了鮮豔的色彩，但它旋即化為純白的世界。事實上，澤村也不清楚自己看到的是否為白色的世界，也許單純只是因為他腦中變成一片空白。不，可能真的是這樣。有零點幾秒的時間，他陷入忘我的狀態中，在即將落地前才清醒過來。猛然回神，落地斜坡已近在眼前。地面化為巨大的白牆，朝選手逼近。是要將它視為牆壁而心生恐懼，或當它是要來接住自己而放心相信它，這是最後的勝負關鍵。

當他雙腳的滑雪板抵達雪面，向兩旁敞開雙臂的時候，一股放心的滿足感，這才在澤村心中擴散開來。他感覺到K點就在旁邊。飛行距離應該已算出來了。他在往下滑行時，剛才跳躍的情形緩緩浮現腦中。方才他身子微微傾斜，為了加以修正，他擺動了左臂。滑雪板怎麼了？兩根都還在嗎？

他跳出八十七米半的距離。在翔之上。澤村雙手微微擺出勝利姿勢。視線瞄向電子告示版。但澤村的名字並未出現在首位。以些微差距落在翔的後頭，果然是因為姿勢分落後。第三名是加拿大選手，第四名、第五名也都是外國選手，第六名是日本選手，第七名是日野。

澤村從告示板上移回視線，邁步向前時，發現翔就站在他面前。他也剛從告示板上移開目光，與澤村四目交接。

「跳得漂亮。」翔說。也許是下雪的關係，他的聲音聽起來有些含糊不清。

還是一樣，從臉上表情看不出他心裡的想法。

「謝啦。」澤村回答。

翔似乎已對澤村不感興趣，扛著滑雪板就此往日星的廂型車走去。

澤村一走進上蠟室內，便發現現場氣氛與之前試跳有些微不同。與排名有關之後，選手們的眼神頓時都變了。得到不錯的排名，有人因此眉飛色舞，反而變得沉默不語的人也不少。第一次沒跳好的選手也一樣，他們不想就這麼放棄今天的比賽。總之，既然都跳了，當然希望能跳出自己能接受的好成績。

澤村發現日野正用心地替滑雪板上蠟，於是走近他身邊說道：「你今天跳得不錯嘛。」

經他這麼一聲叫喚，日野側著頭莞爾一笑。

「是運氣啦。倒是你，戰鬥力十足哦。」他指的是澤村剛才那一跳。

「是運氣啦。」日野臉上掛著微笑，繼續仔細地擦拭滑雪板的滑行面，但他突然停下動作，嘆了口氣，望向外頭。

「今天……或許翔會獲勝。」他的這聲低語，令澤村心中又感到焦慮。坦白說，他沒把握在第二跳反敗為勝。

第二次跳躍就此展開。

第二次跳躍是從第一跳時順位較低的人開始起跳。澤村是倒數第二個跳。最近他在國內大賽中大多都是這樣的排名。排名第二，僅次於榆井之後。而今天排在他後面的，是之前一直不太注意的杉江翔。

選手們陸續走出上蠟室，留在室內的人愈來愈少。澤村與日野站在一起，從窗口觀看其他選手比賽的情況，這時，排在第三順位的加拿大選手前來攀談。日野多少還能用英語和人交談。澤村讓他去應付那名外國人，自己則是望向室內。

翔坐在屋內角落的一張長椅上，抱著雙膝。他不想看別人的比賽。澤村原本心想，他可能是緊張吧，但看到他那空虛的眼神，澤村覺得他可能連緊張的情緒也沒有。

對了，翔今天明明有機會贏得優勝，卻沒人對他冷嘲熱諷，或是對他施壓。一來也是因為他大部分時間都待在日星的廂型車內。二來，沒人和他有往來。或許和杉江泰介的存在也有關係，不過，也許是大家都覺得他難以親近。

不久，日野步出上蠟室，外國選手們也開始行動。澤村和翔最後才離開上蠟室。

——雪愈下愈大了。

搭滑雪纜車上山時，澤村仰望天空。雪花飽含水氣，似乎很沉重。他心想，希望別出什麼意外才好。

第二次跳躍似乎跳不出多遠的距離。也許雪面的滑度已開始變差。狀況不佳。

「看來，這場雪是不會停了。」等候的這段時間，澤村向翔搭話。

翔瞄了天空一眼，只簡短地應了一句「是啊」。

不過，他似乎也有點在意，之後同樣朝雪地狀況確認了好一會兒。

不久之後，日野開始滑行。雪似乎愈下愈大。日野滑下助滑坡的背影，看起來就像消失在雪中一般。

日野展現出資深老手的風範，平穩地結束賽程。從現場的鼓掌聲聽來，想必是擠進了前面的名次。

接著兩名外國選手展開跳躍。一人跳出八十米的成績，另一人則是失敗收場。

最後只剩三人。

澤村在心中盤算。我要怎麼跳，才能贏得優勝呢？總之，希望能比翔多跳出兩、三米的距離。這樣就有可能反敗為勝。

——第二次跳躍速度似乎會減慢，但以今天翔的狀況來看，他應該會跳出八十米遠。這麼一來，我就得跳八十二、三米才行……

澤村望了翔一眼。他一直眼望遠方。

暫居第三位的加拿大選手，往起始橫桿使勁一推，就此滑下。看得出來，他很想提高速度。也許是這樣的努力有了成果，他跳出將近八十米的成績。可能暫居目前首位。

澤村緩緩做了個深呼吸，毫不躊躇地開始滑行。他不想多作耽擱。

雖然覺得滑度不佳，他還是猛力蹬向地面。但時機掌握得太早。他感到上半身一陣虛浮，感受到空氣阻力。

而且這時正好側面一陣強風襲來。

但他仍想拉長距離。腦中並未感到一片空白。他很清楚身體正急速下降。雪地朝面前直逼而來。不，再多撐一下……

緊接著，他全身感到一陣劇烈衝擊。天地整個倒轉。我跌倒了嗎？當他好不容易想到這點時，已往下滾了好長一段距離。

停止滾動後，他一時無法站起身。幾欲無法呼吸。在某人的攙扶下，他才勉強站起。手臂、雙腿，都不覺得疼痛。只覺得臉好冰冷。看來是沒有受傷。

澤村覺得很難堪，黯然離開。觀眾當中還有人朝他拍手。在拍個什麼勁啊，澤村對此感到很不高興。你們不如大聲笑我，我還覺得比較痛快。

他低著頭走向上蠟室。對自己的得分和排名已不感興趣。

「真是大笨蛋！」他如此痛罵自己。

登上樓梯，走進上蠟室後，他朝長椅坐下，不想看任何人。羞愧之情湧上心頭。

過了一會兒，門外一陣譁然。他驚訝地站起身，眼前出現一幕難以置信的光景。

最後跳躍的翔竟然跌倒了。就像剛才澤村一樣，身上沾滿剛積在地上的雪花，一路往前滾。

澤村在原地呆立良久。觀眾群依舊譁然未止。這時，翔站起身，開始邁步前行。就和剛才的澤村一樣，低垂著頭……

「是雪的關係嗎？」澤村仰望天空低語道。

「並不是被雪卡住的緣故。」在澤村身旁已換好衣服的池浦說道。「亮太跌倒後，有幾名測試員也試跳過。不可能會卡住。」

一名選手跌倒後，在下一名選手開始前，得花一些時間。在這段時間，雪花會積在助滑坡上。而特別容易堆積的地方，就屬坡度平緩的飛躍跑道了。這樣會有什麼後果呢？從陡坡上滑下，突然衝進新雪堆積的場所，速度會突然減緩。

這就是俗稱的被雪卡住。結果會造成姿勢大亂，無法準確掌握時機。如果情況嚴重，幾乎不可能成功跳躍。甚至有些選手還說，要是下雪的日子前面有選手跌倒，這場比賽就泡湯了。

不過今天的比賽為了確保公平，像這種情況會派測試員現場試跳。

「真要說的話，是在亮太跌倒時天候正好改變。包括了風向和下雪的情形。也許翔自己的壓力也起了微妙的變化。不管怎樣，要是亮太沒跌倒，一切順利進行的話，翔或許就獲勝了。」

「亮太也認為自己要是沒跌倒的話，應該會獲勝吧？」一旁的日野說。「不過，你實在撐過頭了。既然沒跳好，就該乾脆一點，提早落地。」日野的口吻充滿活力。由於澤村和翔跌倒，他就此躍升為季軍。

「真是對不起翔。」澤村頹喪地說道。

「這種小事別放在心上。」池浦拍了一下他的肩膀。「你又不是故意的。況且，在那種情況下，他也沒必要刻意跳那麼遠。」

「說得也是。」事後澤村仍覺得悶悶不樂。

他把滑雪板架在車上返回宿舍時，看見澤村走進日星汽車的廂型車內。翔獨自一人在廂型車前做緩和運動。澤村猶豫了一會兒，向他走近。

「今天真對不起。」他出聲叫喚，正在前做伸展運動的翔，轉頭望向澤村。一副不知有何貴幹的表情。

「難得你今天有奪冠的機會，卻被我搞砸了。」翔似乎這才明白他的意思，以毫不在意的口吻「哦」了一聲。

「經這麼一提才想到，之前跌倒的人是你。」澤村心頭為之一震。

「我沒放在心上，是我自己練習得不夠周全。」翔說了一聲「再見」，就此離去。澤村茫然地目送他離去的背影。

──經這麼一提才想到，之前跌倒的人是你。

「經這麼一提才想到」這句話是什麼意思？你要是沒提，我都沒想到你呢──他是這個意思嗎？他根本沒注意到我是第二順位……

澤村歉疚的心，登時轉為憤怒。他緊握雙拳。接著開始思考明天的事。

明天將在大倉山舉辦ＳＴＢ盃。

2

觀眾盡皆散去後，峰岸仍站在自己的車子旁，仰望跳台。

雪似乎有歇停的跡象。

這場比賽由加拿大選手獲勝，日本選手只有日野贏得第三名。此事根本不值一提。它只惹來體育報的殘酷批評，說榆井死後，日本滑雪跳躍隊根本就不值得期待。

──問題是那傢伙的跳躍。

融雪滲進峰岸的衣服裡，直抵他的皮膚，但他渾然未覺。此時他全身發熱。

──還是慢了一步嗎？竟然會有這種事……

他極力想消除心中湧現的不安。不可能慢了一步。不可能有這種事。

他搖了搖頭，正準備坐進車內時，發現有踩踏雪地的腳步聲走近。他開著車門，抬頭仰望，發現兩名刑警正朝他走近。

「嗨。」朝他叫喚的，是那名年紀較長，戴著墨鏡的刑警。他叫須川。

「找我有什麼事？」峰岸問。

但刑警們沒回答他的問題，逕自來到他身旁。

「比賽好像結束了。」須川說道。「雖然很想看，但因為有事要忙，抽不開身。」

「哦……」

「我們去了一趟小樽。」一旁的佐久間刑警說道。「今天一早。」

「去小樽？」峰岸感覺全身瞬間冷卻，開始冒起雞皮疙瘩。

「我們有些事想問你，可否跟我們去警局一趟？因為在這裡談有點冷。」須川拉緊大衣的前襟，以玩笑的口吻說道。但他墨鏡底下的雙眼，肯定正露出銳利精光，想掌握峰岸的表情。

「找我有什麼事？」峰岸又問了一次。聲音略顯顫抖，峰岸自己很清楚，這並非全然是天冷的緣故。

「是關於你老家的事。」佐久間說道。「特別是舊書店老闆的事，我們想向你請教。」

警察果然不簡單，這是峰岸的感想。考量到自己現在身處的立場，說這種悠哉的話實在很不是時候，不過，被帶來偵訊室，聽須川連珠炮似的說了一大串話之後，他不禁有這種感想。

針對峰岸是如何取得毒藥一事，他們幾乎已完全掌握。也就是峰岸在過年時前往立花舊書店，偷偷從已故老闆的房裡偷出毒藥瓶的事。

但他們是在什麼契機下發現立花舊書店，此事目前還不清楚。峰岸在過年時順道繞往舊書店拜訪，理應只算是件微不足道的事，但警方是在什麼契機下，將那名已故的店老闆和蝦夷族研究者的身分串聯在一起呢？

真不可思議，但偏偏峰岸又不能主動開口問個明白。

「舊書店的老太太說你是個好孩子呢。」須川說道。「你好像從以前就很愛看書，常自己一個人到那家店裡玩。長大後，也常到店裡探望老太太。因為他們膝下無子，所以已故的老闆非常疼愛你，對吧？」

峰岸沒說話。他無話可說。

須川取出裝在塑膠袋裡的小瓶子。這和峰岸偷出的烏頭鹼瓶子一模一樣，他一時為之一怔，以為自己藏匿妥當的瓶子，已被警方取得。

不過，那並不是他拿走的那個瓶子。裡頭裝的是黑色的東西。仔細一看，好像是某種乾燥的植物切片。

「請你唸上面的標籤。」須川說。

標籤上寫著：「烏頭的根放在豆莢裡，在爐上乾燥三到四週（有毒），與分離出的烏頭鹼，都是向根元先生取得」。

「立花先生的房裡，有個佈滿塵埃的小整理櫃對吧？我是從它的抽屜裡找到的。聽老太太說，立花先生吩咐過她，絕不能碰這抽屜裡的東西。因為是劇毒，所以也難怪他會這麼說。抽屜裡還有蝦夷人用的箭頭。你知道嗎？箭頭是用鹿腿骨做成。聽說當中凹陷的地方，會塗上烏頭的毒液。對了……」

他說到這裡，停頓了一會兒。「這瓶子上的標籤不是寫了嗎？與分離出的烏頭鹼，都是向根元先生取得……也就是說，烏頭鹼的瓶子應該也在立花先生這裡。但我找遍各個地方都找不到。很奇怪吧？峰岸先生，這件事你怎麼看？」須川緊盯峰岸雙眼。

「我猜不出來。到底是怎麼回事？」

「我們認為，是有人把它拿走了。原本理應放在家中的東西，現在怎麼找都找不到，會作出這樣的判斷也是很理所當然的吧？」

「這當然。」峰岸不得已得這麼回答。

「那麼，會是誰拿走的呢？這時候就出現一個教人傷腦筋的問題了。立花家沒有親人，這幾年來幾乎都沒人去過他們家。去過他家的，就只有峰岸先生你一個人。」

峰岸擺在膝蓋上的手微微握緊。

「這你不知道吧？」

「不知道。」峰岸搖頭。

「你可曾看過整理櫃裡的東西？」

「這件事，我不太記得耶。」峰岸定睛回望刑警，心跳得很急。但連他自己都覺得意外，現在腦中相當冷靜。雖然事情演變到這個地步，他一點都沒作好心理準備，但感覺就像在看某個很自然的情勢發展。

「不記得是吧。」須川以嘲諷的口吻說道後，瞪視著峰岸。

「請你別忘了自己說過的話，也許哪天又會問你同樣的問題。順便告訴你一件事，只要我們有心，就會像一層一層剝皮似的，逐步查明事實。到時候就會知道是怎樣的來龍去脈，你將明白我們有多認真。早晚一切都會真相大白。」

「可以問一個問題嗎？」峰岸如此說道，須川叼了根菸，點了點頭。

「你們是因為懷疑我，才會去那家舊書店吧？你們到底是根據什麼來懷疑我是兇手？」須川點燃菸，朝天花板吁了口煙。

「關於這點，你自己去猜吧。很在意這件事是嗎？」

「可能是有人告密吧？」須川陡然停下動作，一旁的佐久間也抬起頭來。峰岸心想，果然不出所料。

「你為什麼會這麼想？」須川問。

「就是這麼覺得。」峰岸答。

接著現場沉默了半晌，氣氛無比沉重。峰岸覺得這個漫漫長夜恐怕還會再持續下去，他非得習慣這樣的沉默不可。

「我們的確是懷疑你。不過，有些事情我們一直搞不懂。」佐久間在一旁說道。「我可以直說嗎？」

「請直說無妨。」峰岸說。

「如果你是兇手，那你為什麼要殺害楡井選手？目前我們實在猜不透這點。如果我們掌握到證據，便會請你加以解釋。」佐久間咬牙切齒地緩緩說道。

峰岸看著他的臉，無言以對。

傍晚時，峰岸被釋放，就此返回飯店。他接受警方偵訊的事，似乎沒人知道。

——也許只是時間的問題了。

他回到自己房間，躺在床上凝望天花板，如此思忖。警察已查出這件事。既然這樣，也許就快查出真相了。

不過，到底是誰告的密？

峰岸的疑問至今始終未解。知道是峰岸殺了榆井的人，到底是誰？

他躺在床上，伸手拿起電話，把耳朵貼向話筒，聯絡櫃台人員。馬上便有人接聽。

「我是峰岸，前幾天那位掉錢的人找到了嗎？」

「哦，是之前有人在訓練館裡掉錢的那件事嗎？目前都還沒有人出面登記呢。這是怎麼一回事呢？」

「這樣啊，真傷腦筋。不好意思，可以再繼續貼一陣子嗎？搞不好有人比較粗心，一直都沒發現。」

「可以啊，我們這邊沒問題。那麼，那張紙還是維持原樣吧。」

「麻煩你們了。」

「我明白了。」可能是心存戒心吧，峰岸自言自語道。

為了查明是誰發現他藏在訓練館裡的毒藥，他想出這套計畫。那隻野狗在星期六晚上被毒死，表示對方在星期六晚上發現的可能性相當高。因此，只要散播有人那天晚上在訓練館掉錢的傳言，就算當事人沒出面，可能也會以其他方式得知是誰那晚在訓練館進出。但目前似乎仍沒半點線索。

不過，那位神秘的告密者並未將訓練館藏有毒藥的事告訴警方，這令峰岸百思不解。難道告密者和發現毒藥的人是不同人？

真教人頭痛。

他原本深信自己的計畫天衣無縫，至少他自己找不出缺點。正因為這樣，他完全想不透是誰看穿他的手法，又是如何得知。

這名扮偵探的人究竟是誰？

他為什麼不露面？

——為什麼？

他突然露出苦笑。因為就像在玩聯想遊戲似的，他驀然想起佐久間刑警說的話——你為什麼要殺害榆井選手？

動機——

想到為何要殺害榆井，峰岸便覺得腦中一片混亂。

我真正興起殺害榆井的動機，到底是什麼時候呢？我雖然心裡有殺他的動機，但又是從什麼時候開始的呢？

嚴格來說的話，是從認識榆井的時候開始。打從第一次見到他，知道他是個鳥人，能力和自己截然不同的那時候起。不過，後來又多花了些時間，這個動機才清楚成形。

——真正開始清楚成形，是從那時候開始。

當時他骨折康復，重回滑雪跳躍界，想像以前一樣跳躍，卻始終跳不出佳績。他從失意中追求一線生機。不是喚醒昔日自己的跳躍方式，而是讓身體重新學會另一種跳躍方式。不是修正既有的圖畫，而是在純白的畫布上重新作畫。

而他當作範本的對象，正是榆井明。峰岸認為，榆井的跳躍是日本的最佳典範，同時也具有世界頂極水準。

如果能徹底學會他的跳躍法，也許就能東山再起，這是峰岸最後的期望。

但那並非單純只是模仿他的姿態，也不光只是盜取他的技巧。而是將自己對榆井的滑雪跳躍所抱持的所有感覺，全部輸入腦中。要複製的不是理論，而是感覺。

「如果是這樣的話，我可以幫你，但這會很辛苦哦。」當時的指導員是藤村，聽完峰岸的提議後，他以嚴峻的口吻說道。

「我已作好心理準備。」峰岸答。「我想從頭來過。」

峰岸為自己設定三年的時間。這段時間，他決心將自己的人生全部投注在滑雪跳躍中。他和榆井一起生活，就此展開這項計畫。由於經常集訓，所以有不少時間和榆井在一起。如果只是一起用餐、練習，那也無濟於事。峰岸努力製造機會和他攀談。

然而，這項最初步的計畫，執行起來卻是困難重重。要找機會和榆井聊天並不難。因為榆井愛講話。但要跟上他的說話步調，卻困難無比。他說起話來無脈絡可循，而且變來變去。他的好奇心就像向全世界蔓延的繁茂樹枝一般。

不過，峰岸還是掌握了一項重點，那就是滑雪跳躍也是榆井感興趣的項目之一。而且能藉此將話題集中在「人類在沒有翅膀的情況下，究竟能飛多遠」這一個點上。

「站在起始台上，我總覺得滿心雀躍。也許在某個情況下我可以飛得老遠。每個人都作過在天空飛的夢吧？在夢裡可以像在空中游泳一樣移動。我想像那樣乘風飛行。」他也曾這樣說過。

但實際問到他跳躍時的感覺，他的說明卻又讓人聽得一頭霧水。

「說到理想的跳躍，你都是在心中想像什麼樣的情景？」峰岸曾如此詢問。當時榆井的回答如下：「那還用說。腦中想的當然是一種爆發的感覺。把所有討厭的事全忘記，在那一瞬間只想著要做出完美的跳躍。如果做不到這點，就不會有完美的跳躍。」

起初峰岸以為他是在敷衍。甚至懷疑他是否懷有戒心，不想讓峰岸剽竊他的感覺。但看他的模樣，又不像是這麼回事。倒不如說，他很熱心地想傳達自己跳躍時的感覺。他看峰岸一副無法理解的神情，伸手搔了搔頭，又繼續說明。

「要當自己是融入在風裡面，以這種感覺來飛行。不可以和它對抗。從跳台上飛出時，要像從風中鑽出一般，之後則要像被風接住一樣。只要能走到這一步，接下來就把一切交給風了。要信任風。」

簡單來說——

簡單來說，榆井的感覺比峰岸更具野性，而且依賴本能。完美無誤的跳躍方式，在他腦中先天就有內建好的程式，他要努力的方向，在於如何導引出這股本能。與那些後天才想創造出這種程式的人相比，基本條件一開始就不同。

儘管如此，峰岸還是耐心十足地和榆井溝通交談。因為他期望在榆井不經意的談話中，隱藏著可以喚醒他昔日感覺的提示。

而峰岸也實際得到一些提示。其中最大的提示，發生在他與榆井聊游泳的時候。

「跳水時，只要能像滑雪跳躍一樣躍進水裡就行了。」榆井望著電視說。

「像滑雪跳躍一樣？」

「嗯。就像要跳進前方的風中一樣，以這種方式往水裡跳，一定可以跳得很好。」

跳進前方的風中——這句話深深烙進峰岸腦中。仔細一想才發現，榆井在形容滑雪跳躍時，從來都不用「往上跳」這個字眼。

除此之外，峰岸還得到了幾個小小的提示。他在腦中加以歸納整理，雖然只有模糊的形體，卻能拼湊出榆井獨特的跳躍方式。

然而，以言語傳達終究有其極限。要以明確的形式來了解榆井跳躍的感覺，必須親眼確認其身體動作。只不過，實際進行滑雪跳躍時，雙方之間有距離，而且速度又快。就算能掌握大致的形體，卻無法進行細部的觀察。因此，峰岸將著眼點放在假想跳躍練習上。

假想跳躍是一種模擬訓練，在台上擺出助滑的姿勢，腦中想像實際在跳台上的狀況，做出跳躍動作。一般是兩人一組，由搭檔在下方接住對方的身體。

峰岸讓榆井進行假想跳躍，以攝影機從各個角度來拍攝。同樣的，峰岸也拍攝自己的動作，仔細兩相比對、檢討。

「當中有個嚴重的不同點。」藤村比較兩台螢幕的畫面，如此說道。「那就是肌肉的差異。差異並非單純只會顯現在跳躍力上。就算你能擁有和他一樣的跳躍感覺，但若沒有能加以發揮的肌肉，還是一樣沒有意義。」

因為這項建議，峰岸決定徹底進行重量訓練。不是盲目地亂做，而是勤上訓練中心，挑選最有效提升肌力的方法。在他過往的滑雪跳躍生涯中，這可說是肉體負荷最吃力的一段時期。

在訓練中心裡面，不時會遇見其他隊的選手。他們對峰岸特訓的情形相當驚訝。不過，他們並不知道峰岸真正的目的。看在他們的眼中，也許只會覺得，這是一位走下坡的選手在作最後的垂死掙扎吧。

只有一人給予峰岸協助，他就是剛轉至日星滑雪隊的片岡。他對峰岸特訓的目的一句話也沒問，但不時會對峰岸的訓練方式提出建議。就是片岡指示他應該將鍛鍊重點放在伸展左膝的肌肉上。片岡說的話總是準確無比，訓練的效果相當顯著。

「你不覺得我是人老還不認輸嗎？」有一次他向片岡問道。只見片岡以他的習慣動作托起金框眼鏡，以不帶高低起伏的聲音應道：

「我知道你是想最後一搏。」

「沒錯。我這是最後一搏。」

「不管什麼，都有其最後的機會。是不是要當作最後一次機會，由當事人自己決定。」

「這已是最後一次機會了。」峰岸說。「再也沒有下次。」

片岡聞言後沒再多說，只對他的訓練方式提供了一項建議，就此離去。

沒有集訓時，峰岸有時會獨自待在禪寺裡。一來也是為了培養專注力，但他真正的目的，是想像榆井一樣，重拾往日那享受滑雪跳躍的純真之心。榆井就像個孩子似的，挑戰飛行。究竟人到底能飛多遠呢？他只是一直在挑戰這個永遠的課題。勝負並沒有那麼重要，所以壓力根本不是他眼前的問題。榆井的這份純真，令峰岸好生羨慕。

這樣的生活過了一、兩年。

就在藤村驟逝之後，出現瓶頸。榆井因為大受打擊而不再比賽，峰岸的計畫就此整個大亂。於是，那個時期峰岸努力的方向，改為讓榆井重新振作。

榆井復出後，峰岸想將他的跳躍模式完全吸收的計畫也再度展開。他想從身心技各方面追上榆井，日夜苦練。

但如此耗費時日的計畫，卻遲遲不見顯著的效果。

峰岸的跳躍距離確實比當初因陷入低潮而煩惱的那段時間改善許多。其他隊的選手和指導員們也愈來愈常說他最近狀況不錯。在比賽中，也不時會有不錯的名次。

但還是不太對。就峰岸自己的感覺來看，一切都不太對勁。

他是在前往普萊西德湖參加世界盃時，才明白此事。當時峰岸狀況不錯，和榆井等人一同出國比賽。

在這場比賽中，發生一件離譜的意外。峰岸他們一行人早從三天前便已抵達當地，但因為大風雪的緣故，公開練習的天數遭到縮減。一直等到比賽前一天才能實地練習。而且也只能跳三次，根本掌握不到跳台的感覺，心裡忐忑不已。

而且這時候榆井屋漏偏逢連夜雨。他因感冒而發燒，所以只試跳了一次。而且還沒跳成功。比賽當天，榆井說他不想棄權。他的高燒已退，而且也獲得醫生的許可，所以決定讓他上場。但大家都認為，榆井應該是難創佳績才對。他現在的狀況，就和完全沒練習過一樣，而且還是大病初癒。

說到試跳，日本選手中就屬峰岸成績最好。儘管如此，也只是不至於在外國選手面前丟臉的水準罷了。榆井之前的一跳，連七十米級的標準距離也沒達到，顯露出他的練習不夠充分。

「就像從溜滑梯上滾下來一樣。」試跳結束時，榆井笑著這樣形容自己剛才跳躍的表現。

「這次也是沒辦法的事，你要小心別受傷哦。」峰岸如此鼓勵他。

「我不會受傷的。」榆井笑咪咪地應道。接著他張開雙臂，伸了個懶腰，說道：「嗯，外國果然很大，我就開心地玩一玩再回去吧。」

其他的選手們都笑了，心想，真不知道這傢伙是粗神經，還是天真。

不過，他們臉上的笑容，在看過榆井第一次正式跳躍後，馬上消失無蹤。

不同於先前的試跳，榆井展現出漂亮的飛行。飛行距離也相當遠，擠進前十名，是日本人當中的最佳成績。峰岸則是跳得比試跳時還差。

「怎麼突然表現這麼好？」峰岸問。

「我沒有怎麼樣啊。」他答道。「我自己也不清楚，就只是這樣滑下去而已。只跳出這樣的成績，也是沒辦法的事。」

「只跳出這樣的成績？」

「不過，接下來或許會跳得更好一些。因為我已經摸熟了。」

而他也真的在第二次跳躍時，跳得比第一次更遠，排名也從第十名竄升至第三名。

他的跳躍方式，根本就無從模仿——峰岸這時才有深切的體悟。榆井不像一般的選手，倚賴感覺。他什麼也不倚賴。因為他的身體會自己行動，不受意志左右。而他也相信自己的身體。

——也許我追逐的是一個幻想。

峰岸如此暗忖。要學會榆井的跳躍方式，得先取得他的身體。

之後又經過幾場比場，更加深了峰岸這個印象。世上的一切領域，都有上天選定的人。榆井就是這樣的人。而我不是……

就這樣，峰岸一開始決定的三年期限就此結束。

峰岸無法成為榆井，他並不懊悔。榆井可能是今後數十年也無人能出其右的滑雪跳躍好手。有他這樣的天才，才會有我這種以他為目標的人。儘管到頭來，不管自己再怎麼想追上他，他都像是位在遠方的海市蜃樓，但這樣我心中已無任何遺憾。因為我追逐的是一位過人的天才。這些年所投注的光陰，峰岸並不覺得可惜，他已經盡了最大的努力。

引退後，峰岸只想著要讓榆井明名揚世界。自己昔日當作目標的對象，究竟有多麼巨大，他想以清楚的形式來加以呈現。

但峰岸萬萬沒想到。

他的夢想，竟然會以那種形式破滅。

3

ＳＴＢ盃兼環太平洋盃國際大賽，在和昨天迥異的大晴天下舉行。而且吹的是對選手有利的逆風，陸續有人創下佳績。特別是在第一次跳躍中，日本代表隊的選手幾乎都跳出百米以上的成績，包括外國選手在內，共有五人跳出一百一十米以上的佳績。

澤村亮太也是這五人當中的其中一位。

但他還是不滿意。在五人當中他排名第五。不是姿勢分的問題，而是他跳出的距離最短。排行在他之上的四人當中，有三人是外國選手。而那唯一的日本選手是杉江翔。對澤村來說，名次反而不重要，敗在翔手下，才是真正嚴重的問題。

「不要悶悶不樂嘛。能跳出一百一十米的成績已經很不錯了。」澤村擦拭滑雪板的滑行面，準備第二次跳躍時，池浦來到他身旁說道。他似乎不自覺地露出不悅之色。

「以今天的狀況來說，就算跳出一百一十米遠，也沒什麼好高興的。」

「真好意思說，我可是好不容易才跳出一百米遠呢。」

「池浦兄，你也有可能反敗為勝啊。分數又相差無幾。」

「我也有機會嗎？」一旁探頭的，是一位姓渡部的選手。之前他在塞拉耶佛奧運中出賽時，正值顛峰期，不過這兩、三年來始終成績低迷。今天也只跳出九十五米遠。

「如果你跳出一百三十米的話，應該就有希望。」池浦語帶調侃地說道。渡部跪地皺張臉。

「這樣根本就是在舉行飛行大賽嘛。不過，像今天這種狀況，真希望榆井也能上場。就算沒辦法跳出一百三十米，搞不好也能跳出個最長距離。」

「榆井是吧……」澤村心想，或許有可能。之前榆井還在時——話雖如此，不過也才不久前的事，在今天這樣的狀況下，總會將起點台往下調降。儘管這樣，榆井還是跳出將近一百二十米的成績。如果是今天這樣的起點位置，他也許能輕鬆創下跳台最高紀錄（該跳台歷年來的最長距離紀錄）。

澤村正在想這件事情時，上蠟室的一隅突然一陣吵鬧。有多名選手大聲嚷嚷。眾人全都往他們瞧，他們這才閉嘴，但表情顯得不太對勁。

很快便得知他們吵鬧的原因。日野朝這裡走來，告訴澤村他們。

「我從他們那裡聽說，已抓到殺害榆井的兇手了。」

「咦？」渡部發出一聲驚呼，再度聚集了眾人的目光。

「是誰？」池浦問。

「不知道。好像是剛才我們第一次跳躍時被逮捕的，似乎是滑雪跳躍的相關人員。」

「不是選手吧？這麼說來，是教練或指導員嗎？不會是我的教練吧？」在這種時候，渡部還不忘開玩笑。

「比賽途中還發生這種事，三好先生可真是辛苦啊。」

池浦這番話，大家聽了紛紛點頭。

第二次跳躍開始，前面的選手開始比賽時，他們已隱約明白被捕的人是誰。在教練和指導員當中，沒在今天這場比賽中露臉的，就只有一個人。

澤村在等候上場的這段時間，和池浦交談。

「你聽說了嗎？」

「聽說了。」池浦答。

「聽說是峰岸先生。」

「好像是。真教人不敢相信。峰岸先生竟然會……」

「他明明是最不可疑的人才對啊。」

「這下我深深明白人不可貌相的道理。」接著池浦重新戴好安全帽，就像在說「這件事就聊到這兒吧」。已快要輪到他上場。澤村也覺得再聊下去會妨礙他比賽，就此保持沉默。

——峰岸先生是嗎……

澤村心裡五味雜陳。雖然和峰岸沒特別親近，但好歹總有些和峰岸有關的回憶。例如他陷入低潮時，曾參考過峰岸的跳躍方式，峰岸也曾針對重量訓練對他提出建言。峰岸整體給人認真勤奮的印象。

說到從現役選手引退，改為專心當指導員的峰岸，感覺就像是將一切全寄託在榆井身上。聽說他還為了榆井學習如何貼紮，研讀運動生理學。

考量到榆井偏食的飲食習慣，還向醫生諮詢，決定讓他服用維他命。為了排定訓練項目，甚至還向職棒的運動防護員諮詢。

如此悉心照顧楡井的峰岸，竟然會殺了楡井。

——到底是為什麼？

澤村實在無法想像。

比賽結束後，澤村他們換好服裝，正準備回車內時，兩名從未見過的男子朝他們奔來。一人脖子上掛著相機，一看便知道是新聞記者。

「殺害楡井選手的兇手已經被捕，您知道嗎？」澤村原本正準備說他知道，但日野朝他使了個眼神加以勸阻，澤村見狀，決定保持沉默。

「兇手好像是楡井選手的指導員，請問您有什麼感想？」澤村置若罔聞，坐進廂型車內，但男子還是抓住澤村的衣袖，緊纏不放。日野看不下去，出言相救。

「我猜三好總教練應該有話想說。」澤村乘機坐進車內，關上車門。

「請等一下。我們想聽聽選手們對此事的感想。」

記者在車外大喊，但池浦關上窗簾後，他們敲了一下玻璃，便就此離去。可能是採訪其他隊的選手去了。

「不知道接下來會怎樣。」日野長嘆一聲，如此低語。

「不會怎樣。」池浦說道。「等時間一過，大家就都忘了。就只是如此而已。把心思用在這裡，只是白費力氣。」

「那是因為池浦你總是這麼冷靜。」

「才不是呢。今天的第二次跳躍，我果然因為無法專心而失敗。本想好好表現一下的。為了這種事而亂了自己的步調，跟傻瓜似的。」

澤村心想，他說得沒錯。在第二次跳躍前，得知是峰岸殺了榆井這件事，一直縈繞心頭。但老實說，現在不是想這種事的時候。比起榆井遭殺害的事，以及峰岸被捕的事，我還有更重要的事要面對。

現在，澤村腦中想的不是峰岸和榆井的事。此刻他滿腦子都是數十分鐘以前，杉江翔飛行的模樣。

4

「今天的比賽結果怎樣？」一見佐久間他們到來，峰岸劈頭就問這麼一句。他人在偵訊室。

「比賽？」須川問。

「ＳＴＢ盃啊。在大倉山舉行九十米級的比賽，可能已經結束了。」

「我沒聽說。」

「是嗎？」峰岸低下頭，伸指緊按眉間，一副頭痛的模樣。佐久間心想，可能是他沒睡好的緣故吧。如果他的精神狀態和常人一樣，昨天回住處後，應該還是會精神緊繃，無法休息。

「這種時候管不了比賽了吧？建議你多想想自己的事。」佐久間在一旁插話道，峰岸始終緊抿雙唇。

「你今天的立場，和昨天有些許不同。」須川說。「你應該也知道，你已經被逮捕了。這表示我可以不放你回去。在你坦白供出一切之前，我們都可以一直等下去。」

「你應該已從須川那裡聽說了，你可以請律師。」

峰岸就只是微微搖頭。

須川清咳幾聲。

「我猜你應該還沒忘，你昨天曾告訴我，那個存放毒藥瓶的整理櫃，你沒看過裡面的東西，對吧？」

峰岸往須川瞄了一眼，微微點頭。

「可是，這樣很奇怪。」須川撇嘴說道。「太奇怪了。」

他接著望向佐久間，佐久間也點頭表示同意。「從那個整理櫃裡，查出了你的指紋呢。又多又清楚。你說沒看過，那實在不合情理。」

感覺得出峰岸此刻正緊緊咬牙，他的左手握緊右手的大拇指。

「我可能看過吧。」峰岸答道。「但我一時忘了。或許只是在不經意的情況下看過。」

「你的意思是，不經意地看過那個毒藥吧？」須川略微站起，趨身靠向峰岸，意在威嚇。

「裡頭某個地方，放著一個裝有毒藥的箱子。碰過它的就只有你，沒有別人。然後毒藥就這麼不翼而飛。這麼一來，答案已經很清楚了。」

「我不知道。」峰岸堅定地回答。「裡頭有毒藥的事，以及是誰將它拿走，我一概不知道。

不過，裡頭真的有毒藥嗎？事實上，根本沒人見過吧？」

須川聞言，朝這名嫌疑犯瞪視了半晌後，重新坐回椅子上。

「昨天我讓你看過那個瓶子對吧？那是向立花舊書店借來的瓶子，裡頭裝有烏頭的根。上面貼的標籤寫道『與分離出的烏頭鹼，都是向根元先生取得』。其實我已找到這位『根元先生』了。他是位學者，和立花先生一樣，都曾經參加過蝦夷族研究團體。昨天晚上，我們有兩位刑警前去拜訪他。」

峰岸往須川瞄了一眼，接著旋即垂眼望向地面，臉上表情沒任何變化。

「然後」順川接著說。「他們向根元先生確認過證詞，他確實曾將烏頭鹼的瓶子交給立花先生。聽說是五年前十月的事。而根元先生手上還留有一模一樣的烏頭鹼，於是我們馬上調查其成分。雖說是烏頭鹼，但聽說裡頭還添加了不少其他種類的不純物質。只要拿它和榆井的膠囊中發現的毒藥相比對，就能清楚明白它是否為這次犯罪所用的毒藥。」

說到這裡，須川低頭窺望峰岸的神情。「檢驗結果終於出爐了。根據科學研究的報告，根元先生所提供的毒藥，並未完全分離，當中含有牛扁鹼、阿替新鹼等鹼性成分。其含有率與用來殺害榆井的毒藥成分完全吻合。因此我們判斷，是採同樣的方法，從同一物質中分離出的毒藥。說得明白一點，殺害榆井用的毒藥，原來一直是由那名舊書店的老先生珍藏著。這麼一來，你明白我們為何逮捕你了吧？你已經逃不掉了。快點從實招來吧。」

他一口氣說了一大串話，等峰岸的反應。但峰岸只是閉上雙眼，靜默不動。須川拍打桌面。但峰岸的眼皮依舊動也不動。

「你要是快點招供，展現悔意，法官會從輕量刑哦。」佐久間以溫柔的口吻說道。他並非時常對嫌犯採取這種攻勢。而是會視搭檔不同，改變做法。

「昨天我說的話，你還記得嗎？」須川單手撐在椅背上，以斜靠的姿勢望著峰岸。「只要我們有心，就會像一層一層剝皮似的，逐步查明事實。其實我們已對你生活周遭展開徹底調查。我們正在搜查。搜查什麼呢？那個裝有毒藥的瓶子。你應該已將它丟在某個地方才對。你不會丟得太遠。因為是劇毒，你不敢隨便丟棄。這麼一來，範圍就小多了。可能是放在自己的公寓裡，或是埋在某個地方，要不就是還在飯店裡。」

佐久間注視峰岸的臉。他猜想峰岸會對須川說的某一句話有所反應。但就他所見，峰岸始終面無表情。

「峰岸先生。」須川很不耐煩地說道。「這樣對我們大家都不好。快點作個了斷吧。只要你肯從實招來，我們大家就悠哉多了。還能輕鬆地看那個什麼盃的九十米級比賽呢。」

這時，峰岸才開始有所反應。他抬起頭低語道：「對了……有電視實況轉播。」

「因為今天好天氣，一定陸續會有人跳出好成績。」佐久間語畢，峰岸緩緩轉動身軀，隔著偵訊室的窗戶仰望天空。

藍天之上，飄浮著兩朵渾圓的雲朵。

「怎樣，想招了嗎？」河野一見佐久間，便向他問道。須川仍留在偵訊室內。

「不知道怎麼說才好。不論體力還是毅力，他似乎都很強韌。」

「得長期抗戰是吧？真希望他能自己招認。」

「找不到毒藥嗎？」河野搖頭。

「那只是個小瓶子，而且只要他有心，到處都能藏。要找尋可不容易啊。」

「關於他讓榆井服毒的方法，查得怎樣了？」

「一樣沒有線索。不過，方法多得是。問題在於動機。」

「動機是吧……」

關於動機，打從一開始就一直是個謎。要不是有那封告密信，恐怕至今還不會懷疑峰岸。

「關於寫那封信的人……」佐久間此話一出，河野馬上點頭。

「我也正在想這件事。要是找不出其他證據，就得想辦法查出誰是寫那封信的人。」

「峰岸已經被逮捕了，他大可公佈自己的身分。」

「還是別心懷期待得好。」

「他為什麼要隱藏姓名？更重要的是……」佐久間抬起頭。「告密者為什麼知道峰岸是殺害榆井的兇手？」

「很不可思議對吧？」河野說。「而且告密者是在命案發生後不久便寫信來。這表示他老早就知道真相。」

「難道是峰岸的犯案計畫中有致命的疏忽，被人發現？」

「這需要縝密地拼湊峰岸的犯案計畫。從中推理出知道真相的人究竟是誰。就像猜誰是偵探的猜謎遊戲。」

「由警察來推理誰是偵探，聽起來還真是奇怪。」

佐久間以複雜的心情回以一笑，不經意地望向擺在一旁的報紙。電視節目欄的那張報紙擺在上頭。

在大倉山跳台滑雪場進行ＳＴＢ盃滑雪跳躍大賽的轉播畫面。

——電視實況轉播是吧。

剛才在偵訊時，先前完全沒反應的峰岸，一提到滑雪跳躍的事，表情馬上有所變化。而且他似乎打從一開始就很在意今天的滑雪跳躍大賽。

——到底是什麼令他這麼在意？

榆井死後，他應該已經對滑雪跳躍界不感興趣才對。

「警部，關於偵訊，我有個提議。」

「不知情的人看了一定會心想，這嫌犯和刑警到底在幹什麼？」須川在佐久間耳邊悄聲道。佐久間面露苦笑，伸掌在面前比了一下，以表歉意。

坐他們對面的峰岸，將椅子斜放，緊盯著隨身型電視的螢幕。正在播放今天稍早在大倉山舉辦的比賽。

佐久間以前也從未將電視帶進偵訊室過，但他看峰岸很關心今天的比賽，令他對此很感興趣。這或許是打破峰岸沉默的好機會，佐久間滿懷期待，向河野提出這項建議。

比賽已來到了正式的第二次跳躍。由於第一次跳躍陸續有人跳出一百多米的成績，所以起點位置往下調降，但感覺不出選手的飛行距離有因此縮短。解說員說，可能是現場狀況變得更好的緣故。

在節目中，播報員多次提到榆井的命案。第二次跳躍開始不久，還提到兇手似乎已被逮捕的事。目前還沒清楚報出姓名，想必是還沒獲得更清楚的資訊。

佐久間觀察峰岸在播報員提到榆井時的表情。看有無任何變化。但依佐久間看，峰岸還是面無表情。他唯一一次流露出情感波動，是在一名日本選手擠進第二名時。他甚至還趨身向前。

畫面中的選手陸續展開跳躍。解說員說，這是前五名選手之爭。三名外國人，以及澤村和杉江這兩名日本人。

這時，峰岸的表情又起了變化。他似乎吞了唾沫，喉結滑動。

——應該有什麼事影響峰岸的情緒。

佐久間將視線移回電視上。

輪到解說員預測的那五名選手上場了。首先是澤村亮太選手。身穿紅色連身衣的澤村，跳出一百零七米的紀錄，是目前的第一名。佐久間望向峰岸。他似乎對澤村的跳躍沒什麼感覺。

接著上場的是美國和加拿大的選手，兩人都輕鬆跳過一百米。加拿大選手登上首位，澤村則是降為第二位。

當下一位杉江選手上場時，峰岸在椅子上重新坐正，他擺在桌上的左手緊緊握拳。佐久間見狀，頗感訝異。

杉江俐落地展開滑行。攝影機緊追他的滑行姿勢。當他倏然衝出時，攝影機一時沒跟上。當再次捕捉到畫面時，傳來一聲讚歎。是解說員的聲音。

「跳得漂亮。距離拉長了。」——播報員也相當興奮。接著杉江落地。「站穩了。他站穩了。結果怎樣呢？他跳出相當長的距離，搞不好……」

攝影機正拍攝出杉江翔高舉單手，擺出勝利姿勢的模樣。這時傳來一個聲音說道——一百二十三米。

「杉江選手成功了。創下跳台最高紀錄。」播報員大叫。佐久間望向峰岸。峰岸嘴巴微張，以空虛的眼神望向電視。拳頭依舊緊握，微微顫抖。

汗水從他的鬢角滑落。

5

澤村回到飯店的時候，已過午夜零時。他走出計程車，以蹣跚的步履走過玄關，往大廳的沙發坐下。櫃台處空無一人。餐廳也大門緊閉。在冷清的寂靜中，只有澤村一人。

我喝多了——他自嘲地笑道。為了忘卻翔白天時的跳躍表現，他拚命灌酒。翔的跳躍，讓澤村重新感到挫敗、自卑。

不過，此時他臉部發燙。

他撐起沉重的身軀，搖搖晃晃地走出玄關，來到屋外。他想吹吹冷風，藉此讓身體和心情都舒暢些。

各隊的廂型車在停車場並排。澤村靠向其中一輛車。奇怪的是，那是日星汽車滑雪隊的車。車內放著杉江泰介常穿的那件防風外套。但澤村的視線並不是停在防風外套上，有把鑰匙從衣服口袋裡露出，而且那把鑰匙附著一個小牌子，上面寫著：「第二實驗室」。

澤村想起之前刑警說過的話。杉江翔他們不是去體育館，而是去實驗室。

——那是翔接受訓練的場所所用的鑰匙嗎？

猛然回神，他已伸手搭在車門上。但車門鎖著。他繞到車後拉起後門，後門果然沒鎖。

澤村從後門鑽進車內，拿起杉江的上衣，抽出裡頭的鑰匙，放進自己口袋中。他們今晚應該不會到實驗室去了吧。只要趕在明天早上之前送回就行了。

走出廂型車後，他站在馬路上。正巧有一輛計程車駛來，他舉手攔下車，坐進車內，向駕駛說道：「到日星汽車工廠。」

夜晚的工廠宛如巨大的墓碑。沒有燈光，巨大的建築以一定的間隔排列。澤村躡腳而行，儘可能沿著建築的陰影行進。

因為是星期天晚上，工廠裡沒有員工。正因如此，要走進工廠內相當不容易。大門旁的出入口開著，但出入口前方就是警衛室，表情嚴肅的警衛正瞪大眼睛監視。要是有值夜班的員工進出，就能混在裡頭走進去，偏偏今晚不能用這個方法。澤村沿著工廠外圍的水泥牆行走，挑了一處最不會被人發現的地方，攀牆潛入。

他挑選暗處走了一會兒，發現前方有個介紹工廠內建築的立牌。他確認過位置後，往第二實驗大樓走去。

實驗大樓是位在東側的三棟並排大樓，分別以第一大樓、第二大樓、第三大樓來命名。每棟大樓都只有兩層樓，澤村的目標是正中央的建築。

入口大門深鎖。澤村想插進手中的鑰匙，但鑰匙不合。

儘管心裡覺得煩躁，但他還是再次於建築四周探尋。逐一查探每一扇窗戶。不過，每扇窗都緊緊關閉，文風不動。

正當他準備放棄時，他發現二樓窗戶半開。也許是廁所的窗戶。澤村來到底下，毫不遲疑地抬腳搭在一樓的窗戶上，伸手握住沿著壁面而上的鐵管。他對自己的運動神經充滿自信。就算身處高處，他也不會懼怕。

他小心翼翼地挑選立足之處，一步步往上爬，來到上頭一看，果然是廁所的窗戶。走出廁所一看，是一處寬敞的樓層，測量儀器和工作機器、金屬和樹脂材料等，雜亂地擺滿一地。

走下樓梯一看，中央有一條走廊，房間並排於兩側。分別是空調室、電力供應室以及資料室等等。走廊盡頭是實驗室的大門。澤村試著轉動門把，果然是鎖著的。

他從口袋中取出了鑰匙，插進鑰匙孔內，輕輕鬆鬆便轉開了，空無一人的走廊響起了開鎖的聲響。

裡頭一片漆黑。雖然有窗戶，但每扇百葉窗都緊閉著。

澤村沿牆來到右側，馬上便摸到開關。他隨手按下，但理應排列在天花板上的日光燈，卻一盞也沒亮，因為總電源被關掉了。於是他再次來到走廊，推向寫有電力供應室的房間大門。但這裡同樣大門深鎖。

他就此放棄，回到實驗室。再次沿著牆壁走。裡頭一片漆黑。眼睛始終無法習慣黑暗。油和塵埃混雜的氣味撲鼻而來。

這間實驗室可能相當寬敞，走了好遠才來到窗邊。途中似乎有桌子和櫃子之類的東西，現在得先開窗讓光線照進室內。

抵達窗邊後，澤村打開百葉窗。可惜今晚沒有月亮。不過，感覺還是有不少光線射進室內。

他環視室內。然而，他原本想像中的東西，一個也沒看見。他本以為各種最新型的訓練儀器全都一應俱全。不過，眼前擺放的東西，澤村從未見過。由於完全超乎預期，他一時還以為這間實驗室和翔無關呢。

——不，不可能沒關係。翔一定是用它進行訓練。

澤村緩緩朝它走近。

由於光線昏暗，無法看清楚全貌，不過這東西真的很奇特。大小有如一輛小型卡車。架成像望樓般的形狀，上頭有個三公尺長的台座。台座應該有四、五十公分厚，看不清楚台座上面是什麼構造。

他定睛凝望望樓下方，隱約看得出幾根粗大的管子，似乎還設有像馬達之類的東西。

——這機器到底是用來做什麼的？

待眼睛逐漸習慣黑暗後，房間角落的情況也愈來愈清楚。擺有幾台電腦。似乎不同於一般的個人電腦。

澤村決定對桌上和櫃子展開調查，看有無這項裝置的相關資料。但這種東西並不會擺在外面，而且抽屜和櫃子全都上鎖。

——這麼一來，根本一無所獲嘛。

正當澤村暗自咒罵時，走廊傳來腳步聲。並不時傳來轉動門把的喀嚓聲。是警衛前來巡視，確認房門有無上鎖。這間實驗室的房門沒鎖。

他馬上鑽進桌下。緊接著，房門就此開啟。

手電筒的燈光照向室內。澤村有一股衝動，想抬起頭看清楚房內的裝置，但他忍了下來，低頭不動。

守衛走進室內。他見有一扇百葉窗開著，對此感到納悶。他停下腳步，仔細調查室內。不久，警衛可能是查無異狀，就此關上百葉窗，快步離去。他離去時，沒忘記上鎖。只要按下門鎖中央的按鈕，把門關上，就能鎖上。

「好險。」澤村這才得以從桌子底下鑽出，這時，他手不小心伸進一旁的垃圾桶裡。手碰觸到紙屑。

——既然這樣，就帶這個回去吧。

垃圾桶裡放了好幾個揉成一團的紙屑，澤村將它們全塞進口袋裡。

費了好大一番工夫才攔到計程車，回到飯店時，已過凌晨三點。他將鑰匙放回日星汽車的廂型車內，回到自己房間。池浦和日野都不在。他們今晚可能是回家去了。

澤村把門鎖上，趕緊從口袋裡取出紙屑。逐一將它們攤開。

「啐，這什麼啊。」他滿懷期待地攤開來看，但裡頭不是白紙、塗鴉，便是傳單。就在他開始感到失望時，他攤開最後一張紙屑，為之瞠目。

——這什麼？

那是印表機列印出的圖表。橫軸是時間，縱軸則是以（deg／s）為單位，看來，這似乎是角速度。

眼前有兩條山形曲線，幾乎相互重疊。其中一條線寫著：「MODEL」，另一條寫著：「SHOU（翔）」。

而圖表標題寫的是——

「he angular velocity on knee joint.（CYBIRD-SYSTEM-ELM）」

澤村從自己的行李中取出字典。考量到有時會和外國選手交談，他常隨身攜帶字典。

標題的日文意思是「膝關節的角速度」。但澤村不懂括弧裡的「CYBIRD-SYSTEM-ELM」是什麼意思。

——CYBIRD-SYSTEM-ELM？

他不懂CYBIRD的意思，所以他決定先查（ELM）是什麼。結果馬上便查到了。

ELM的意思是「榆」。

複製

1

逮捕峰岸的隔天是星期一，佐久間決定獨自到杉江家拜訪。他們住在西區的山手，緊臨著西警局。

宅邸所在的住宅區，就位在一處緩坡上。佐久間按下門口的對講機按鈕後，聽到女人應答的聲音。他報上姓名，等了一會兒後，玄關大門開啟。

前來開門的，似乎是泰介的妻子。年紀可能才剛過四十。雖然長著一張圓臉，但給人的印象帶有一點神經質。她身穿毛衣，搭一件休閒長褲，感覺穿著相當隨便。

佐久間被帶往客廳，客廳中央有一套沙發組，周圍的櫃子擺滿了獎狀、獎盃、獎牌等。靠近仔細一看，那不是翔所贏得，全都是泰介以前的戰利品。牆上還掛有泰介選手時代的照片，泰介的跳躍方式，是在空中採雙手伸向前方的姿勢。

過了一會兒，杉江泰介現身。他身穿一件輕薄的藍色開襟羊毛衫。看起來不像滑雪隊的教練，倒像是公司裡的重要幹部。

「小犬現在人在訓練中心，應該很快就回來了。您如果抽菸的話，請用。」泰介掀起桌上的玻璃菸盒蓋，請佐久間抽菸。

佐久間婉拒，以驚訝的口吻問道：「今天還繼續訓練是嗎？我聽說比賽隔天都會休息呢。」

「是休息沒錯。所以才會像這樣悠哉地待在家裡。雖說是去訓練中心，但也只是去接受按摩而已。因為他也累積了一些疲勞。」

「對了，昨天的比賽，令郎表現得很出色。那是他很滿意的一跳吧？」

「沒錯，昨天確實跳得好。前天雖然輸得很難看，但也許正因為這樣，反而消除了過度緊繃的力量。」

「話說回來，他創下跳台最高紀錄，真教人驚訝呢。」

「謝謝。」泰介從菸盒裡取出一根香菸，以同樣是玻璃製的打火機點燃了菸。他緩緩抽了一口後，望向佐久間。

「不知您今日前來有何貴幹？我聽說那件事已經破案了。」

「是的，已經逮捕了兇手。您知道是誰嗎？」泰介頷首，蹙起眉頭。

「不過，真教人不敢相信。我一直以為他是位很優秀的指導員。」

「但峰岸確實是兇手沒錯。只不過，他為何殺害榆井選手，此事至今尚未查清楚。他本人也始終不肯透露。」

「哦。殺人的動機是吧？」

「我們猜想，杉江先生可能會有什麼線索，所以才專程來向您請教。」

泰介聞言後苦笑，將菸灰彈進菸灰缸裡。「我和他並不熟，所以這種事，您應該去問冰室興產的田端才對吧？為什麼是問我呢？」

「不，雖然我拿不出什麼確切的根據，不過……」佐久間談到昨天峰岸看那場比賽的事。向泰介坦白說出峰岸看杉江翔跳躍時，那異常激動的神情。

「峰岸看到翔跳躍的情況之後，有這種反應是吧……」泰介手指夾著香菸，露出陷入沉思的表情。但他旋即又恢復原本的笑臉。

「想不出來。不過話說回來，看到別人跳得漂亮，我們都會感到興奮，會不會就只是因為這樣呢？」

「其實不光只是這樣。我們從峰岸的房間裡找出幾捲錄影帶，看過之後，發現了一件很耐人尋味的事。」

峰岸所持有的錄影帶，錄的幾乎都是榆井跳躍的畫面。這很容易解釋。因為在目前的運動界，錄下選手的動作加以記錄，是司空見慣的事。但要是拍攝別隊選手的影片，涵義就不同了。這算是一種技術偵察。佐久間聽說，在世界盃的比賽中，各國的教練團都會競相拍攝尼凱寧的跳躍畫面。

峰岸拍攝的對象除了榆井外，還有一人，那就是杉江翔。從很久以前便一直拍攝。

「真是匪夷所思。」泰介側頭尋思。「他想對翔打探什麼？他的隊上明明已經有榆井這麼一位傑出的選手啊。」

「對此，您可有什麼線索？」

「沒有。」泰介說。

這時，佐久間感覺有人返回家中。傳來杉江太太的聲音。緊接著是一陣腳步聲和敲門聲。杉江翔走了進來。他身材高大，但有張小臉。感覺腰圍比電視上還大上些許。

他身後跟著一名身材矮小的男子。此人戴著一付金框眼鏡，身材纖瘦。雖然沒和他說過話，但佐久間知道他的名字，他是杉江他們隊上的運動防護員片岡。

經過一番簡單的自我介紹後，翔也朝沙發坐下。片岡則是站在門口。

「刑警先生是來問我們峰岸殺害楡井的動機。」

翔聞言之後，略顯神經質地挑動眉毛，說了一句：「動機？」

佐久間將剛才說的話又重複了一遍。

「峰岸先生他……」

有一瞬間，翔垂眼望向地面，佐久間見狀，感到納悶。他覺得翔似乎想說些什麼。

但泰介卻在一旁插話道：「我猜他應該純粹只是看翔跳得漂亮，感到驚訝罷了。只想得出這理由了。」這番話聽在佐久間耳中，就像刻意不讓翔開口似的。

「您覺得呢？」佐久間再次向翔詢問。

但翔卻搖了搖頭。「我不知道。」他只悄聲應了這麼一句。

「是嗎？」佐久間有一股衝動，想向翔問個清楚。但他想不出可以這麼做的方法。而泰介似乎已微妙地感覺出他此時的心理，不慌不忙地說道：

「如果沒有其他的問題，我們接下來要開始討論訓練的相關事情了。」那是容不得他拒絕的口吻，佐久間只得乖乖起身。

離開杉江家，走了幾步後，他回身望向身後。那對父子現在應該正在談論些什麼吧。佐久間感覺得出，他們在隱瞞些什麼。

——不過，若真是這樣，他們又為何要隱瞞呢？

2

北東大學在小門裡面有一排低矮的校舍，乍看像是當地的一所小學。但始終有許多學生從這扇門進出，澤村也混在他們裡面，走進校內。有個看板寫著：「來訪者請至櫃台處登記」，但他不知道櫃台在哪裡，所以總是擅自往體育學院的建築走去。

他一步跨越兩階，從全新的校舍樓梯往上衝，接著進入三樓的走廊上，寫有「生物力學研究室」的房間，大門敞開著。他毫不遲疑地走進房內。

有吉正躺在窗邊的沙發上打盹，聽見澤村的腳步聲後醒了。他伸手摸摸臉頰，坐起身。

「當大學老師可真好。」澤村如此調侃，朝他對面坐下。「平時面對一大群女大學生，沒課的時候還能睡午覺。」

「去你的，我是因為昨晚熬夜寫論文。對吧？」有吉朝助理神崎喚道。面向電腦的神崎，笑嘻嘻地點著頭。

「而且你誤會了。我的學生可不光只有女生，也有邋遢的男生。就算是女大學生，也沒有讓人看了賞心悅目的美人。她們大部分都是因為生活不規律而皮膚鬆弛，靠濃妝豔抹來掩飾。」

「你講這麼大聲好嗎？房間門沒關呢。」

「早說嘛。」有吉起身前去把門關上後，拿著報紙走了回來。

「你們集訓住處那邊的風波平息了嗎？聽說昨天事情鬧得很大呢。」

「好像吧。不過，昨晚我跑去喝酒了。」澤村說完後，有吉不懷好意地哼哼冷笑。

「藉酒澆愁是吧。雖然因為指導員峰岸被捕的風波，而感覺比較沒人注意，不過，你更在乎的是這件事吧？」語畢，有吉伸指朝報紙的體育欄彈了一下。上面寫有「杉江的飛行，吹散滑雪跳躍界的陰霾，第二跳刷新跳台最高紀錄」這行文字。

澤村長嘆一聲。「看來，真的被老師你說中了，也許我再也贏不了他了。」

「你還真氣餒呢。」

「我明白再這樣下去，只會拉大和他的差距。翔所做的訓練，似乎沒那麼簡單。」

「怎麼啦？你看到什麼了嗎？」

「說看到，好像不是很正確的說法。」澤村說出自己昨晚潛入日星汽車的實驗室，目睹裡頭機械的事，有吉聽得雙目圓睜。

「你可真胡來。要是被捕，可是非法入侵罪呢。不過，這件事還真有意思。你當時撿到的那張紙，現在有帶在身上嗎？」

「有。就是想請老師你看看。」澤村將那張圖表交給有吉。有吉一看到圖表，眼神馬上變得無比嚴肅。

「膝關節的角速度是吧。構想和我所做的研究一樣。」

「這話怎麼說？」

「所謂的膝關節角度，是大腿骨……」有吉指著大腿，接著又指向小腿外側。「和腓骨所形成的角度。所以這部分的角速度，是以角度變化來呈現膝蓋伸直的速度。角速度愈大，表示膝蓋伸直的速度愈快。這張圖表是記錄其角速度如何隨著時間變化。」

「這麼說來，翔膝蓋伸直的速度變化，就跟這條曲線一樣囉？」

「就是這樣。這裡的『SHOU』，指的應該是翔吧。另一個『MODEL』又是指誰呢？」

「這個嘛……我猜應該是楡井。」澤村告訴有吉，「CYBIRD-SYSTEM-ELM」裡的「ELM」，意思是「楡」。

有吉沉聲低吟：「如果是這樣的話，翔膝蓋的運動方式，和楡井是完全相同的模式。因為這兩條曲線幾乎完全重疊。」

「這是怎麼一回事啊？」澤村感到莫名的不安。

「等等！膝關節展現出這樣的特性，那表示……」有吉兩手抱胸，蹙起眉頭，注視天花板。口中似乎唸唸有詞，這是他想事情時的習慣。

「原來是這樣……好。」有吉重重地點了頭，目光移回澤村臉上。「這張圖表寄放在我這邊好嗎？我想確認一件事。」

「可以啊，不過，你會告訴我結果吧？」

「那當然。只是，我可不知道翔在做什麼樣的訓練哦。那得親眼看過才知道。」

「這樣啊……」澤村面露沮喪之色。

「不過，我能作出這樣的推理。杉江集團對楡井的跳躍方式做了不少研究。他們打算讓翔仿效楡井的技能。」

「以楡井當教科書是吧？」

「就是這樣。所以才會用『MODEL』這樣的名稱。」

「嗯……峰岸先生知道這件事嗎？」

「這我就不得而知了，可能不知道吧。為什麼這樣問？」

「是這樣的，我剛才離開飯店時，有位刑警問了我一些奇怪的話。」

「奇怪的話？」

「問我峰岸先生和翔的關係。」

有吉張著嘴，一臉疑惑。「真的是很怪的問題。」

「我反過來問他們，為什麼要這樣問。結果……」

他說的刑警，是曾和他有過多次交談的佐久間。佐久間可能也是因為這樣，才向澤村問話。面對澤村的提問，佐久間刑警回答，因為峰岸對翔的跳躍顯得相當關心，所以他很在意此事。

「你說關心，是怎樣個關心法？」

「關於這點，他就不肯透露了。」

「那麼，你又是怎麼回答？有提到這件事嗎？」有吉拿起那張圖表晃了晃。「我才沒說呢。要是透露這件事，就非得將我潛入日星的事全部招供不可。」

澤村這番話，聽得有吉忍不住噗哧笑出聲來。

「的確。真是明智之舉。」語畢，有吉恢復原本嚴肅的表情。「不過，警方調查這件事，還真是耐人尋味呢。原來指導員峰岸對翔的跳躍方式非常在意啊。嗯，愈來愈有意思了。」

「到底是什麼事有意思啊？」

「現在我還不能告訴你，不過，這是時間早晚的問題。喂，亮太，如果順利的話，你很有希望看到哦。」

「看到什麼？」

「就是杉江集團的秘密啊。翔到底是採用何種練習方式，我要去親眼確認一下。」

有吉無視於澤村的驚詫，自顧自地頷首。

3

離開杉江的房子之後，佐久間前往圓山飯店。他走進餐廳後，找了幾名已是熟面孔的選手和教練，向他們詢問峰岸是否曾對翔說過什麼話。

但大部分的人似乎都害怕會扯上關係，總是說一句「想不出來」，態度冷淡地離席。根本不願認真去想。

當中說的話比較值得參考的，是帝國化學的中尾。中尾在堅信峰岸不是兇手的前提下，提出以下的看法。

「比起對杉江翔，他對杉江泰介的做法反而還比較多批評。例如說他花錢的方式，已超出業餘運動該有的範圍，竟然雇用八名工作人員來伺候兩、三名選手，做得太過頭了。不過，日星汽車是大企業，而杉江教練又是社長的親戚，所以有辦法將我們無法想像的大筆經費，用在滑雪跳躍上。相對的，峰岸所屬的原工業，則是為了節省人事費用，在他還是選手的時代，便命他身兼指導員的職務。我猜他可能是對這樣的差異產生強烈的嫉妒心態。」

「這樣的心理不難理解，他常和你討論這件事嗎？」

「最近才比較常談這件事。還有，說討論不太貼切。常是他喝醉時，自己一個人說個不停。他平時沉默寡言，但一聊到杉江先生的事，就常說個沒完。」

他和杉江泰介之間可能有什麼過節吧。不過，是否和殺害楡井的事有關聯，佐久間目前還瞧不出端倪。

「除此之外，他還批評過什麼？」

「大多是一些瑣事。像是日本代表隊集訓時，會在春夏兩季進行體力檢測，但只有日星汽車都拒絕參加。」

「拒絕？為什麼？」

「有很多原因。像身體狀況不佳啦，另有要事之類的。有人說，真正的原因是他們認為這和他們內部的體力檢測相比，水準太低。」

「是哪件事？」

說到這裡，中尾接著說道：「對了，關於體力檢測，峰岸曾說過一件耐人尋味的事。」

「這件事請你千萬不能傳出去哦。我可不想被人控告妨害名譽。」

中尾的聲音變得小聲許多，佐久間很感興趣。

「我當然不會說是從你這兒聽來的。」

「那就拜託你了。」中尾喝了口杯裡的水，重新環視四周。也許是兇手已經被捕的緣故，今天沒看到新聞記者前來。中尾微微將椅子轉向佐久間。

「我聽他說，日星汽車也許暗中使用禁藥。所以他們為了不讓人發現選手體力提升的狀況異常，才會拒絕接受定期的體力檢測。」

「禁藥？」佐久間知道禁藥的事。漢城奧運時，此事一度是熱門話題。

「峰岸說杉江翔特別有這個可能，於是他提議每位選手都應該接受禁藥檢驗。我只回了他一句，這有可能辦得到嗎？我認為他醉得不輕，才會這樣胡言亂語。」

「峰岸是不是有什麼根據，才會說這種話？」

「這我就不知道了。我認為他是反對杉江教練那種偏重科學的主張，也沒什麼特別根據，就說那番話。」

「偏重科學的主張……杉江教練是這種人嗎？」

「和其他教練相比，他對科學特別執著。不過，也因為這個緣故，他有一度形同被逐出滑雪跳躍界。」

「那可真嚴重呢。」

「因為他的做法惹來了嚴重的後果。不……」中尾張開手掌，擋在自己面前。「請不要問我這件事。我這個人不喜歡背後說人壞話。」

「我不會透露是你說的……」

「這是我個人感覺的問題。你放心。只要向地方的體育報社詢問，他們自然會告訴你。」

「那就這麼辦吧。」佐久間很乾脆地收手，伸舌舔舐嘴唇。「對了，峰岸和杉江教練之間，是否有什麼私人關係呢？」

「不知道耶，沒聽說過。」中尾側著頭說道。

4

峰岸被逮捕後，已過了三天。進入拘留期。搜查當局打算在接下來的一星期內取得有力證據，或是引他自白。

這天，佐久間和須川前往小樽警局。因為他們認為，或許峰岸犯案的動機和他的家人有關。他們已事先委託小樽警局對峰岸的家人展開調查。

但根據調查結果來看，與殺害楡井有關的可能性微乎其微。峰岸擔任小學老師的父親，於九年前過世，老家現在是靠他的哥哥龍雄從事運輸業來支撐家中的生計。從哥哥龍雄，乃至於峰岸的母親梅子、龍雄的妻子早苗以及兩個孩子，都查不出什麼值得一提的關聯。峰岸家最近也沒什麼特殊情況發生。

步出小樽警局後，佐久間他們決定到峰岸家拜訪。之前前往立花舊書店時，曾順道去過一次，但逮捕峰岸後，這還是第一次登門拜訪。峰岸被捕後，他母親和哥哥曾來過札幌警局，不過當時沒和佐久間他們碰面。

峰岸家是面向坡道的一間雙層木造房。可能是為了避免讓人往屋內窺望，他們朝長出圍牆外的松樹掛上塑膠布，以此遮蔽屋內。二樓的窗戶也是窗簾緊閉。經這麼一提才想到，有家電視台在峰岸被捕後，不斷在電視新聞中播放他家的畫面。

儘管立場不太受歡迎，但峰岸的母親梅子還是讓佐久間他們進屋。本以為她是不想讓附近鄰居看他們在玄關前爭執的模樣，但其實不然。她是想向佐久間他們陳訴自己兒子的清白。

「像他那麼溫柔的孩子，怎麼可能殺人，當中一定有誤會。請兩位再好好仔細調查。」

她深深低頭鞠躬，眼淚撲簌簌而下。佐久間和須川無言以對，很快便告辭離去。

「被她這麼一哭，實在很傷腦筋。」離開峰岸家後，須川摸摸鼻頭，如此低語。

回到搜查總部後得知，一無所獲的並非只有他們。始終查不出應證峰岸犯行的證據。

連追查告密者身分的小組，也遲遲不見進展。

「告密者、動機、犯案手法，要是能解開其中一項就好了。」感覺就只差這最後臨門一腳，河野似乎相當懊惱。

這時，分機電話響起。一名接起電話的年輕刑警，出聲叫喚佐久間。

「樓下有人找你。」

「有人找我？誰啊？」

「聽說是一位姓有吉的大學老師。」

「有吉？」沒聽過這個名字。

佐久間來到樓下，發現門口站著一名男子。嘴邊蓄著鬍子，看起來不像老師，倒像是深居山中的人。

「您是佐久間先生嗎？」男子問。

「我就是，請問您是？」

男子遞上名片。頭銜寫著「北東大學助理教授」。
「請問有什麼事嗎？」佐久間拿著名片問道。
「關於榆井命案一事，我得到一些消息。」有吉說。「我猜應該對案情有幫助。我們到附近店家邊喝茶邊聊，您覺得如何？」
「好啊。」
他們走進警局斜對面的咖啡廳。有吉先提到自己是在冰室興產的協助下，從事滑雪跳躍動作的研究工作。
「很有趣的工作。」佐久間如此說道，這是他由衷的感想。
「我現在的情況就像在樹海裡徘徊，又沒有指南針。」有吉一本正經地說道。佐久間點頭，他大致能明白他的意思。
「其實我是透過亮太而得知您的大名。澤村亮太您應該知道吧？」
「我知道。」
「佐久間先生，聽說您曾經告訴過亮太。指導員峰岸對杉江翔的跳躍情況相當感興趣。」
「是的。」佐久間頷首。
「其實我也對翔的跳躍情況很感興趣。因為短短這幾個月來，他的技能提升許多。不單只是飛行距離拉長，連身體動作也有明顯的進步。這點從各項數據資料來看，便可一目了然。」
「這麼說來，峰岸對他感興趣，也是這個原因囉？」
但有吉卻搖了搖頭。「您這個說法不太正確。某位選手突然開竅，這不管在哪個運動界都是很常見的事。像職棒裡頭那些不是靠選秀加入的選手，就是很好的例子。我認為指導員峰岸在意的，是杉江翔提升技能的原因。」

「您這話的意思是……？」佐久間還猜不出有吉話中的涵義。

「請您先看這個。」有吉向佐久間遞出兩張紙，分別都是以細線畫成的圖形。

「詳細的說明我就省略了。這是以簡單的線條來呈現出滑雪跳躍選手蹬地躍出的瞬間。這樣您明白嗎？」

原來如此，經他這麼一說，看起來確實像選手蹬地跳躍的模樣。

「明白了。」佐久間說。

「第一張圖【見圖6】是榆井跳躍的畫面。而第二張圖【見圖7】則是杉江翔去年跳躍的畫面。兩相比較後，您有何看法？」

「嗯，看起來有很大的差異。不過看電視時，每個選手跳躍的模樣都大同小異。」

「第一個不同，是他們蹬地跳躍的時機。只要看膝蓋和腰部的角度便可明白，第二張圖很早便開始有所動作，但第一張圖則是一直忍到最後。」

「原來如此，的確是這樣沒錯。」

「接下來請看看腰部以上的角度。兩人的身高幾乎一樣，所以只要看頭部位置就很清楚，第二張圖的杉江翔，隨著跳躍的動作抬起上身。但第一張圖卻是在躍離跳台後，仍持續保持彎腰的狀態，看得出來吧？」

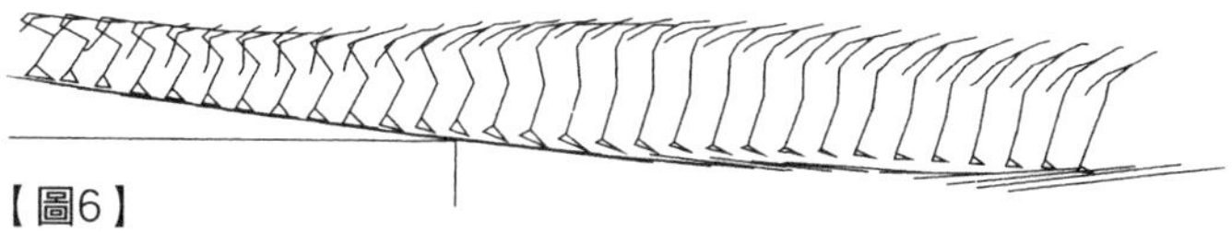

【圖6】

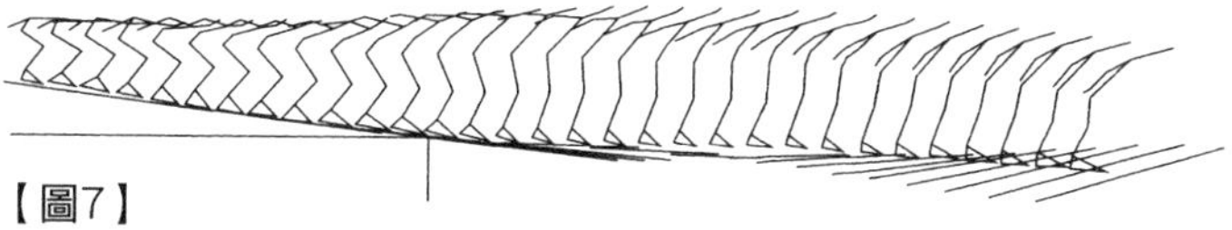

【圖7】

「沒錯。不過看在外行人眼中，會覺得第二張圖的選手姿勢比較漂亮。」

「因為他挺直身軀，感覺比較大。不過，在躍出的時候擺出這種姿勢，會承受太多空氣阻力，使飛行距離無法伸展。說個參考資料給您聽，當時榆井在七十米級的比賽中，飛行距離是九十一五米，第二張圖的杉江翔則是七十點五米。」

「嘩，差那麼多啊！」佐久間發出由衷的驚呼。

「蹬地的動作，也就是跳躍，是最重要的關鍵。而榆井的跳躍，就算以國際水準來看，也堪稱頂極。像這樣的跳躍技術，除了榆井之外，只會再聯想到另外一人。」

「另外一人？」

「尼凱寧。馬蒂．尼凱寧。」

「哦，原來如此。」佐久間想到，榆井明人稱日本的尼凱寧。這似乎不單只是意指他在比賽中的優異表現。

「你剛才說的，我都懂了。請接著說吧。」佐久間催促他往下說。

「那麼，請看下一張圖。」有吉又遞出一張和剛才差不多的簡圖。

「這是什麼？」佐久間問。

「這是按照杉江翔最近的跳躍情況所畫下的圖。如何？和去年相比，改變很大吧？」

「的確。所以這表示杉江選手最近狀況絕佳是嗎？」

「是這樣沒錯，不過，請您拿它和剛才的第一張圖重疊。這樣您應該會知道我想說什麼。」

「重疊？」佐久間將兩張紙重疊，並藉由光線透視。他不禁驚呼一聲，這兩張圖極為相似。

「很有意思吧？」有吉咧嘴而笑。「就算都是一流的選手，飛行姿勢還是會有自己的特色，技巧的發揮方式也會有不同的差異。兩者會如此相似，就算是偶然，也未免太像了吧？」

「我是個門外漢，不好發表評論，不過，我覺得此事確實離奇。不過，光憑姿勢，也不能妄下斷言吧？」

「人類的視覺認知，遠比我們想像中來得強。算了。那請您再看這個。這是從這張圖裡分析出的結果。」有吉取出三張圖表。每張圖表都有兩條曲線，每張圖表的這兩條曲線幾乎重疊。

「這是對腳踝的關節、膝關節，還有腰關節的動作所做的分析。它所呈現的是角速度的時間變化……這我就不多作說明了，可以嗎？」

「請省略吧。」佐久間苦笑道。要是聽他解釋，時間再多也不夠用。

「簡單來說，這是將腳踝、膝蓋、腰部的動作時機和模式，加以定量化所繪製而成。這兩條曲線，一條是榆井，另一條是現在的杉江翔。看得出來，兩者極為一致對吧？像這麼一致的情況，可是非常罕見呢。」

「難怪您想說這不是偶然。」

「應該不是偶然才對。」有吉如此斷言，也許是覺得口乾，他又點了一杯咖啡。

「如果不是偶然，那會是什麼？希望您能以簡單易懂的方式說明。」

「很簡單。這不需要什麼複雜的道理。杉江集團……不，直接說杉江泰介就行了。他讓自己兒子徹底學會榆井明的跳躍方式。」

「讓他學會榆井明的跳躍方式？」

「如果這樣您聽不太懂的話，也可以改說成是向他兒子傳授榆井的所有一切。總之，他們一直在進行這樣的訓練和教育。而最重要的是……」說到這裡，有吉突然停下，煞有介事地喝了口咖啡，含在嘴裡。「指導員峰岸應該是察覺到此事，所以才會對翔的跳躍情況那麼關心。」

佐久間覺得這是很有道理，很有意思的想法。

「如果真是這樣，為什麼會和這次的犯案有所關聯？」

有吉聞言，皮笑肉不笑地說道：「這我就不知道了。對此展開調查，是您的工作吧？」

佐久間重新端詳這位外型特異的助理教授，莞爾一笑。

「說得也是。對了，關於杉江先生他們所做的事，有沒有更確切的證據？以您剛才說的話來看，還是跳脫不出推論的範疇。」

「若說是推論的話，確實是如此。因為這不是我親眼目睹。不過……」有吉望向手提包內，露出略顯躊躇之色，就此取出一張資料。「我倒是有這項東西。」

紙上畫的圖，和他剛才出示的三張圖表很相似。

「這是什麼？」

「和剛才我給您看的膝關節特性圖表一樣。不過，這不是我坐的。我不能告訴您這是如何取得，但我可以向您透露，這東西來自杉江先生那裡。」

「這東西來自杉江先生那裡……這裡寫的英文是什麼意思？」有吉望向佐久間手指的地方。

「哦，那應該是系統名稱。而ELM這個單字的意思，是『榆』。」

「榆是吧……」雖然不清楚有吉的推理有多高的準確性，但杉江他們利用榆井的資料從事某項工作，似乎是可以確定的事。

「我明白了，我們會展開調查。這東西可暫時由我保管嗎？」佐久間想拿起桌上那份資料，但有吉卻先一步搶下。

「我也需要這份資料，」他說道。「不能隨便借您。」

「那麼，請讓我影印吧。」佐久間如此提議，但有吉卻沒答話。他到底在想什麼？正當佐久間如此暗忖時，有吉面帶微笑地說道。「來談個交易吧。您總有一天會去找杉江先生，以確認這到底是怎麼回事，對吧？到時候請讓我和您同行。如果您同意，我就把資料交給您。對您來說，這樣應該比較好吧？外行人就算看了那套系統，也看不出個所以然來，不過，您要是能帶我去，我就能替您說明。」

原來是這麼回事，佐久間這才恍然大悟。這名男子果然是學者，比起破案，他更想到杉江那裡一探究竟，所以才會主動前來提供線索。

「我明白了。我去和上司談談看，應該是沒問題才對。」

「看您回答得這麼乾脆，真是不好意思啊。」

「那麼，那份資料交給我吧。」佐久間伸手想拿，但有吉卻是笑咪咪地拿著手提包站起身。

「這份資料只有在和杉江先生碰面時才會用到吧，到時候我會直接拿過去。」語畢，他行了一禮，就此步出店外。

「榆井明的複製人是吧？簡直跟科幻片一樣。」與有吉道別後，佐久間轉述有吉說過的話，須川聞言，驚訝地說道。

「可是，我認為有這個可能。那位姓有吉的學者帶來的資料也是這麼顯示，這和我前些日子從中尾口中聽到的消息正好吻合。」中尾說，峰岸對杉江泰介偏重科學的主張頗有微詞。此外還有這麼一件事。杉江泰介以前曾經因為過度引進科學，一度形同被滑雪跳躍界放逐。

關於此事，他已事先詢問體育新聞的記者加以確認。約莫十年前，泰介是某滑雪隊的教練，他對滑雪跳躍練習作了一項提議。那就是對腳部嵌上特殊的石膏。無法晉升一流水準的選手當中，有人會在進行蹬地跳躍的動作時，將膝蓋往回收。石膏的功用，就是要讓膝蓋維持在一定的角度以上。聽說奧地利的指導員也是為了同樣的目的，對選手進行貼紮，以此展開跳躍，功效顯著，杉江就是根據這項消息才這麼做。

然而，就算在膝蓋上貼紮，也還是能保有相當的自由度，但泰介想出來的石膏法，卻過於機械化，自由度極差。如果能穩定飛行，倒還不會有問題，可是一旦跌倒，便無法立即保護自己。有一名選手跌倒，雙腿骨折，他的選手生命也就此終結。杉江泰介就此從滑雪跳躍界消失。

——他曾經做過那樣的事，現在又東山再起。像複製榆井這樣的行徑或許他真的做得出來。

聽過有吉的說法後，佐久間認為此事的可信度愈來愈高。

5

日星汽車的接待室，與杉江家的客廳相比，顯得窮酸許多。窗邊的窗簾已經褪色，沙發也罩上單調的白色沙發罩。壁紙有些許破損，裝飾用的風景畫也沒什麼格調。唯一可以媲美的，就只有隨意擺在桌上的銀色打火機。這也是理所當然的事，因為這是杉江泰介從口袋裡取出的登喜路牌打火機。

泰介右手指頭夾著尚未點火的香菸，露出注視香菸前端的眼神。但他當然不是在看香菸的濾嘴，他正在思考剛才佐久間問的問題。

桌上除了打火機外，還放了幾張資料。這當然是有吉昨天出示給佐久間看的文件。

運動防護員片岡站在泰介身旁，靜靜等候這位指揮官下達指示。

不只是他。佐久間、須川，以及按照約定一同前來的有吉，也全都不發一語，靜靜等候杉江泰介回答。

「也就是說，」杉江終於開口了。「警方想知道我們現在採取何種訓練方法，是嗎？」

「是的。」佐久間應道。

「真搞不懂。」杉江做出甩香菸的動作，將它叼進嘴裡後，伸手拿向桌上的打火機。

「這和命案有什麼關係，我完全無法理解。」

「是的，連我們也不清楚。」須川這句話，令杉江露出有點意外的神情。須川接著道：「就是因為想弄清楚，所以才請您讓我們見識一下。」

「杉江先生，」有吉說。「我很清楚你的目的，你想讓翔變得和榆井一樣。不，應該說是想讓翔完全變身成榆井。遭殺害的人是榆井，而兇手峰岸又非常在意翔的跳躍情況。既然如此，你到底做了些什麼，非得交代清楚不可。」

杉江聞言，瞇起單眼，瞪視這位年輕的助理教授。

「你這點子可真是好啊！跟在刑警的身邊，以此打探我們的訓練內容。為達目的，不擇手段是吧？」他拿起其中一張資料。那不是有吉製作的資料，而是從杉江這裡取得的資料。「前幾天，有隻貓闖進我的實驗室裡，留下痕跡，看來，牠是誤把這種東西當成柴魚片了。」

有吉依舊神色自若地倚在沙發上。杉江不再瞪視他，將資料放回桌上。

「您意下如何？」佐久間看準時機，進一步催促。杉江默不作聲，似乎在思索該拿什麼藉口拒絕。

這時有人展開行動，不是杉江，而是片岡。他轉身面向自己的雇主，微微伸長身子，湊向杉江耳邊，右手遮住嘴巴。這裝模作樣的姿勢，反而更顯詭異。

「就算讓他們看……」「與其讓人想歪」「配合警方」不時傳來這幾句話。佐久間心想，這個人得小心提防才行。他說話時，聲音故意忽大忽小。

片岡提供了數十秒的建言。這段時間，杉江的眼神就像撥雲見日一般。眼中微帶笑意。

「好吧。」杉江向刑警們說道。「就讓各位看個夠。我不希望被人誤會我和這起犯罪有關，而且要是我們的訓練方式傳出什麼奇怪的謠言，那也會給我帶來不少困擾。」

「謝謝。」佐久間一行人向他行了一禮。

「還有。」杉江接著說道。「請順便把住在圓山飯店的相關人員也都叫來。我就趁這個機會，讓他們見識一下我們是採取何種訓練吧。」

佐久間驚訝地抬起頭來。這時候杉江已露出笑臉，只有一旁的片岡始終面無表情，金框眼鏡的鏡片朦朧，看不清他的眼神，令人在意。

6

一切果然都和有吉老師的計畫一樣，澤村走在日星汽車的公司內，如此沉思。只要出示那份資料，警方一定會採取行動。澤村原本是打算搭順風車，一窺杉江他們的訓練內容，但沒想到結果遠遠超乎他的期待。因為杉江竟然說要向所有滑雪跳躍相關人員公開。

澤村此刻和各隊的教練、指導員，以及二十幾名選手，一同前往實驗室。

「真期待，到底他們都做些什麼訓練呢？」連理應對翔的進步不感興趣的池浦，說起話來也難掩興奮之情。不論何種運動的選手，都一樣很在乎別人的練習內容。

「不過，」走在一旁的日野低語道。打從剛才他便頻頻側頭沉思。「他為什麼會突然想對外公開呢？之前明明都保密到家。」

「應該是不想無端被人懷疑吧。要是被警方盯上，那可就麻煩了。」池浦如此應道，但日野還是表情凝重。澤村見他這副神情，也跟著莫名感到不安。

在杉江的帶領下，三十多名男子成群跟在後頭。不久，他們來到第二實驗大樓前。杉江就此停步，轉頭面向前來參觀的眾人。

「有一句話我得先說。」他以響亮的嗓音說道。「今天主要是讓警方檢查，我希望各位只要安靜地看就行了。實驗室內的物品當然不准亂碰，照相、攝影、錄音、寫筆記，也一律禁止。明白了嗎？」

三好就像是代表眾人似的，點了點頭。杉江確認眾人同意後，再次環視現場眾人，才又再向前邁步。

「真會擺架子。」池浦不屑地說道。

澤村走在實驗大樓的走廊上，環視周遭。雖然之前才潛入過這裡，但此時站在亮處下，與先前的印象完全不同。之前來這裡的時候，感覺恍如置身醫院裡，但現在看起來，果然不愧是一流企業的實驗大樓。

澤村通過走廊，走進實驗室內的時候，感覺心臟跳得好快。因為之前潛入這裡時，眼前一片漆黑，幾乎什麼也看不見。

走進實驗室後，他仔細往室內張望。接著，他不自主地發出一聲驚呼。事先已有心理準備的他姑且如此，也難怪其他第一次走進這裡的人會呆立原地，半晌說不出話來。

這裡宛如新型兵器的實驗工廠。有鋼筋裸露在外的挑高天花板，以及擺設在一旁的各種工作機器。其中最吸引澤村目光的，是裝設在房間中央的巨大裝置。儘管有燈光照射，仍猜不出它到底是什麼。

「這裡原本是做車體研究的地方，有足以進行大型實驗的空間，搬運裝置的設備也是相當完善。」杉江向刑警和有吉他們誇耀。澤村推開眾人，走向前方。

繼續往裡走，三名身穿工作服的男子、身穿運動服的翔，以及運動防護員片岡，早已在裡頭等候。翔的表情略顯緊張，其他四人則是看起來充滿戒心。

杉江朝著身穿工作服的男子們吩咐了幾句之後，他們各自回歸自己的工作崗位。一人坐在電腦前，一人走向室內中央的裝置，另一人帶著翔走向實驗室角落。片岡則是像影子一樣，緊跟在杉江身旁。

「接下來……」杉江走向室內中央的裝置。澤村重新端詳，覺得這項裝置的形狀愈看愈古怪。就像在塞滿各種機器的望樓上，架上一個又大又厚的長方形台座。台座上設有欄杆，就像船上的甲板一般。

「這是在我們公司的支援下所研發出的裝置，跳躍模擬器。」杉江又提高了音量。看他這副模樣，感覺他注意的對象似乎不是刑警，而是滑雪跳躍的相關人員。

「類似跳躍練習機，是嗎？」佐久間刑警問，杉江志得意滿地頷首。

「沒錯。各地都有人試著製造模擬器，但全都是騙小孩的把戲。比公園裡的玩具強不了多少，根本無法和世界水準對抗。」這也是故意講給滑雪跳躍相關人員聽的口吻。

「有了它，就能和世界水準抗衡是嗎？」佐久間刑警問。

「沒錯。」杉江如此斷言，並向身旁穿工作服的男子吩咐道：「抬起滑行坡。」

男子朝自己面前的操作面板，操作了一會兒之後，發出裝置啟動電源的聲響。像是轉動馬達的聲音。

「那是冷卻幫浦的聲音。主馬達的溫度相當高，必須要讓冷卻水循環。」杉江說明完的同時，穿工作服的男子說了一句「抬起滑行坡」，按下按鈕。這時，又傳出一陣馬達聲，兩旁支撐巨大台座的兩隻腳開始緩緩伸長。由於另一邊的高度始終沒變，台座就此變得略微傾斜。

參觀者當中有人發出驚呼。這巨大裝置啟動的模樣，有一股難以形容的威嚇感。

到了可以看見台座上方的角度時，動作就此停止。現場變得稍微安靜。

「三十六度了。」看到這些目瞪口呆的觀眾，杉江心滿意足地抬頭挺胸。「這是宮之森跳台滑雪場的助滑坡角度。」

「該不會是在這裡練習滑行吧？」澤村仰望那巨大的滑坡，如此詢問。

杉江神色自若地回應：「你說中了。就是在這裡滑行。」

「不會吧？這頂多只有三公尺長啊。」

「三公尺長就夠了。而且這還是為了安全起見而刻意加長。」

「原來如此。所以才會叫做滑行坡是吧。」有吉望著那向上升起的台座上方，心領神會似地頷首。「台座的表面好像會像輸送帶一樣，不斷往後滑行呢。就算在上面滑行，只要速度一致，位置也不會有變化。」

接著他向刑警和三好他們解釋道：「這是將往上走的電動手扶梯改成往下走的一種設計。」解釋得相當好。澤村一臉欽佩的頷首。

「被搶一步先說明了，老師說得一點都沒錯。」杉江滿面春風。

「不過，表面看起來好像是橡膠。」有吉說。

「是在金屬履帶上面貼上橡膠，橡膠裡嵌有鐵絲網。」

「用橡膠的話，滑雪板不是滑不動嗎？」

「用滑雪板的確是滑不動。」

「那麼，你是用輪式滑雪板囉？」

「沒錯。」杉江使了個眼色，片岡馬上走向窗邊，從下方的櫃子裡取出像滑板的東西。長度和滑板相當，但不同點在於底部各裝有八個滑輪。表面裝設滑雪跳躍用的金屬配件。

「光是要決定這個輪式滑雪板的規格，就花了好幾月的時間，做出的失敗樣品，多到都可以賣人了。」

「就這樣穿上它在上面滑行嗎？」須川刑警以驚訝的口吻問。

「不過，滑落的速度，和底下履帶移動的速度，真的有辦法配合得那麼巧妙嗎？」三好不解地問道。刑警們似乎也有同感，頻頻頷首。

「百聞不如一見，就讓你們見識一下吧！」杉江朝著正在實驗室角落準備的翔他們比了一個暗號。站在翔身旁的技師打開附近的操作面板開關後，又傳來了馬達的聲響，翔的身體開始緩緩升起。裝設在天花板上的起重機，吊起他的身體。

翔腳上穿著輪式滑雪板，頭戴安全帽。

被起重機吊起的翔，保持斜傾的姿勢落向滑行坡上。他握住一旁的扶手，穩住身體。

「先來回答三好先生的問題吧。啟動輪送帶。」杉江一聲令下，開關就此開啟，翔腳下的輪送帶開始緩緩往後移動。速度慢慢提升，不久，裝設在翔斜前方的燈泡亮起。翔同時從扶手上鬆手，做出從助滑坡滑下時的曲膝滑雪姿勢。

輪式滑雪板開始滑動，只有短暫的瞬間，覺得翔的身體滑落。但他的身體旋即恢復到原本的位置。之後多少會時而往前，時而往後，但總不會超出三公尺的範圍。

「機器會感測出滑行者的位置，以此控制馬達的轉動速度。這其實也不是什麼多厲害的技術。」杉江泰介解說時，翔維持姿勢不變，滑行在始終轉個不停的坡道上。澤村想起以前養過的一隻松鼠，松鼠常在轉動的滾輪裡跑個不停。

「好，停！」杉江大聲喚道，翔站直身子，伸手握住一旁的扶手。傳來輸送帶減速的聲音。輸送帶停下後，翔往台座外側坐下。

一旁觀看的選手們，紛紛吁了口氣。他們肯定都當作是自己在上面滑行。

「就是這麼回事。」杉江對刑警說道。「這模擬斜坡的速度，最大可達時速一百二十公里以上。就算是九十米級的比賽，初速也不會超過一百公里，所以這樣就很夠用了。」

「真厲害。」有吉低語道。

「關於助滑坡方面，我們已經明白了，那麼，跳台又是怎樣的情形呢？」澤村等人的指導員濱谷問。「總不會是在那樣的狀態下跳吧？」

「當然不是，到目前為止，都只是前戲。重頭戲接下來才要上場。」杉江走至裝置前方，指著地板。可以看到裝置的前方有一排小小的燈泡。

「這是用來通知選手跳躍時機的裝置。從現在翔所在的位置來看，燈泡是往他滑下的方向縱向排列。開始從滑行坡上方滑下後，燈泡會從遠方開始依序亮燈。這是模擬跳台逐漸接近的情形。選手看亮燈的燈泡朝自己接近後，便進行跳躍。」

「不能以自己喜歡的時機跳躍是嗎？就只是這樣嗎？」澤村故意大聲說道，好讓對方聽見。

杉江目光移向澤村。「你可真是性急啊，我們怎麼可能只為了這樣，而專程做出這麼大型的裝置。」杉江如此冷笑，朝翔和技師們喚道：「好，就讓大家見識一下真正的重頭戲吧。準備好了嗎？」

翔站起身，像剛才一樣手握扶手。技師們也都各就各位，豎起大拇指。

「那就開始吧。」杉江一聲令下的同時，輸送帶又開始轉動。但速度並不快。翔手握扶手，就像在確認輪式滑雪板的滾動情況般，雙腳前後移動。

「只有一開始的時機是由翔自己決定。從他鬆手的那一刻起，系統就會真正啟動。」杉江解說道。

過了一會兒，翔喊了一聲：「好，ＧＯ！」就此鬆手，擺出曲膝滑雪姿勢。同一時間，站在裝置旁的技師也打開某個開關。

和剛才一樣，輸送帶的速度逐漸提升。翔的姿勢和位置幾乎沒變。但用來表示模擬跳台的最前端燈泡亮起後，開始出現變化。

那名為「滑行坡」的輸送帶底下，兩根支撐它的汽缸開始急速縮短。造成滑行坡原本三十六度的坡度變得平緩。

眾人皆發出驚歎聲。

燈泡陸續亮燈。不久，斜坡的角度停止變化。

同一時間，翔的身體略微往前滑，就此蹬地躍起。

澤村看得目瞪口呆。當他回過神來時，翔從台座上躍起的身體，已被起重機吊在半空中。接著輸送帶慢慢減緩速度。

翔回神後環視四周，這才知道看得目瞪口呆的人不只他一個。

「如何？」杉江依序觀察每個人的神情後說道。「如同我之前所講的，一開始滑行坡要維持三十六度的坡度。經滑行過一段距離後，坡度便會突然減緩。各位不妨將它想成是真實跳台樣貌的重現。剛才已說明過燈泡在模擬跳台裡的功能，當然得配合它一起運作。換句話說，在跳台接近的同時，坡度會變緩，實驗者必須配合時機跳躍。」

「真不簡單。」最先發出這聲讚歎的人，是冰室興產教練田端。「簡直就像真的跳台一樣。有了它，就能進行訓練了。對吧，老師。」

他口中的老師，指的是有吉。有吉沉默了半晌，表情嚴肅地仰望那項裝置。

「以模擬器來說，確實很不簡單。」有吉說。「如果還能送風的話，就更完美了。」

「我們正在檢討裝設風洞的可能性。因為我們是汽車製造公司，所以擁有這方面的技術。」

太完美了——有人脫口說了這麼一句。杉江目光移向說話者的方向，臉上泛起滿意的笑容。

「不過，」佐久間刑警開口：「就算你們製造出再完美的模擬跳台，還是和榆井選手沒有關聯吧？杉江翔選手是如何學會榆井選手的技術？」

「關於這一點就需稍作說明了。」杉江答道。「我從以前就對榆井選手很感興趣。這件事，我可以大方地告訴現今滑雪跳躍界的各位。我們可是對他的跳躍方式，展開徹底的影像解析。」

「影像解析？」有吉詫異地重複他說的話，杉江不予理會，繼續說道：

「研究的結果，我幾乎已掌握了他所有的動作模式。我們還進一步使用這套滑行坡裝置，反覆練習，直到翔學會他的動作為止。因為這項裝置的優點，就是一天可以連跳好幾次，而且指導者還能跟滑行中的選手說話。雖然稱之為CYBIRD SYSTEM，聽起來煞有介事，其實它只是一種很務實的訓練方式。」

「原來如此，你們都做這樣的訓練啊？難怪翔最近的狀況會那麼好。」田端一臉欽佩，三好接著發問：「這項裝置大約價值多少錢？」

「這個嘛，幾乎都是公司內自行製造，所以應該比委託外部製造要便宜，不過……」杉江停頓了一會兒說道。「我可以說，它的金額絕不是用千萬來計算。」

「那就是上億囉？」某銀行滑雪隊的教練發出一聲驚呼。

「以上就是我們秘密訓練的全貌。這麼一來，各位刑警應該就能明白我們與榆井和峰岸的那起命案沒任何關聯。還有其他問題嗎？」

兩名刑警互望了一眼後，搖了搖頭。

「那麼，示範表演就到此為止吧。」杉江比了個暗號，所有裝置的開關就此關閉。

7

「這應該不是他們的全貌。」手握方向盤的佐久間身後，傳來有吉的聲音。警方正在送他回北東大學的路上。

「你是指杉江隊的秘密訓練嗎？」坐在有吉身旁的須川問。

「沒錯。所謂的CYBIRD SYSTEM，並不是那樣的東西。那套模擬器確實了不起，但那只是和實際的跳躍情況一樣罷了。以這種方式，翔不可能完全複製榆井的跳躍技術。杉江教練似乎是想要一石二鳥，才刻意演出這齣戲。一來為了斷絕警方的糾纏，二來為了避免滑雪跳躍界對杉江集團的秘密練習有不當的臆測，所以他才會以那種方式公開系統的一部分。其實他公開的部分，肯定是他判斷後，認為就算讓人看了，也不會有影響的部分。」

須川聽了他這一番話後暗啐了一聲。「我猜也是這樣。那是最重要的部分，才是我們真正想要知道的。」

「他到底是具體隱瞞了什麼呢？」佐久間透過車內後視鏡，望著助理教授那張鬍鬚臉，如此問道。

「可能是他們的矯正方法吧。」

「矯正……你是指跳躍的矯正嗎？」

「沒錯。事實上，這是最困難的地方。就算已用那種大費周章的方式查出翔的缺點，也就是他與榆井的差異處，但要如何加以矯正，才是真正的問題。即便是使用實際的跳台來練習，一樣可以指出大致的缺點。指導員或教練，總是會不斷重複下達同樣的指示。但選手的缺點還是很難改進。反過來說，如果沒有矯正缺點的功能，製造如此巨大的裝置，幾乎沒有任何價值可言。」

「你的意思是，那項裝置應該具有這個功能，是嗎？」佐久間問。

「應該沒有錯。」有吉斷言道。「從杉江先生的話語之中，可以清楚證實這件事。兩位還記得嗎？杉江先生不是很瞧不起以往的模擬器嗎？」

「嗯，經你這麼一提，他好像說過什麼。」須川蹙起眉頭，食指輕敲自己的太陽穴。「我記得他好像說，那比公園裡的玩具強不了多少。」

「還說是騙小孩的把戲。」

「沒錯吧？誠如杉江先生所說，與他剛才的滑行坡裝置相比，以往的模擬器確實遜色不少。既不是電動裝置，也不是電腦操控。一般都是設有兩條平行的斜坡軌道，然後有個從上面滑過的拉桿。選手手握拉桿，沿著軌道飛出，就只是這樣的設計。」

「原來如此，真的很像公園裡的玩具。」須川低語道。

「但反覆進行這樣的動作，確實可以矯正跳躍動作。因為有些國家引進這項模擬器後，實力大進。」

「那日本呢？」

「日本很晚才引進，去年才開始。」

「真糟糕。」須川朝頭上一陣搔抓。「為什麼日本總是這樣。」

「簡言之，」佐久間說道。「你想說的是，這種單純的設計也具有矯正的功能。既然杉江瞧不起它，就表示他的滑行坡裝置應該具備了更強的功能。」

「沒錯。」

「這麼說來……」須川坐在狹窄的後座，換腿交叉，一副很擁擠的模樣。「峰岸真正感興趣的部分，是他們的秘密矯正功能嗎？」

「應該是。」有吉應道。

「真是搞不懂啊，這到底跟殺害榆井有什麼關聯？」須川焦躁地如此說道，揮拳揍向前座的椅背。

「其實還有一件事，我很在意。」明明沒人在旁邊偷聽，但有吉卻還是壓低聲音。

「哪件事？」佐久間也不自主地壓低音量。

「他們收集資料的方法。他們說是利用影像解析，但這不可能辦到。光靠那樣，要收集到足以供訓練之用的龐大資料，是不可能的事。」

「那麼，他是如何辦到的？」

「你問到重點了。」有吉難得露出正經的表情。「這我不能亂說，不過，這也許正是和案情核心有關的部分。」

8

峰岸覺得精疲神睏。伸手往下巴一摸，感覺滿是鬍碴。順勢望向手掌，發現臉上的油脂沾得滿手都是油光。

他倚坐在看守所的冰冷牆上，雙腳向前伸出。油膩的頭髮落向前額。他撥起頭髮，順便搔抓頭皮。感覺頭皮屑跑進了指甲裡。

他長嘆了一聲，在欄杆和鐵絲網外的看守員抬起頭來，瞪了峰岸一眼，模樣就像是在說「你幹嘛」。峰岸微微搖了搖頭，看守員見狀，朝牢房環視一遍後，再度低下頭去。

峰岸仔細想過各種可能性，得到的結論是不可能逃離這裡。

警方也許正一步步逼近真相。相較之下，自己卻落成這番田地，束手無策。

不，還不能放棄，峰岸告訴自己。警方還沒握有重要證據，他們應該只查出毒藥的出處，還不知道他的動機和殺害手法。

問題在於告密者。

現在他還沒出面，表示以後可能也不會出面。這麼一來，最教人在意的，莫過於告密者為何知道他是殺害榆井的兇手。要是警方發現這項根據，一切就完了。

這時，峰岸再度展開他的推理。

他已反覆推理了數十回。

推理的起點始終一樣。為什麼告密者沒被他的詭計所騙？只要想作是因為有人以毒藥掉換維他命，榆井才會誤服毒藥而死，應該就不會想到峰岸是兇手。

這是為什麼？

他想到的唯一可能，是告密者因為其他原因而得知他是兇手。這麼一來，就算峰岸有不在場證明，此人也會認定它只是個詭計。

那麼，為什麼此人知道峰岸是兇手呢？對此，峰岸只有一個線索。就是他之前藏在訓練館的毒藥。告密者知道那是峰岸藏的毒藥。

但峰岸旋即又改變了想法。如果真是這樣，此人向警方告密時，一併將毒藥的所在處告訴警方不就得了嗎？他為何不這麼做？

他又為何知道這是峰岸所藏匿？峰岸自信他在處理時沒被任何人瞧見。
現在又重回第一個問題。為什麼告密者沒被那個詭計所騙？
峰岸回頭看自己的殺人手法。當時他成功利用另一個途徑將毒藥交給楡井，而楡井自己應該也沒發現，那含有毒藥的膠囊是峰岸所給。
而掉包藥袋，是在楡井吃完午餐，服完藥之後才做的事。峰岸當時假裝走向垃圾桶，其實是接近楡井的餐桌，迅速把藥袋掉包。
要是告密者親眼目睹當時那一幕，那會怎樣？一旦得知命案的事，便會馬上知道誰是兇手。
峰岸想起當時有哪些人在場。有冰室興產教練田端、選手澤村、日野，還有中尾。
此外，不能忘了那位女服務生，還有店長。
但想到這裡，峰岸又搖了搖頭。在他犯案的過程中，就屬掉包藥袋一事最危險，所以他行事相當小心。當時他甚至心想，要是找不到適當的機會下手，就算不掉包藥袋也沒關係。
沒被任何人看見——峰岸回想當時的情景，深深頷首。
想不出來——他搖了搖頭。為什麼那個詭計對告密者行不通呢？『紫丁香』餐廳在早上九點到九點四十分這段時間沒人在場，而且任何人都能自由進出。為什麼告密者不會認為兇手是在那段時間潛入餐廳，將楡井的維他命掉換成毒藥呢？
「一定有哪裡不對。」峰岸如此自言自語。他期待能藉此從全新的方向去思考，但結果還是一樣，他的推理總是在相同的地方一再打轉。

佐久間從一位熟識的體育記者那裡取得一份杉江泰介和日星滑雪隊的相關資料，他在重新翻閱資料時，發現一件耐人尋味的事。

滑雪跳躍隊於一九八六年四月成立，當時有三名成員。然而，他們三人都在隔年一九八七年退隊。雖然不是同一時間退隊，但陸續是在五月、九月，以及十一月離開。

而杉江翔就是在該年四月加入。

三人退隊，翔卻加入，感覺這當中好像有什麼陰謀。翔姑且不論，那三人加入滑雪隊才一年多就全部退隊，有這種事嗎？

佐久間拿起電話，打給提供他消息的那位記者。他的報社同事說，很不巧，他正好外出，但很快就可以找到他人，會叫他打電話過來。

在等電話這段時間，佐久間在腦中計算。要製造杉江泰介引以為傲的那項裝置，到底需要花多久的時間？儘管這會隨設備的規模大小而有所不同，不過，以這種程度來看，應該是一年到一年半的時間就能完成。

秘密訓練至少從半年前就開始，所以他們開始製造這項設備，最晚應該從一九八七年夏天便已開始進行。

大約就是在那個時間點前後，翔加入滑雪隊，而三名隊員退隊。

這件事當真耐人尋味。

那名體育記者打電話來了。他是位姓久野的青年，佐久間是透過社會記者認識他。

佐久間詢問日星汽車那三名隊員退隊的事，久野聞言後，朗聲大笑。

「佐久間先生，你想多了啦。那三人退隊，其實沒什麼多了不得的原因。」

「那麼，是什麼原因呢？」

「很簡單，因為他們沒有當選手的資格。職棒也一樣，沒實力的人，只好自己引退。」

「話是這樣沒錯，可是，他們三個人都一樣嗎？而且加入滑雪隊才兩年耶。」

「關於這件事，我還得要稍作說明才行。大部分的團隊在剛成立的第一年，都沒什麼厲害的選手。因為沒有知名度，所以大家不感興趣，而最重要的是，在挖角的競爭中，他們完全落在別人之後。所以只能撿一些挑剩的選手。說起來，都是一些不在選秀目標內的選手。」

「日星也曾經是這樣嗎？」

「沒錯，而且當時還特別嚴重。不管再怎麼偏袒他們，他們的選手都沒有社會人士組成的隊伍所應有的水準。你等我一下，我去找詳細資料給你看。」

在停止對話的這段時間，佐久間朝茶壺裡倒入熱水泡茶。他喝了一口，同時電話另一頭傳來拿起話筒的聲音。

「我看看啊……那三人分別是深町、島野、小泉。深町和小泉是大學畢業，島野則是畢業於俱知安的高中。三人都沒什麼出色的成績。不像是能在滑雪跳躍界闖蕩的角色。當初真不知道怎麼會選上他們。」久野在說話時，似乎連他自己也覺得納悶。

「換句話說，他們挑的全都是這樣的選手，所以就算選手們馬上感覺自己能力已達到極限而退出，也不足為奇是嗎？」

「就是這麼一回事，以日星的立場來看，可能是因為有杉江翔的加入，那三個人反而顯得累贅吧。」

「嗯，原來如此。」

儘管佐久間一副心領神會的口吻，但總還是覺得有些事情想不透。

「你知道他們三人的住處嗎？」

「這個我就不太清楚了。反正，他們三個人都在日星工作，只要向公司打聽就會知道了。啊，對了。」久野的聲音再度從話筒遠去，隔了一會兒又返回。「果然沒錯，我最近有聽說關於島野的事。他死了。」

「死了？為什麼？」

「詳情我不清楚。聽說是他在日星汽車的工廠上班時，從某個地方失足墜落。因為他以前是滑雪跳躍選手，所以我當時本想去採訪，但後來還是作罷。」

三人當中死了一人。又是一件令人在意的事。佐久間向他道謝，掛上電話之後，開始查詢日星汽車的電話號碼。

當天，佐久間和須川前往日星汽車拜訪。他們在工廠的接待室等候，不久來了一位身穿工作服的年輕男子。他膚色白淨，有個尖細的下巴。此種纖瘦的體型，應該很適合當滑雪跳躍選手。

這名男子是深町和雄，之前滑雪隊三名選手的其中之一。佐久間與他有過一面之緣，之前他曾到幌南運動中心見夕子，好像是夕子的往日情人。

看他遞出的名片，上頭寫著「品質管理主任輔佐」的頭銜。

「深町先生，您辭去滑雪隊的工作，進入現在的職場，是一九八七年五月的事，對吧？然後兩年不到的時間，您就已經擁有這樣的頭銜啊？」佐久間望著名片問道，那是坦率的疑問。

「不，我這頭銜其實沒什麼。因為這部門人少，而且員工們都很年輕。」深町的回答，與其說是謙虛，不如說是辯解。

「不過，您還是很了不起啊。能這樣快刀斬亂麻，放棄滑雪跳躍，還真是明智的抉擇呢。」須川說完後，深町正襟危坐，雙手擺在膝上。

「請問兩位今天找我有什麼事？」他語帶顧忌地問。

隔了一會兒，須川才說道。「其實是關於滑雪隊的事，某一個案件的嫌犯，非常注意日星滑雪隊，這當中似乎隱藏了什麼關鍵。不過，目前的滑雪隊相關人員似乎多所顧忌，遲遲不願如實以告。所以我們才想向您問個清楚。」

「可是……」深町眨了眨眼。「我辭去那裡的工作已經很久了，而且最近都沒跟他們往來。所以就算您問我他們最近的事，我也……」

「聊以前的事也行。」須川語氣犀利地說道，深町臉上一時流露怯色。

須川豎起大拇指比向背後。「你們的工廠佔地內，有一座第二實驗大樓對吧。在那裡的實驗室裡，有滑雪隊的訓練用裝置，你知道嗎？」

「我只略有耳聞。」深町答，聲音略帶顫抖。

「想請您告我們，那項裝置的目的為何？應該不單純只是訓練機器吧？」

深町沉默不語，表情透露出他正在思索該如何回答。

「那台機器在構想階段時，您還是滑雪隊的一員吧？」經佐久間這麼一問，深町微微頷首。

「您可曾聽說它是什麼樣的機器？」

「什麼樣的機器……」深町急促地舔舐嘴唇。「我只聽說它是一台高性能的模擬器。」

「用法呢？」

「不知道。」回答後，深町微微捲起工作服的衣袖，低頭朝左手的手錶望了一眼。「我還有事要忙，可否就此結束問話呢？我真的對滑雪隊的事一無所知。」

「那麼，我再問最後一個問題就好。」

深町正欲站起身，須川伸出手，就像要攔住他似的。「您在一九八六年加入滑雪隊，隔年五月退隊，為什麼這麼快就退隊？」

深町聞言後，先是別開目光，接著像在吞嚥唾沫般，喉結動了動。「沒為什麼，因為我明白自己的能力高低。」

「可是，才一年就放棄，未免太早了吧。」

「才不是一年呢。我從小就一直練習，最後才明白自己不適合走這條路。」

「不過，您當初加入日星滑雪隊時，不是這麼認為吧？」佐久間語畢，深町雙唇緊抿，似乎不知如何回答。接著他又望了手錶一眼，說了一句「我還有工作要忙」，就此步出接待室。

事有蹊蹺——這是佐久間與須川共同的看法。不過到底有何玄機，兩人目前還瞧不出端倪。

繼深町之後，兩人和小泉透見面。小泉可能是離開滑雪隊的緣故，略微發福了些。他氣色紅潤，給人精力充沛之感。

看一看小泉的名片，他現在似乎隸屬於國外的業務部門。從字面上來看，令佐久間聯想到「菁英」一詞。

刑警以之前對深町的提問，再次向小泉問了一遍。聊到工作的內容時，小泉的口吻顯得很輕鬆，但一談到滑雪隊的話題，語氣馬上變得沉重許多。

「我不太願意回想起那段往事。」他明顯露出厭煩的表情。「因為沒半點美好的回憶，那是無比痛苦的一年。」針對模擬器的事向他詢問，小泉的回答和深町一樣。同樣也以有事要忙搪塞，迅速起身離去。

「真的很可疑。」步出接待室後，須川走在走廊上說道。

「看了真不舒服，感覺就像在隱瞞些什麼。」

「連已經離開滑雪隊的人，對杉江集團的秘密訓練都三緘其口是吧。這樣更教人在意了。」

「怎麼辦？另外一個人已經因為意外而亡故了。」

「說得也是。」須川停步，輕拍自己的脖子。

「去他以前待過的職場看看吧。」佐久間也是同樣的看法。

向人事部詢問後得知，島野悟郎生前服務的部門是車體設計課實驗班。佐久間原本以為他是在生產線工作，對此略感意外。

「他是個工作勤奮、充滿活力的青年。真沒想到會是那種死法。」這名個頭矮小、體格精壯的組長，頻頻側頭說道。

「他是怎樣死的？」佐久間問。

「就從那裡掉落。底下有機器，好像正好擊中要害。」組長指向製造機上方的通道，宛如一座細長的天橋，應該有數公尺高。

此刻正好有一名作業員在上頭行走，但比腰部還高的位置設有扶手，感覺不會有危險。

「就是說啊。真搞不懂他為何會從上面墜落。」

「他當時在做什麼？」

「搬運機器啊。悟郎當時站在通道上，以無線對講機進行引導。據目擊者說，他那時候身體微微從扶手上往外探出，沒想到會就此墜落。」組長補充道，自從發生那起意外後，工廠的安全標準變得更加嚴格了。

「島野先生曾提到他當滑雪跳躍選手時的事嗎？」須川如此詢問，組長一聽，馬上搖頭。

「完全沒提過。就算我問他，他也不太說。之後就再也沒人提那件事了。」

又是件耐人尋味的事。

10

是在什麼樣的契機下，產生這樣的想法，峰岸自己也不清楚。總之，這念頭突然冒出，然後在他腦中急速膨脹。

是他平時推理的延續。

每次總是從告密者為何沒被那項詭計所騙展開，然後就此結束。

為什麼告密者不相信藥袋是在九點到九點四十分這段時間被掉包的呢？

於是他有了個新的想法。

這是個大膽的假設，如果實際上無法在這四十分鐘裡掉包藥袋的話，又會是怎樣呢？倘若有人知道這件事的話……

要是有人知道不可能在這段時間裡掉包，那麼，此人便能馬上看穿這是假裝掉包的詭計。

若是對方有進一步思索，為什麼兇手要設下這種詭計，得到的結論應該會是為了製造不在場的證明。當然了，有不在場證明的人反而是很可疑的，而當時有確切不在場證明的人，只有田端與峰岸兩人。

一口氣便縮小了嫌犯的範圍。

然而，峰岸心想，在現實情況中，要在四十分鐘內掉包藥袋，確實也不無可能。在那段時間裡，任誰都能走進店內，此事警方也已確認過。

不過，峰岸旋即又念頭一轉，就算店內沒人，但要是店外有人，那可就糟糕了。舉例來說，要是店裡的兩個出口外面一直都有站人的話，兇手就不可能從這裡進出。

當然了，在現實情況中，不應該會有這種事。

峰岸幾乎都還記得每個人的證詞。因為當時他就是如此繃緊神經。

中尾在九點二十分鐘前，一直都待在玄關前的停車場裡，之後才前往大廳。他說當時走出玄關的，只有澤村一人。澤村是在九點左右走出。

這也沒有什麼特別的問題。在中尾走進大廳的九點二十分之前，還是有可能可以走進餐廳掉包藥袋，從櫃台是看不見餐廳入口的。

那麼，戶外通往餐廳的出入口呢？沒人會看這裡。換言之，誰都可以從這裡自由進出。

峰岸確定它也沒問題。從九點到九點四十分這段時間，的確有可能掉包藥袋。只要沒人說謊的話。

說謊——

當峰岸想到這個可能性時，他的信心開始動搖，不見得每個人講的都是實話。

峰岸從床上坐起身，咬起大拇指的指甲，心跳聲傳進他耳中，他突然全身微微發熱。

他從記憶中喚起當時每個人的證詞，逐一思考每一個人說的話如果是謊言，會有什麼結果。

當時我在別館打電話——這是日野的證詞。

峰岸想到某個人的證詞時，思緒就此中斷。他再次在腦中努力回想，如果此人撒謊，與事實相反的話……

「啊……」峰岸發出絕望的叫聲。接著，他雙膝虛脫無力，蹲坐在地面。

那是無可挑剔的完美推論。

峰岸在心中低語。是那傢伙啊！

11

隔天，佐久間獨自從札幌搭乘函館幹線，搖搖晃晃兩小時左右的車程，抵達倶知安後再轉乘巴士。

要到島野悟郎的老家，得在前往二世谷的半途下車。從公車站牌沿著馬路走數十公尺後，可以看到一家立著「島野食堂」看板的店家。打開鋁製拉門後，暖爐的暖氣包覆全身，同時傳來一名中年女性的聲音，向他喚道「歡迎光臨」。

昨天他已事先聯絡過，不過當佐久間報上身分時，島野的父母還是露出緊張之色。

「是啊，真搞不懂為何會發生那種事，好不容易把一個孩子拉拔到這麼大。」

悟郎的母親以手帕的一角來回輕按左右的眼角，再次對自己二兒子遭遇的不幸感到難過。島野悟郎好像有個哥哥。

「進日星汽車工作，是悟郎先生的個人意願嗎？」佐久間問。

「因為他喜歡汽車。」父親答道。「不過老實說，我當初沒想到他進得了日星。因為我本以為他高中畢業後，會在附近的工廠上班。」

「有人前來挖角對吧。」

「是的，是滑雪隊的人。不過，我這麼說或許有點奇怪，我當時一直搞不懂，為什麼他們會來對悟郎挖角。因為悟郎有很多朋友跳得比他好，悟郎自己原本也打算畢業後就不再跳了。」

「前來挖角的人，對這件事有說些什麼嗎？」

「對方說很看好悟郎的發展性。還說，希望悟郎能讓他們培訓一年。要是結果不行的話，會馬上分配他到一般的職場工作。悟郎似乎也很中意這樣的安排。」

「後來他退出滑雪隊後，公司可有照當初的承諾處理？」

「有的，說到車體設計，那是悟郎最想要的工作環境，而他也很高興大企業肯信守承諾。」這位父親瞇起眼睛，似乎是想起兒子開心的表情，難過地緊抿雙唇。

「悟郎先生在選手時代，對於滑雪隊的練習，有說過些什麼嗎？」

「不，他在滑雪隊時，幾乎都不和家裡聯絡。一直都住在宿舍裡，連過年和中元節也不回家。偶爾打電話去找他，他也只說一句我很好，沒能好好和我們說話。」

「他一直到退出滑雪隊後，才回家探親。」母親說道。「在決定新的工作環境之前，一直待在家裡。」

「關於滑雪隊，他說過些什麼嗎？」悟郎的父母聞言，不約而同地搖頭。

「一提到這件事，他就不高興。我們猜想，他可能是待不下去了，才會退出滑雪隊，所以不願想起那段往事，後來我們也都儘可能不去談那件事。」

佐久間心想，這和那位組長說的一樣。島野為何不願談論滑雪隊的事呢？

光靠這點線索，根本完全不知道杉江他們在做些什麼，也無從掌握峰岸的犯案動機。

佐久間向島野的父母詢問他是否有親近的朋友。他父母回答，雖然有兒時玩伴，但他出外上班後，應該就沒再見面了。

「啊，對了。」他母親將手帕移開眼睛，望向丈夫。「他曾提過那孩子的事，就是家具店的幸博啊。」

「啊，對哦。」他丈夫似乎也猛然想起，頻頻點頭。「前面那家家具店的老闆，有個當滑雪跳躍選手的兒子。好像還入選為日本代表隊呢。所以悟郎確定要到札幌去之後，我還去拜託他多多照顧我家悟郎。後來曾聽悟郎提起，他常找幸博商量一些事情。」

「對方是日本代表隊的一員？他叫什麼名字？」

佐久間像抓住機會般追問，島野悟郎的父親有點不知所措地說：「那位家具店老闆的兒子，名叫日野幸博。」

計畫

1

杉江泰介整個人躺向沙發，就像要一吐心中的不快。他順勢蹺起腿來，鞋尖踢到桌子，桌上的菸灰缸跟著彈起。

「我不知道您這次來有什麼要事，不過，希望您有話快說。因為我們正在進行訓練。」也許是為了催促對方，杉江的說話速度比平時來得快。

「我就是聽說您現在正在進行訓練，所以才來的啊，杉江先生。」須川似乎是刻意放慢速度說話。

杉江的臉部肌肉微微抽動。「您這話是什麼意思？」

「沒什麼特別涵義。我只是想參觀一下您們訓練的情形。」

「訓練？」

杉江從長褲口袋裡取出香菸和打火機，擺在桌上。「我愈聽愈迷糊了。如果是訓練內容，前些日子您應該已經看過了。雖然我不清楚這對警方的搜查是否有幫助。」

「完全沒幫助。」須川說道。「不過，那是因為您隱藏了最重要的部分。」

「您開這種玩笑，真教人不知如何是好呢。難道搜查沒有進展，全都怪罪到我頭上嗎？」

「杉江先生，」佐久間從旁叫喚道。「既然發生了殺人這種重大案件，就絕不能讓您保留這種模糊的部分。而這模糊的部分，正是峰岸犯案的動機，也是他對您們感興趣的原因。顯而易見的，這與您們取名為CYBIRD SYSTEM的裝置很有關係。我們有必要了解它的真面目，還望您能了解。」

「前幾天我已經讓您們看過了。那就是我們所有的一切，再也沒其他東西了。」杉江像在驅趕什麼似的，揮著右手，很肯定地說道。

「是嗎？」須川開口說道。「同樣的話，能對日星滑雪隊的那三名第一期的選手這樣說嗎？不，其中一人已經死了，應該是對其他兩人這樣說才對。」

須川這番話奏效了。杉江凹陷的眼睛登時顯得慌亂。

「您說什麼？」

「裝蒜也沒用。那三人是在什麼目的下被編入日星滑雪隊，我們早都已經查清楚了。」

「您突然搬出這種陳年往事，真教人困擾。」杉江叼起一根菸，似乎想藉此保持冷靜。

在他伸手拿打火機前，佐久間搶先說道：「那三位隊員都有共通點。一是他們三人都沒有什麼出色的成績。為什麼您會挑這樣的選手，令人懷疑。這是我和他們見面後的感覺，而他們自己似乎原本也無意在畢業後繼續從事滑雪跳躍。第二個共通點，那就是三人都在加入滑雪隊後的隔年退出。第三個共通點，是三人都在退隊後，被安排到公司裡工作。不過，考量到他們畢業的學校和學生時代的成績，日星汽車可說是破格雇用。」

杉江以有些僵硬的表情聽他描述，待佐久間說完後，他將嘴裡的菸拿在手上，指著佐久間：「您們要展開推理，好回答這些疑問，是吧？如果是這樣，請讓我先說，我可以全部都逐一清楚說明。」

「難得您這麼有心，但是不必麻煩了。因為我們根本不想告訴您，我們做了什麼樣的推理。

我們已得到重要的證詞，足以回答這些疑問。」

杉江對「證詞」這兩個字有所反應。他嘴唇為之歪斜。

「那三人……」佐久間話說到一半，吞了口唾沫。

「那三人是以不同的目的，被延攬進日星汽車滑雪部。換言之，他們不是以滑雪跳躍選手的身分被挖角。當時的日星滑雪隊找尋的人才，是大致懂得滑雪跳躍，但今後無意繼續的人。所以找來的當然都是沒什麼出色成績的選手。而他們所扮演的角色，一年多後便宣告結束。當然了，您也已事先告訴過他們。他們三人也都同意。而讓他們下定決心的主因，是您開出優渥的條件，保證會在他們退隊後安排公司內的工作。」

「真是胡說八道。到底是誰作出這樣的證詞？」杉江不屑地說，同一時間，須川起身離席。他不發一語地走出房外。

杉江不安地目送他離去，開口問：「他想做什麼？」

「他去帶那位證人來啊。」佐久間如此回答後，杉江的眼珠游移。佐久間猜想，他此刻腦中應該正浮現深町或小泉的臉龐。

不久，須川返回。杉江看到跟在他身後走進的男子，眼中滿是詫異之色。

「日野……你怎麼會……」日野幸博難掩緊張，臉色也不大好看，他下巴往前挺出，微微點了個頭，就此不發一語地坐在佐久間身旁。

須川向杉江說明他與島野悟郎的關係。當他提到自己已從日野口中聽聞事情的始末時，杉江就像死心似的，轉頭面向一旁，開始伸手摸著臉頰。

「聽說您吩咐過加入滑雪隊的三人，就算對家人也不能洩漏這個秘密。但高中剛畢業的島野悟郎還是感到不安，於是他找日野先生商量。」

須川如此說道，但杉江還是望向窗戶的方向。

「杉江先生，我認為你這種做法是錯的。」日野開口說道，聲音雖小，卻很沉穩。「人並不是道具，更何況，你這種做法也不對。」

杉江這才望向日野。「他們自己也都願意這麼做。他們很滿意這樣的安排。」

「那麼，悟郎的下場是怎樣？」

「島野的死，和這個沒關係。」

日野聞言，直直盯視著杉江，緩緩搖了搖頭。「你騙人。」

「我哪裡騙人。」

「悟郎會遭遇意外，全是因為受到那種特殊訓練的影響。你明明知道還刻意隱瞞，那種訓練所帶來的影響，你在那次宮樣大會中，看他們三人跌倒，應該就知道才對。」

「總之，」佐久間見杉江的目光變得銳利，在一旁插話道：「總之，杉江先生，可否請您承認，您前幾天讓我們參觀的，並不是CYBIRD SYSTEM的全貌。」

杉江依序盯視著日野和那兩名刑警，最後再次將目光移回日野臉上。

「你到底知道多少？」他低聲問。

「我想，應該算大致都知道吧。關於系統的詳細情形，我沒聽悟郎提及，而且悟郎好像也不知道。」

杉江冷哼一聲，點了點頭，接著對佐久間他們說：「我承認，讓他們三人加入滑雪隊，是有特別的目的，但這和榆井遭殺害的事沒半點關係。我可以這樣斷言。」

「這我知道，杉江先生。」佐久間說道。「我們想說的是，那三人是用來開發系統的早期協助者。而我們現在想查明的，是最後的協助者。」

杉江望向佐久間，沉默不言。

「要開發CYBIRD SYSTEM需要一位不可或缺的協助者。這個人不是別人，正是榆井明。」佐久間如此言明，但杉江還是保持緘默。表情也沒任何變化。

「CYBIRD SYSTEM的目的，並非單純只是藉由外觀來竊取榆井選手的技術，更是進一步將杉江選手的身體，完全複製得和榆井選手一模一樣，這才是您們真正的目的。為了達到這目的，您們勢必得取得榆井選手的身體。」

「有吉老師也已經發現這點了。」須川接著說。「他說，要完全複製榆井選手的技術，只靠影像解析收集來的資料根本不夠。勢必得反覆讓榆井選手進行跳躍動作，仔細監看他肌肉的訊號和各部關節的動作才行。」

「一點都沒錯。」佐久間如此附和，杉江闔上眼，深吸口氣，緩緩吁出。接著他緊閉雙唇，搖了搖頭。

「誰有資格以此責備我？」

「那您是承認曾經請榆井選手協助的事囉？」杉江斜斜地擺動下巴。

「我就承認吧。」

「您沒告訴峰岸吧？」

「這是當然。因為沒有哪個指導員會同意這樣的事發生。」

「所以你讓榆井選手背叛他的指導員。你也已經發現，這是造成此次命案的開端。」

杉江並未答話。

「為了讓榆井協助您們，您設下了陷阱對吧？以誘餌勾引他。」須川以嘲諷的口吻說。

「您是指夕子對吧？榆井好像對夕子有好感，所以我只是刻意安排一下，好讓他滿足罷了。我承認，要說服榆井，夕子確實是出了不少力。」

佐久間他們已經見過夕子了。她雖然沒明說，但已默認自己為了配合父親的計畫，而說服榆井的事。

須川指出她的穿著與實際年紀相比，略嫌樸素，而且很多愛好都和榆井的母親一致，他詢問夕子這是否純屬偶然。夕子只回答一句「這就隨您自己想像了」。

她接著又補充道：「不過，我並不討厭他。」

佐久間想起在宮之森第一次遇見夕子時的情景，當時那不像是虛假的淚水。

「如果沒有夕子，我會再想其他方法。如此而已。」為了自己的野心，不惜利用自己女兒的父親，甚至以自己的這種信念為傲。

「您請榆井選手協助的條件是什麼？」佐久間問。

「跳得更遠。」

「什麼？」

杉江嘴角輕揚，微微一笑。「我向他保證，他會跳得更遠。他協助我們，同時自己也能更上層樓。我並沒有說謊。榆井在協助我的時候，明白了這點，所以才會一直持續下去。」

「真不敢相信。」日野自言自語似的說道。「榆井竟然會做這種事，背叛峰岸先生。」

「但這是事實。」

「杉江先生，」佐久間再度喚道。「這麼一來，只好請您讓我們一觀系統的全貌了。您應該不會拒絕吧？」

杉江向他們三人投以冷峻的眼神，接著緩緩頷首。「沒辦法了。我萬萬沒想到這麼快就得將它公諸於世，不過，也許也該是時候了。」

他說了一句「我們走吧」，就此站起身。

2

佐久間一行人跟著杉江離開接待室後，澤村和有吉也從隔壁的宣傳產品展覽室中現身。他們也陪同佐久間一同前來，刑警們需要他們的專業知識。

杉江看到他們兩人，本想說些什麼，但最後還是保持沉默，向前走去。

來到實驗室之後，和之前一樣，有三名技師在此待命。翔待在房內角落，與運動防護員片岡交談。一樣是擺出一張讓人聯想到銀行員的撲克臉，杉江簡短吩咐了幾句後，片岡微微點了頭，就此步出實驗室。

接著杉江喚來技師和翔，告訴他們要將系統的一切完全攤在佐久間他們面前。他們聞言後似乎略顯詫異，但沒人提出異議。

「你們去準備一下。」杉江一聲令下，三名技師和翔各就各位。

率先啟動的，是上次公開的模擬器，也就是杉江他們口中的「滑行坡裝置」。低沉的馬達聲響起，巨大的輸送帶台升起，宛如一座飛彈發射台。

杉江向坐在電視螢幕前的技師比了個暗號。技師表示他已準備完成。

「翔準備好了嗎？」杉江如此問道，傳來一聲「ＯＫ」的同時，發出起重機啟動的聲音。

接著那東西從實驗室角落現身。

佐久間一開始還不明白那是什麼東西，看起來像是個黑色團塊。湊近一看才發現，它有人的輪廓。

翔看起來恍如某個未完成的製品。全身到處裝設了各種零件，這些零件延伸出數十條電線。不論是安全帽、手腳、腳上的輪式滑雪板，全都裝設了電線。這些電線往他身體纏繞後，收進他揹在背後的一個小箱子內。然後又一條粗大的電線從箱子內延伸而出，與吊起他的鎖鏈一起往天花板延伸。

「翔就像是靠電力設備來啟動似的。」澤村這番話，杉江完全不予理會，不過，佐久間也深有同感。

翔被擺上滑行坡裝置上之後，按照杉江的指示啟動裝置。輸送帶開始緩緩動了起來。翔手握扶手，闔上眼睛以集中精神。

「請各位先看這個吧。這個最快，也最有說服力。」

杉江朝技師舉起單手。

馬達聲響起。

翔睜開眼睛之後，就像是在暖身似的，將輪式滑雪板往前後移動一、兩次。他那集中精神的模樣，看起來就像要挑戰實際的跳台。

不久，翔喊了一聲：「ＧＯ！」同時鬆手迅速擺出曲膝滑雪姿勢。傳來馬達轉數提升的聲音，輸送帶以高速轉動。

滑行坡馬上開始調降坡度。幾乎在它停止動作的同時，翔也躍向空中。

翔吊在空中的身體，很快又被拉回滑行坡裝置上。他朝裝置上方坐下後，澤村這才開口道：

「不管看再多次，都還是覺得很厲害。」

「不過，真正厲害的，應該不只是這樣。」有吉這番話，令杉江露出滿意的表情，他向眾人招手。他此刻人站在電腦螢幕前。

「剛才安裝在翔身上的裝置，會將他的各個部位關節和肌肉的動作，以及施加於腳掌上的壓力變化，全轉換成電子訊號。可藉此完全掌握他從滑行到跳躍的這一連串動作中，身體採取什麼行動。」

現在螢幕上正描繪出一條近乎平坦的曲線，往旁邊延伸。

「這好像是顯示他從坡道上滑下時，對滑雪板施加的壓力，是如何隨時間變化。」有吉加以解說：「除此之外，應該還有不同部位的曲線圖。例如施加於腳尖的力道，或是施加於腳跟的壓力之類的。」

「你說得沒錯。」杉江朝電腦技師的背後戳了一下，技師馬上敲打鍵盤，螢幕上出現另一條不同的曲線。

「這是施加於腳跟的壓力。」技師以沒有高低起伏的聲音說明。

此外也畫了各種曲線。膝蓋的動作、上半身的搖晃、重心的移動……等等。

「當然了，跳躍時的身體動作，也都完美地監視著。」技師奉杉江指示，再次敲打鍵盤後，腳踝的動作、腰部挺起的速度，也都陸續顯示在畫面上。

出現跳躍時的身體重心加速度時，杉江望著有吉說道：「這是榆井的特徵之一。紅線是榆井，他比較傾向往前跳，而不是往上跳。」

「這點，老師也注意到了。」澤村說道。「尼凱寧也是這樣。」

「我猜也是，有可以印證的資料。」

杉江動手操作後，又出現不同的圖表。

「這只是顯示出滑雪板的加速度變化。從這裡看得出來，榆井在跳躍之前，他的滑雪板加速度並不快。這樣你懂嗎？他身體往前進，滑雪板卻是往後退。換句話說，他在跳躍的瞬間，明顯用力往後蹬。」

「往上跳不行對吧？就像我一樣。」澤村說完後，杉江大聲地應了一句「沒錯」。

「之前我們曾聊過你的事。片岡說，澤村的缺點就是愛往上跳。要矯正這項缺點，最適合做前空翻這類的練習。」

「前空翻是吧？」澤村似乎想通了什麼，頻頻點頭。

「總之，」有吉說道。「你也曾叫榆井做過這樣的練習。將他弄得像電線怪物似的，在這個巨大的機器上實際跳躍，對吧？」

「沒錯。因為想要正確掌握他的跳躍方式，光靠外觀根本無法查明。多虧這麼做，他的身體動作、跳躍的時機、施加於滑雪板上的壓力變化等等，我全都能以同一個模式輸入電腦中。這是很珍貴的資料。」

「你讓榆井跳躍的次數，應該不只一、兩次而已。」

「老師，你也是位學者，應該能明白這種想法。資料多多益善，特別是傑出的資料。此乃成功的秘訣。」

「你怎樣運用那些資料？」佐久間問。

「那還用說，當然是以他的資料當教科書，以此檢視翔在跳躍上的缺點。例如膝蓋的動作哪裡不對，施力的方法有何種差異等等。一再地展開練習，直到學會為止。」

「問題在於你的檢視和矯正方法。」有吉說道。「你該不會說，你只是用口頭說明來指出他的缺點吧？我可不想聽你用這種打馬虎眼的方式搪塞哦。」

「果然不簡單。」杉江先吹捧對手一番。「你說得一點都沒錯。如果光只是指出缺點，那它不過是一台找出缺點的機器罷了。你不必擔心，這台裝置還附有矯正的功能。應該說，矯正功能正是這台裝置真正傲人的地方。」他再度下達指示，要翔和技師們再跳一次。

滑行坡再次傾斜成陡坡。

「如同我剛才所說的，翔的身體動作、重心的移動等等，全都輸進電腦裡。電腦會以輸入的資料和榆井的資料作比對，一有差異，便馬上通知翔。換言之，可以一面做動作，一面了解自己動作的缺點。」

「問題在於電腦如何通知他。」

「沒錯，這可說是最困難的一點。需要很長的研究期。關於這方面……」杉江望向日野。

「或許你們從他那裡聽說，已經猜出幾分了。」

「我們想親眼見識，這純粹只是基於興趣。」須川說。

「現在就讓你們看吧。不，應該說讓你們聽才對。」杉江答道。「翔現在戴的安全帽，附有一個小型喇叭。會從裡頭傳來電腦的通知。」

杉江向翔和技師下達某個指示。不久，輸送帶開始轉動。他轉頭望向佐久間，出示一旁的小喇叭。「傳入翔耳內的聲音，也可以從這裡傳出。你們聽聽看吧。」

輸送帶達到某個速度後，翔和先前一樣，擺出蹲式滑雪姿勢。

但接下來狀況發生了。

喇叭裡傳來難以形容的難聽聲響。宛如魔音穿腦，佐久間不禁摀住耳朵。

不久，坡度開始改變，翔展開跳躍動作。在那一瞬間，聲音化為更大的衝擊，穿過手掌傳來。他蹙起眉頭，閉上眼睛，感覺全身血液跳動。

佐久間猛然回神，發現須川和有吉等人也摀著耳朵，就連杉江也眉頭微蹙。

雙手從耳邊鬆開之後，杉江苦笑道：「就是這麼回事。若沒做出理想的跳躍，電腦便會因應落差的程度，傳來聲音訊號。它分成多個階段，會依落差的程度、模式的差異，而有所不同。跳得愈差，愈會聽見令人不舒服的聲音。想擺脫不舒服的事，是人類的本能，這樣就會逐漸往好的方向修正。」

「所以你利用那三人來進行這項聲音的實驗。」日野在佐久間他們的背後如此控訴。「當時的事，我都從悟郎那裡聽說了。他們每天都戴著耳機，或是全身裝戴莫名其妙的機器，一會兒跳，一會兒跑。悟郎他們不是被雇用為滑雪跳躍選手，而是被當作白老鼠。」

「剛才我也說過了。」杉江以沒有高低起伏的機械聲音說道。「他們也都明白這樣的情況，才加入滑雪隊，這是正當的交易。他們現在應該也都很順利地走向菁英之路，而我也取得了寶貴的研究成果。」

日野似乎還想說些什麼，但他可能是判斷在這種情況下不該多說，只以握成拳狀的手背擦了一下嘴角。

「以不舒服的聲音加以矯正是吧？就理論來說，是有這個可能。」有吉似乎以他自己的方式完成檢討，就此抒發起感想。「的確，像滑雪這種動作，如果持續練習同樣的姿勢，的確可以一邊聽聲音，一邊做動作，學會怎樣才不會聽到那令人不舒服的聲音。可是，像跳躍這種瞬間便結束的動作，要用這種學習方式，應該很困難吧？」

「您說得對，一下子就要進入跳躍動作的練習，只是白費力氣。它需要一套扎實的步驟。」杉江指著那名為滑行坡的輸送帶。「首先，要將滑行坡的角度固定成跳躍時的十一度角，輸送帶停住不動，也不穿輪式滑雪板，就只是站在台上做跳躍動作，也就是所謂的原地跳躍。儘管如此，要是和輸入電腦裡的範本有出入，還是會聽見不舒服的聲音。在練習原地跳躍的情況下，是自己決定何時做動作，所以比較容易學會正確的動作。不過，光是要通過這個階段，就得花不少時間。一旦練成原地跳躍，接下來則是穿上輪式滑雪板練習同樣的動作。這時候要是和範本不同，便得接受不舒服的聲音制裁。等到練會後，就啟動輸送帶。一開始是自己決定什麼時候跳，不久後，便由我來指示跳躍的時機。這段時間裡，電腦還是會繼續檢查動作。做什麼樣的動作，會聽到何種不舒服的聲音，等過了一段時間後，身體會牢牢記住。不久，就會本能地避免做出不好的動作。只要通過這些階段，最後就算在剛才展示的狀況下，也不會聽見不舒服的聲音。」

「原來是這麼回事。」有吉心領神會地頷首。「那麼，各個階段輸入電腦裡的，也都是楡井的資料囉？」

「沒錯。從一開始的原地跳躍，到最後的實際跳躍，我分成好幾個階段，來採集他的資料。然後一步一步準確地讓翔接近楡井的狀態。」

「楡井明全面提供這樣的協助嗎？」佐久間不禁如此低語。

「可是，若光靠這台機器來訓練，還是不夠吧？因為楡井和翔在肌力、瞬間爆發力、反應速度上，應該都有其差異才對。翔必須從這些基本的部分開始克服才行。」有吉說。

「沒錯。若以不同的想法來看，這可說是最辛苦的階段。」說到這裡，杉江瞄了兒子一眼。

「早在取得楡井的資料之前，我就知道他們基本體力的差異。我首先要面對的課題，就是解決這個問題。」

「例如，」澤村開口道。「翔的大腿突然不自然地變粗，這也是你為了解決問題所辛苦鍛鍊的結果吧？」

佐久間望向澤村。澤村明顯在暗示禁藥的事。

「如果你指的是使用禁藥的事，那可不太一樣。你知道禁藥的定義嗎？」

澤村搖頭。

「有可能提高比賽能力的藥物中，只有可以證明有使用事實的藥物才稱作禁藥。換句話說，只要無法證明，就不是禁藥。」

「真是強詞奪理。」須川如此低語，但杉江依舊神色自若。

這時，有吉清咳幾聲。「肌力姑且不談，如果要縮短反應時間，有效的方法並不多。我舉個例子吧。有種方法是選手採曲膝滑雪姿勢，看暗號展開跳躍，在動作的過程中，會在比出暗號後施予輕微的電擊。這樣能逐漸提高其反應速度，跳躍的動作會慢慢接近電擊的時機。這是田徑的起跑訓練所採用的方法，相當普遍。」

「我就先說了吧，我知道這種方法。」杉江冷靜地說道。「總之，我們能將翔的基本體力提升至相當逼近榆井的水準，達到進行滑雪跳躍不會有任何問題的程度。然後再以剛才我說的階段式訓練，讓他學會理想的跳躍方式。」

「雖說是理想，但那也只是複製榆井罷了。令公子的個性跑哪兒去了？」須川以諷刺的口吻說道，但杉江反而開心地瞇起眼睛。

「個性這種東西，在日常生活中發揮就行了。比賽不需要個性，能施展出常勝的滑雪跳躍才重要。人們很流行研究尼凱寧等人的跳躍方式，想知道他為何能飛那麼遠，但我覺得這麼做根本沒意義。正因為他是尼凱寧，所以才飛得遠。榆井也是。調查他為什麼能飛那麼遠，一點意義也沒有。想像他們一樣飛得遠，只要變得和他們一樣就行了。」

「就是為了這個目的，而捨棄自己的天賦，全身纏滿電線，完全就遵照電腦的指示來行動，是嗎？簡直跟生化人沒兩樣。」

「生化人——這句話對於努力以科學力量追求勝利的我來說，是最大的誇讚。因為CYBIRD SYSTEM這個名字，也是由Cyborg與Bird組合而成。在現今的運動界，保有人類原本的樣貌，那就非輸不可。還是說，你覺得因追求人類原本的樣貌而敗北，比運用科學的力量贏得勝利，還要來得有價值？」

「我確實是這麼認為。」須川說，佐久間也頷首。

「那是你們自以為是的說法。運動界的人只追求勝利。就連觀眾也同樣要求他們要有異於常人的實力。漢城奧運時，班強森因為被查出使用禁藥而遭取消金牌資格，受盡世人的指責。但這些指責，不過是自以為是的虛偽場面話罷了。大部分人都咬牙切齒地心想，為什麼他會犯下這種被驗出禁藥的疏忽呢？我也和他們一樣。如果可以成功瞞騙過去，就可以為他創下人類的豐功偉業而高興呢。當時的選手們，也有不少批評他的聲音，不過，『班真是個蠢蛋』這才是他們的真心話。要不就是『真那麼有效的話，我也想試試看』。姑且不談禁藥的事，這世界就算使用卑鄙的手段，只要能，贏還是會受人讚揚的啊。還記得滑雪跳躍代表隊在卡爾加里奧運，以及柔道代表隊在漢城奧慘敗時，世人是如何批評的嗎？現在已經沒人會說參加比賽的意義是什麼了。既然花費國家的預算，不管怎麼樣，都得奪得獎牌才行，為了達成目標，就算用禁藥也沒關係，但千萬不能穿幫——這才是世人真正的聲音。」

須川驚訝地搖著頭。「你的想法太不正常了。」

「你是說我不正常？還是說世人不正常？」

「兩者都是。」須川說。

「我們就是住在這樣的世界。還有一件重要的事，我忘了說。選手自己絕不會對這樣的狀況感到不滿。所謂的一流選手，都很自戀。會希望比現在的自己更強、更美。無法像你們一樣安於現狀。」

「這話可真毒啊。」

「愈是一流的選手，要進步就會愈難。如果有能加以補強的東西，應該不管是誰都會想要用才對。」

「正是為了這個目的，就算犧牲別人也無所謂，對吧？」日野如此說道，但是杉江依舊不為所動。

「每個人都有自己適合走的路，應該要從中去發掘自己的存在價值。難道你認為古典芭蕾的群舞，是首席女舞者的犧牲品嗎？抬起滑行坡。」在杉江的指示下，裝置再度啟動。他一直注視著佐久間一行人。

「以前我當選手時，在空中雙手往前伸出，人們認定是漂亮的姿勢。但某位日本學者主張手臂應該貼向身體兩側。我當時想接受他的提議，但我的教練反對，不予認同。科學不該干預運動，這是當時日本普遍的看法。結果我們就以那樣的飛行姿勢參加奧運。在那裡，我們看到芬蘭選手手臂貼向身體兩側，漂亮地跳出長遠的距離。我們因為沒採用科學的姿勢而落敗。從那之後我便下定決心。下次一定要靠科學獲勝。那一天就快到來了。」杉江望向翔，做出從耳中取出東西的動作。

翔見狀，摘下安全帽，從耳中取出某個東西。原來他一直塞著耳塞。

「這次要全力跳躍，展現你的跳躍實力。」杉江朝技師比了個暗號，輸送帶開始啟動。

「今後翔會不斷獲勝，就像榆井以前那樣。到時候將證明我的做法是對的。我要讓那些視我為異端、將我放逐的人，對我刮目相看。」

翔擺出滑行的姿勢。但這次沒傳來剛才那不舒服的聲音。不久，坡度開始變化，他猛力蹬地跳躍，身體輕盈地飛向空中。

一直到最後，都沒傳出那刺耳的聲音。

3

杉江泰介左手拿起桌上的打火機，開始把玩。噹的一聲打開蓋子，卻未把菸移向前點火，接著又噹的一聲把蓋子闔上。

「我是在幾年前想出CYBIRD SYSTEM的構想。當時我還不知道榆井這號人物，我原本打算延攬國外的傑出選手，作為我的系統範本資料。」

「後來榆井選手出現了。」一聽佐久間這麼說，杉江點頭。

「榆井確實是位很出色的選手。」他說道。「他的作風與以往的滑雪跳躍界走向截然不同，可說是異軍突起的天才。只要他上場，都會比任何人跳得更遠。但他為什麼能夠辦到，連他自己也不清楚。那並非有什麼科學應證。總之，只要他從上面滑下，然後使勁一跳……」杉江高高舉起打火機，然後緩緩將它放回桌上。「就能跳出逼近跳台滑雪場最遠距離的佳績。日本再也找不到這樣的選手。我當時心想，他正是我們這套系統最適合的範本人選。」

步出實驗室後，佐久間他們在剛才的接待室裡，聽著杉江說明。澤村和有吉等人，則還待在實驗室裡。

「所以從七月左右，就開始收集資料對吧？」佐久間問道。「大概為期多長？」

「一開始的三個月，就收集了大部分的資料。可是光那樣還不夠。翔也同時展開訓練，但是每次出現問題，就需要新的資料。每次我都會拜託榆井幫忙。」

「榆井選手的配合度可真高啊。」佐久間提出疑問。

「我前面已經提過，是他自己本身很積極。CYBIRD SYSTEM原本的目的，是要複製榆井的跳躍模式，但換個角度想，那也可說是事先記下榆井本身跳躍方式的一種裝置。這麼一來，就算哪天他亂了步調，這隨時都能讓他回想起狀況好的時候是什麼感覺。這同樣可套用在各個運動領域上，再也沒有比狀況好壞的起伏更麻煩的事了。所有選手都不想忘了自己處於絕佳狀態時的感覺。對如何飛得更遠特別感興趣的榆井，當然也不例外。他想記憶自己更完美的跳躍感。他在滑行坡裝置上跳躍，當他感覺自己跳得比過去都來得好，便會將當時的資料重新記錄在電腦中。不過，所謂的完美，只是一種像海市蜃樓般的東西。他絕對永遠無法得到。」

「換句話說，」佐久間問道。「就像吸毒一樣。」

「我希望你稱之為魔力。而正因為榆井是這樣的天才，才會對這股魔力這般著迷。」

「不管怎樣，榆井陷入這樣的狀態中，對你們來說反而有利。」須川語帶涵義地說道。

「這點我不否認。」杉江坦然承認。他的計畫原本應該是打算利用夕子來讓榆井乖乖配合。但光靠這個手段，應該無法讓榆井持續背叛峰岸。

「不過，你也足足騙了峰岸半年，真不簡單啊。」須川以半佩服，半嘲諷的口吻說道。

「因為這件事絕不能讓峰岸知道。這點我很小心。」杉江語帶嘆息地應道。

「一直都沒被峰岸發現嗎？」佐久間問。

「我自認是沒被發現。在和榆井的聯絡方式上，我作了特別的安排。」

「特別的安排？」

「若是用偷偷塞紙條的方法，會留下證據，很可能被峰岸發現。圓山飯店地下不是有間上蠟室嗎？那裡放置了各個選手的備用品和滑雪板，當中也有榆井的備用滑雪板。雖說是備用品，但都是不太可能會用到的物品。我以油性筆在滑雪板的滑行面上寫下指示。例如星期一的九點到實驗室來。他看過之後，會把字擦除。這麼一來，既不會留下證據，也不必擔心被人發現。此外，不論何時何人進出上蠟室，都不會令人起疑。」

「原來如此，真是設想周到。」佐久間佩服地說。

「對榆井來說，峰岸有如恩人，他也不想被峰岸發現。關於此事，他展現出從他平時的言行中難以想像的謹慎。那幾個月來，他都沒讓人知道，一直遵照我的指示行動。」

沒讓人知道，遵照指示行動——

佐久間初聞此言時，有個東西從他腦中閃過。他這才猛然發現，一直卡在他心頭的那件事，原來就是這個。

那就是峰岸讓榆井服下毒藥的方法。

動機

1

看到須川刑警遞出那張照片時，峰岸明白一切都完了。但不可思議的是，他並未感到遺憾，反而有種終於從痛苦中解脫之感。坦白說，一直保持沉默，他早已倦了。

「你是什麼時候知道的？」須川問道。「榆井偷偷去找杉江的事，你是什麼時候知道的？」

峰岸想回答他的問題，卻發不出聲音。他咳了兩、三聲，吞了口唾沫，再伸舌潤了潤嘴唇。

「去年十月。」峰岸回答後，須川重重吁了口氣，與一旁的佐久間互望一眼。因為這是峰岸第一次好好回答問題。

「你為什麼會知道？」須川問。

「我在偶然的機會之下，發現榆井放在上蠟室的滑雪板上，寫有奇怪的留言，因而發現他正在暗中協助杉江。」

「所以你覺得自己被背叛，大動肝火，就此殺了榆井是嗎？」須川這番話，令峰岸不自主地抬起頭來。兩名刑警也靜靜盯著他。

大動肝火，殺了榆井——

峰岸心想，這也算是一種解釋。只是之前他從沒想過。

「到底是不是？」須川進一步逼問。

峰岸不發一語，下巴往內收。鬱積胸中的沉重黝黑之物，感覺似乎已就此沖走。

「好。」須川頷首。「那麼，你就說說那天的事吧。你殺害榆井那天的事。」

殺害榆井的那一天——對峰岸來說，感覺彷彿已是很久以前的事。那天自己所做的一切，宛如一場夢。

大部分犯行，他在前一晚便已完成。

那天晚上，峰岸走進上蠟室，找出榆井的滑雪板。他看了一下滑行面，上面沒有杉江所寫的指示，他認為這是好機會。

他以事先備好的油性筆，寫下假的指示。杉江等人的指示總是用筆劃簡單的片假名寫成，筆跡很容易模仿。峰岸寫下以下的指示。

「明天兩點，檢查肌肉組織。午餐後，服用我所附的藥，取代原先的維他命。」接著，他將裝在塑膠袋裡的膠囊，以膠帶貼在一旁。

之所以提到「取代原先的維他命」，是考量到榆井要是兩種膠囊都服用的話，警方在解剖時發現有兩顆溶解中的膠囊，會就此起疑。

隔天午餐後，榆井不疑有他，聽命服藥。看在其他人眼中，應該會覺得他是在服用維他命。只有峰岸知道那是什麼藥。

榆井服完藥後，峰岸從他桌上取走藥袋，以自己事先準備的藥袋掉包。藥袋裡放了有毒的膠囊。

他就此成功犯案。他唯一不解的是，榆井不是死在杉江的實驗室，而是死在宮之森的跳台滑雪場。

「想得真周全。」聽他如此說明後，須川一臉欽佩地搖了搖頭。「要是這樣，任誰看了都會以為是維他命被掉包成毒藥。其實不然，你早已事先給了他毒藥，讓他服下後才掉包藥袋。真是令人佩服。不過，你精心策畫的方法，最後卻自掘墳墓。」

「是啊。」

刑警遞出的照片，拍出了榆井滑雪板上的滑行面，上面浮現了「明天兩點，檢查肌肉組織」這行文字。據刑警解釋，就算肉眼看不出來，以目前的科學能力，要讓油性筆所寫的字重現，易如反掌。

「我本以為一切都很完美。」峰岸低著頭說道。

「的確很厲害。」佐久間說道。「但這種事實在不值得誇耀。」

「如果沒有那位告密者，也許現在還查不出真相。」峰岸這番話，令兩名刑警面面相覷。峰岸望著他們的反應，繼續問道。「有人告密對吧？」

「你也知道嗎？」須川問。峰岸頷首。

「一開始，警告信是先寄給我。要我自首。我自認相當完美的計畫，到底是被誰看穿呢？一直很在意這件事。不過，現在一切都豁然開朗了。」

「是誰？」峰岸望著自己的掌心說道：「日星汽車的運動防護員片岡。」

這天夜裡，峰岸躺在看守所的床上，感覺內心已很久沒有這麼平靜了。他什麼也沒想。現在一切只能聽天由命了。

峰岸靜下心回想這幾天來發生的事。然而，和犯行相關的事，他幾乎都想不起來。他是如何殺害榆井，這並不是什麼多重要的事。真正令他無法忘記的，是他為何會對榆井動殺機。

峰岸想起先前刑警說過的話。因為大動肝火而殺了他——如果真是這樣的動機，那可就輕鬆多了。

他開始感到微微頭痛。腦中思緒又開始混亂了。想到當初對榆井動殺機的事，峰岸回溯到遙遠的過往記憶。為了變得和榆井一樣，賭上自己一切的那三年，以及絕望和挫折。

後來他將死心斷念轉化為全新的希望，重新振作。這世上有如此傑出的選手，在自己始終無法到達的頂點上，有榆井這個男人的存在。他想讓榆井站上真正的顛峰，從他過去犧牲的時間中找出價值來。

峰岸抱著頭，感到一陣劇烈的耳鳴。不過那只是他自己的心理作用。當他知道自己竟被榆井背叛時……當時杉江他們的對話在他腦中不斷盤旋。

看到杉江泰介在榆井的滑雪板上留下的訊息，這對峰岸來說真是個悲劇。上面寫著：「今天三點，到第二實驗室來。」

經過一番猶豫後，他決定到日星的實驗室一趟。那種難堪的心情，就像偷偷潛入妻子的偷情現場一般，他站在拉下百葉窗的窗外，豎耳細聽。從機械聲的空檔間，傳來對話，是杉江和榆井的聲音。這次你可否想像右邊有風吹來，再跳一次……明明沒有風啊……假裝有風嘛。

不知過了多久，榆井似乎已經離去。

隔了一會兒，傳來泰介的聲音。「好像還少一些資料。」

對此，某人開口回答。但聽不清楚他說的內容。

「好，下次榆井來時，再叫他這麼辦。」泰介說道。「翔的情況怎樣？新的階段過關了嗎？腰關節呢？那是榆井最大的特色之一。如果不能徹底學會，就無法變成榆井。」

無法變成榆井？

這是怎麼回事？峰岸把耳朵緊緊貼向窗上。

「總之，到目前止還算一切順利。照這樣下去，這套系統很快就能完成了。到時候，想訓練出像榆井那樣的選手，要多少有多少。」

系統？訓練出像榆井那樣的選手？

峰岸心中有某個東西開始迸裂，而且就此緩緩崩毀。到底是什麼東西，他自己也不清楚。

從那之後，他開始很注意翔的跳躍。這個人早晚有一天會跳出像榆井一樣的水準是嗎？藉由使用那名為「系統」的東西，輕鬆地辦到。

接著在十二月時，開始出現徵兆。其他人似乎都沒發現，但翔正穩穩地一步步接近榆井。正因為峰岸曾賭上自己的青春，想變得和榆井一樣，所以他很清楚。

此刻他百感交集。首先是強烈的嫉妒心。他賭上漫長的歲月，獻上自己所有的一切，最後還是沒能得到的東西，透過「系統」竟然能輕鬆獲得，這是他絕對不容許發生的事。要他承認這個事實，就像是自己一直深信不疑的耀眼鑽石，最後竟然變成了石頭。

峰岸心想，他一定得阻止這項計畫才行。若不這麼做，他過去所犧牲的歲月，根本毫無價值可言。

峰岸率先想到的做法，是直接叫榆井別再對杉江的研究提供協助。如果是他開口，榆井應該會聽從才對。

然而，他覺得這只是暫時的解決方法。早晚有一天，又會上演同樣的戲碼。

此外還有一點。

「如果是他開口，榆井應該會聽從才對。」峰岸已對這樣的自信，開始動搖。因為他知道榆井除了協助杉江他們實驗的時間外，也常出入於他們的實驗室。不久，峰岸曉悟當中的道理。榆井崇拜的不是昔日的恩師藤村，也不是峰岸，而是他們口中的「系統」。從和他不經意的談話中可以看出，榆井的心已離他愈來愈遠。

峰岸確定，榆井早晚會離他而去。到時候他將什麼也沒有。包括他以榆井為目標所投注的青春歲月，以及想靠自己的力量幫助榆井站上世界頂點的夢想。

只能讓一切在這時候凍結——這是峰岸最後導出的結論。只要現在殺了榆井，杉江他們的研究便得在未完成的狀態下中止。

若不快點動手，我將連自己曾待過滑雪跳躍界的感覺都就此消失。

但最後終究還是慢了一步，沒能趕上。翔已完全成功複製榆井。而現在的他，已沒辦法動手殺了翔。

2

「峰岸已看出我就是告密者是嗎？」片岡將垂落在前額的數根頭髮整理好，微微嘆了口氣。佐久間與他站在宮之森跳台滑雪場的減速道旁。

「那天早上，」片岡說。「榆井死的那天早上，一開始你們提到榆井的藥袋會不會是那天上午被掉包，但我打從一開始就發現不可能有掉包藥袋的情形發生。」

「不可能掉包藥袋？真的嗎？」

「我沒撒謊唷。首先，九點到九點四十分這段時間，餐廳裡會空無一人，對吧？綜合當時每個人的談話後，我發現一件很有意思的事。那就是帝國化學的中尾所作的證詞，他說九點到九點二十分這段時間，他都在玄關前的停車場，期間只看到澤村走出玄關。後來他走進大廳，沒看到有人走進餐廳。」佐久間頷首。這段供詞，他就算沒看筆記也記得很清楚。

「接下來是冰室興產日野選手的證詞。他九點過後，人在別館的公共電話旁。從那裡可以清楚看到通往本館的通道。據他所言，他打電話那段時間，只有澤村一人走過。也就是說，從九點到九點四十分這段時間，別館的公共電話前到本館玄關這段路，因為中尾和日野的證詞，算是被封閉了。」

「這些我都知道。」佐久間催促他往下說。

「這麼一來，如果兇手要掉包藥袋，只有兩種可能。一是在日野打電話的九點前前往本館，躲在廁所裡等候機會。然後乘機走進餐廳掉包後，從通往戶外的出口離開。如果是從大廳那邊的出口離開，不管去哪裡，應該都會被人看見才對。另一個可能，則是從戶外通往餐廳的出入口進出。如果是這樣，就不必擔心會被人看見。」

「沒錯。」佐久間說。這些他們也都考量過。

「這時，我想起三好先生說的話。他說九點前，他本想打開通往戶外的門，但因為結凍，無法打開。」

「好像是這樣沒錯。而你在十點前從外頭回來時，門已經解凍了……」佐久間話說到一半，突然倒抽一口氣，注視著片岡。片岡以中指托起眼鏡，微微頷首。

「就是這麼回事。」他說道。「當時我撒了個小謊。我從外面回來時，那扇門仍未解凍。因此，沒人打開過那扇門。這麼一來，前面說的話就出現矛盾了。換句話說，沒人可以掉包藥袋。當我想到這點時，我心想，這可能是為了製造巧妙的不在場證明。那麼，誰會這麼做呢？這項推理非常簡單，只要找出具有完美不在場證明的人就行了。除了冰室興產的田端教練和原工業的指導員峰岸外，我還想到了幾個人。接下來我想到的是，實際掉包藥袋的時間，應該是在楡井吃完午餐後。那麼，當時誰在餐廳裡呢？那時候田端教練和峰岸也在。不過，最後的決定關鍵，在於他們兩人對於不在場證明的談話。比起峰岸，田端先生對自己的不在場證明並不是記得很清楚。就刻意安排不在場證明的兇手來說，是很難想像的事。」

「這就是你斷定兇手是峰岸的原因嗎？」

「大致是如此。不過，其實我從楡井遭殺害的那一刻起，就懷疑他是兇手。因為我從以前就覺得他可能已經知道CYBIRD計畫。不過我沒有根據，只是從他的態度來揣測。若真是這樣，他就有殺害榆井的動機。」
「是因為對榆井的背叛感到憤怒嗎？」
「這也是原因之一。」片岡說道。「不過，並非只是因為這樣。我知道他以前的努力。榆井的跳躍方式可說是一項寶物，今後的選手不費吹灰之力便可取得，他可能覺得無法忍受吧。」
說完片岡一腳踢起腳下的白雪，補上一句「這是我個人的想像」。
「你推理出這樣的結論後，才寫信指出他就是兇手，是嗎？」
「其實也不是多了不得的推理啦。我只是希望他能自首。正因為知道他的動機，我也很替他難過。」
「但是他最後還是沒有自首，所以你才寄出告密信。」佐久間語畢，片岡蹙起眉頭。佐久間認為，這是他痛苦心境的表現。
沒想到片岡接著竟道出驚人之語：「告密信……什麼意思？」
「就是寫給警方的信啊，裡頭指出峰岸就是兇手。」佐久間話還沒說完，片岡已開始搖頭。
「不是我。我是寫信叫他自首，但沒寫信告密。」
「竟然有這種事……」佐久間伸手握拳抵在唇前，低頭望向雪地。他想起峰岸說過的話，峰岸懷疑片岡知道毒藥藏在訓練館的事。
不過，片岡對此事一樣搖頭。
「毒藥藏在訓練館？不，我完全不知道。」

3

「再不快點就麻煩了。讓日星稱霸滑雪跳躍界也無所謂嗎？」
「話雖如此……但你真的要這麼做嗎？」
「這是我親眼看到的。」
「可是，這真的能辦得到嗎？讓電腦記住技巧，並對人下達指示，讓人照電腦的吩咐行動。感覺好像科幻故事。」
「真的辦得到。事實上，翔的技巧也確實有驚人的進步，不是嗎？」
「這點我承認，不過，那不是藉由那台巨大的機器所鍛鍊出來的吧？」
「當然不光是靠它。教練，你們也該這麼做才對。我也會幫忙的，請你和公司交涉看看吧？如果需要設備審查資料，我會想辦法的。」
「真傷腦筋。」田端環起他粗壯的手臂，背靠向椅子。窗外開始降下細雪，女大學生從走廊上奔跑而過。
「電腦這種東西，我最搞不懂了。」
「這和教練你個人的好惡沒有關係。」
有吉焦急地說：「再不快使出對策，下次奧運，你們將沒人可以參加哦。」
「可是……」田端沉聲低吟。
澤村一面請有吉的助理神崎教他怎麼用電腦，一面聆聽兩人的交談。有吉應該是想要冰室興產製造機器，好更進一步展開研究，而田端則是擔心這樣的賭注會以失敗收場。因為兩人的立場不同，所以不可能討論得出結果。

「不過，就算有那項裝置，還是需要輸入資料吧？杉江先生他們輸入了榆井的技巧，但現在已經沒有那樣的選手了。」

「這確實很棘手。不過，我們不見得要完全採用同樣的方法。舉例來說吧，亮太最近不是狀況不錯嗎？可以先將他處在絕佳狀態時的技巧資料技輸入電腦。這麼一來，下次當他陷入低潮時，可以讓他重拾當時的感覺。腦中記憶的感覺，很容易被打亂。所以才要改用電腦來記憶。」

「這樣倒是不錯。」

「我就說吧？所以得跟公司交涉啊。」

「嗯……我考慮看看。」

「要積極一點。」

「知道啦。」田端嘴巴上這麼說，但澤村心想，他應該不會向公司提出這樣的要求。公司明明捨不得花人事費用，連完善的工作人員都湊不齊，怎麼可能花數千萬日圓（也許是數億日圓）來買設備。

兩人的討論告一段落後，電話鈴響。神崎拿起話筒，說了幾句話後，望向有吉。

「杉江先生說他要來。」

「好，終於來了。」

「咦，杉江先生要來？」田端微微起身。

「你這是幹嘛。不必跑吧？」

「當然要跑啊。我最怕和他見面了。亮太，你呢？」

「我還要再待一會兒。」

「這樣啊，那我先走一步了。」田端揮了揮手，快步走出。

有吉目送他離去的背影，望著澤村搖了瑤頭，說道：「看來是沒有用了。教練人雖好，可惜權限太小。」

「這也是沒辦法的事啊。」澤村答。

一、兩分鐘後，杉江泰介和翔走進。澤村朝他們低頭行了一禮。

「澤村也來啦？」泰介說。

「他在這裡不方便嗎？」

「沒這回事。誰在場都沒關係。澤村在的話反而更好。」

在有吉的邀請下，杉江朝室內的廉價沙發坐下。翔來到澤村他們身旁，往電腦螢幕窺望。

「你對電腦也很熟嗎？」翔問道。

「只有對遊戲機比較熟。」澤村答。「所以我才來這裡見習。想對電腦有更深的了解。」

「原來如此。」翔聳了聳肩。

澤村望著螢幕，同時注意聆聽有吉他們的談話。他很想知道，杉江今日是為何前來。

「我今天前來，是有事想拜託您。」杉江突然切入正題。「是關於我們所開發的CYBIRD

SYSTEM。如同您前些日子所見，系統已達到大致的水準。」

「非常不錯。」

「謝謝。不過我還不滿意。還有一大堆問題有待解決。」

「我猜也是。還有很多改良的空間。例如電腦發出訊號的方法。」

「您說得對。老實說，目前使用的方法，準確性低，而且又很花時間。此外還有很多問題。因此，我想請老師助我們一臂之力，所以特地前來。老師您在滑雪跳躍的結構方面，有相當詳盡的研究。我相當佩服。可否請您擔任我們集團的顧問呢？」

澤村為之一驚，不自主地望向他們。有吉似乎也一樣，一時說不出話來。

「真教人吃驚。」有吉說。「您知道我和冰室興產的關係吧？」

「我當然知道。不過，您們並沒有簽訂任何契約。像我這樣的請託，應該不會違反任何約定才對。」

「您說得也沒錯。」有吉一時無言。

澤村心想，還真是諷刺呢。剛才有吉才極力建議田端要開發系統，這當中應該也包含了他個人自身的打算。而此刻，能滿足他研究慾望的條件就擺在眼前。但在此同時，他勢必得背叛田端他們。

杉江繼續熱情地勸進。

「我的夢想，是親手讓日本這個滑雪跳躍王國東山再起。為了這個目標，我必須讓CYBIRD SYSTEM更進一步發展。這不單只是日星的問題，我希望將來有更多日本選手，能輕鬆地變得跟榆井一樣厲害。」

這時，澤村耳邊傳來一陣嘎吱聲。他望向一旁，發現從翔的口中又發出同樣的聲音。他似乎咬牙切齒。

杉江與有吉的對談，當然不會在今天就有結論。「我靜候佳音。」杉江留下這麼一句，就此起身。

「對了，刑警沒再去找您了嗎？」有吉送杉江和翔離去時，如此問道。

「是的，現在沒再來了。警方一度很煩人，一直追問我之前向榆井下達何種指示。」

「這也是沒辦法的事。因為您被毒殺的詭計給利用了。」

「是啊。」語畢，杉江似乎猛然想到什麼。「其實，有件事我一直掛在心上。」

「什麼事？」

「就是在滑雪板背面寫下服藥指示的那件事。有點古怪。因為我和榆井的合作過程中，從未做過藥物相關的測試。這是榆井提出的要求。如果是體力測試，他都會配合，但他除了指導員峰岸給他的藥物外，一概不願服用。」

「哦……這很像榆井會說的話。」澤村也和有吉有同感。榆井對峰岸的忠誠，超乎常人。他不覺得榆井有勇氣背著峰岸服用來路不明的藥物。

「可是，實際上他確實是服了藥，才引發這起事件啊。我也對警方說了這件事，不過，好像不太受重視。」

「我想也是。」

「那我告辭了。」杉江他們就此離去。

當天夜裡，澤村因為某個聲音而醒來。是有人關門的聲音。他豎耳細聽，接著又傳來上鎖的聲音。好像是對面房間。

翔獨自住在對面房間。

——這麼晚了在搞什麼啊？

澤村轉身望向鬧鐘。螢光的鐘盤，顯示現在快要凌晨四點。

——他還鎖上房門，到底想去哪裡？

他腦中率先想到的，是翔可能又要去進行某種特殊訓練。總不會是慢跑、體操之類的吧。

澤村小心翼翼地起身，避免吵醒沉睡中的池浦和日野，朝平時當睡衣穿的運動服外罩上一件防風外套。就此悄悄步出房外。

從滑雪跳躍相關人員住宿的別館，可以直接前往停車場，而不被旅館人員發現。到了停車場一看，日星汽車的廂型車已不在現場。翔果然是搭車離開。

澤村坐上自己隊上的車，插進鑰匙。他毫不猶豫地發動引擎，驅車前進。翔要去的地方，一定是那間實驗室。

——不過話說回來，翔這傢伙自己一個人打算做什麼？

來到日星汽車的工廠，發現後方附近停著滑雪隊的車。澤村也把車停在後面，走下車。後門旁的便門敞開著。看來，從這裡可以輕鬆進出。

工廠內比想像中來得明亮。一路上都亮著燈，每間工廠也都在工作，有不少員工走在路上。與之前星期天晚上潛入時相比迥然不同。

澤村直接朝實驗大樓走去。這一帶沒人工作，所以悄靜無聲。

他走過實驗大樓的走廊，站在實驗室前豎耳細聽。但什麼聲音也聽不見。他握住門把，試著緩緩轉動。門沒鎖。輕輕拉開門，從門縫往內窺望，裡頭亮著燈。

他看到了翔。翔站在電腦前，動也不動。

正當澤村對此感到納悶的時候，翔舉起了手。緊接著下一個瞬間，隨著一聲轟然巨響，飛出無數碎片。

「啊……」澤村叫出聲音來，接著翔又再次高舉雙臂。他手中握有一根鋁棒。他往下一揮，螢幕的映像管就此被敲碎。

但他沒停止攻擊。鋁棒胡砍亂揮，砸毀了主機和控制箱。印刷電路板像餅乾一樣碎裂飛散，數位面板在空中飛舞。

翔將電腦破壞殆盡後，改為走向檔案櫃。接著他同樣使足了勁破壞，從中扯出磁碟片後，一一將它們折彎。

澤村見他把檔案櫃裡的資料堆向垃圾桶，並準備點火，馬上衝了出來。

「住手！」這聲叫喚令翔驚訝地抬起頭來，但是他已經把點燃的火柴丟進垃圾箱裡面。紅火飄搖，資料就此起火燃燒。

「住手！快滅火啊。」

澤村想搶下垃圾桶，但還沒碰到，便先被翔撲倒。他鼓足了勁，澤村就此飛向牆邊。澤村推開翔，拿起放在房內角落的滅火器。翔再次朝他撲過來，他揮動滅火器，擊向翔的腰部。翔的身體就此往滑行坡裝置的方向飛去。

澤村拔開滅火器的插銷，將管子對準火焰處噴發。乾燥的資料十分易燃，雖然好不容易滅火，但完好的資料已所剩不多。

他拋下滅火器，望向翔。只見翔蹲在機械旁，大腿一帶滲出暗紅的鮮血。似乎是被外露的機器零件給割傷。

「翔！」澤村大叫著朝他奔去，但翔張開手掌伸向前。

「別過來！」他說道。「你別管我，讓我一個人靜一靜。」

「翔……」澤村呆立原地。兩人皆沉默無言，實驗室被完全的靜謐所包覆，沒任何聲音傳來。在這寬敞又安靜的實驗室裡，只有澤村、受傷的翔，以及損毀的電腦。

4

澤村前往餐廳，見有吉獨自一人在喝咖啡。有吉也發現了澤村，朝他揮手。澤村坐他對面，點了杯熱可可。

「聽說事情鬧得很大呢。」

「是有一點點。」澤村縮著脖子。「不過，警方的調查倒是很輕鬆。因為翔承認自己所做的一切。」

「說得也是。」有吉喝光杯裡的咖啡後，改伸手拿向玻璃杯。

「老師，你看起來無精打采呢。是因為難得日星前來邀請，但現在一切全泡湯了，感到意志消沉是嗎？」

「我才沒有意志消沉呢，原本就打算拒絕他的邀請。」

「哦，是這樣嗎？看起來不像呢。」

「我沒騙你。我還是比較適合自己一個人研究。當顧問，怎麼看都不合我的個性。」有吉似乎對自己說的話相當滿意，頻頻點頭。

多虧翔破壞了系統，「CYBIRD SYSTEM ELM」就此化為幻影。再也沒人可以成為榆井。

「你今天找我有什麼事？」

「那還用說。當然是向你們教練催促上次那件事啊。杉江先生他們現在這樣，要恢復原樣應該得花上不少工夫。如果我們現在開始做的話，一定能追上他們。啊，說曹操，曹操到。」

望向入口處，田端正帶著池浦和日野走進店內。有吉必恭必敬地行了一禮，邀田端坐向裡頭的座位。田端跟著他走，面露苦笑。池浦和日野坐向澤村這桌。

「翔這個賽季好像無法出賽了。」池浦說。「他大腿的傷相當深。是很可憐，但也算是自作自受。明明就已經確定可以在世界大賽中出賽呢。」

「一想到這裡，就覺得心情很沉重。」翔受傷的事，澤村一直放在心上。

他認為是自己害翔受傷。

「亮太，你不必為此內疚。你這麼做是理所當然的。」

「不過話說回來，」池浦開口說道。「利用電腦來學會技巧，真的辦得到嗎？」

「用普通的方法一定辦不到。」日野說。「得用禁藥讓肌肉變得粗壯，並接受電擊提高反應速度，多方補強，才有那個可能。」

池浦搖著頭，擺出舉手投降的模樣。

這時，飯店的櫃台人員走進餐廳，開始撕下之前貼在牆上的那張紙。內容是詢問上上禮拜六晚上，有誰在訓練館裡掉錢的事。

「之前刑警好像就是為了這件事前來。」池浦向櫃台人員詢問。

「是啊。我原本心想，都這個時候了，這件事重要嗎？結果警方好像是在找尋那天晚上去過訓練館的人。」

「在比賽前一天，沒人會去訓練館。」池浦說。

「一般來說是這樣。」澤村也有同感。

「後來找到了嗎？」日野望著櫃台人員。

「因為已經過了一段時間，不好找。不過，帝國化學的人好像看到有人從訓練館走出。應該就是在那天晚上。」

「結果是誰？」澤村問。

「是榆井先生。」

「榆井？」

「好像無法斷言，不過，也沒其他人承認，所以應該是說得通才對。」
那天晚上，榆井待在訓練館裡。
澤村心想，這到底和整起事件有什麼關聯呢？

5

夕子正坐上醫院的電梯，剛按下樓層按鈕，就有人從身後叫她。轉頭一看，西警察局的刑警佐久間向她點頭打招呼。
「要探望弟弟是嗎？」刑警問。
夕子面向操作面板，點頭應了聲是。
「好香的味道啊。」佐久間望著她手上的水果籃，這次夕子沒有回答。
「我想和您小聊一下，方便嗎？」
「現在……嗎？」
「是的，這樣比較好。」
「請問有什麼事？」
「是關於榆井選手死亡的真相。」
電梯來到五樓，但佐久間馬上又按下關門鈕，接著按向一樓。
「會佔用您一點時間。可以請您稍後再去探望嗎？」

夕子一樣什麼也沒說。

兩人在一樓的咖啡廳裡迎面而坐。

佐久間朝自動販賣機買來的咖啡啜飲一口後說道：「有幾件事，我們還沒弄明白。」

「不是已經知道誰是兇手了嗎？」

「這當然。」佐久間舉出幾點不明白的地方，都和那封寄給警方的告密信有關。

那是誰寫的？為什麼告密者知道兇手是峰岸？

「很不可思議吧？」他詢求夕子的意見。夕子只能回答一句「的確很不可思議」。

「不過，跟據事後調查，我們發現只有一個人有可能知道峰岸的殺人計畫。」

夕子抬起頭來。同一時間，佐久間接著說道：「就是榆井選手。」

「這怎麼可能……」她發出一聲驚呼，但刑警未加以理會，低頭喝著紙杯裡的咖啡。

「峰岸將毒藥藏在飯店的訓練館裡。就放在健身車支撐坐墊的座管裡。有個人發現了它。他不只是發現而已，還試過毒藥的威力，拿野狗實驗。野狗可能是吃了馬上斃命，男子覺得歉疚，在一旁擺上鮮花。那名男子似乎就是榆井選手。」

夕子頓感口乾舌燥。

「不過，若光是這樣，他應該什麼都還不知道才對。可是，裡頭除了毒藥的瓶子外，還藏了其他東西，那就是榆井選手服用的膠囊。聽峰岸說，他將多餘的膠囊和毒藥藏在一起。榆井選手因而產生懷疑，是很理所當然的事。此外還有一個很重要的消息。峰岸說他利用杉江先生與榆井選手間秘密聯絡的方法，給了榆井選手毒藥，可是如果真的是用這個方法，榆井選手應該會起疑才對。」佐久間很仔細地說明他的依據。

「杉江先生絕對不會向他下達服藥的指示。那麼，那會是誰寫的呢？榆井選手一定會將此事和他在訓練館發現的毒藥聯想在一起。不過，不知道他當時是否已發現這是峰岸所為。我認為他可能已經發現。」

「可是，這單純只是你的推理吧？」夕子第一次提出反駁。

「這是當然。不過，他知道有人想取他性命，有證據指出，他當時並沒服毒。」

「證據？」

「就是藥的數量。」佐久間說道。「榆井選手固定一週去拿一次藥。一天服用三顆，所以他拿到藥時，藥袋裡裝有二十一顆藥。那天早上他服下一顆。因此，如果他午餐後沒服藥，改服用峰岸給的毒藥，那藥袋裡一定還剩二十顆維他命。可是，實際裡頭卻只有十九顆。也就是說，他午餐後服下的是維他命。」刑警停下喘口氣，又喝了口咖啡。

「那麼他為什麼會死？帶著峰岸給他的毒藥前往宮之森的榆井，之後到底發生什麼事呢？」刑警在椅子上重新坐好，把臉湊向夕子。

「這個秘密，應該只有您知道。他可能將峰岸的陰謀全部告訴了妳。換言之，寫那封告密信的人，就是您。」

「我……為什麼？」

「因為您希望峰岸早點被捕，整起案件可早日落幕，這樣就能永遠隱藏事件的真相。」

「真相？」夕子如此反問。

佐久間靠在椅子上，搖著頭說道：「很遺憾，我還不知道真相是什麼。我只作了些模糊的想像。根據的是榆井選手服藥後到死亡前的那段時間。他花了三十分鐘之久，比之前認為最多二十分鐘的看法還要長。為什麼會這樣呢？答案只有一個。那就是他真正服毒的時間，是午餐後又過了一段時間。」

刑警嘆了口氣。「不過，這樣的說法無法確定。只要您不肯道出實情的話。」

「雖然你專程來找我，但很遺憾……」夕子站起身。「我不懂你這番話的涵義。」

「我會一直等下去，」刑警說道。「永遠也不會忘記這件事。」

「告辭了。」

夕子低頭行了一禮，快步走出咖啡廳，感覺刑警並未追上前來。夕子再次坐上電梯。

劇烈的心跳仍未平復。她按住胸口，闔上眼睛。

他應該沒有任何證據才對。

那名刑警只是自己在想像罷了。他無法追究我。

電梯抵達五樓後，她走在昏暗的走廊上。敲了敲病房的門，傳來翔的應答聲。

翔在床上坐起身，剛才他正在翻閱時尚雜誌。好久沒看他這樣了。

「媽呢？」夕子問。母親文代應該也來了才對。

「好像出去買東西了。」翔回答。和先前相比，聲音變得相當有精神。

「我買了些水果來。」

「謝謝，我正好肚子餓了。」

「你想吃什麼？」

「蘋果和哈密瓜。」

夕子從水果籃裡面取出這兩樣水果，走向房內角落的流理台。流理台上擺有剛洗好的茶壺和茶碗。應該是文代洗的吧。她應該也覺得放鬆不少才對。

「這都是為了翔。」驀地，耳畔浮現父親的聲音。那已是幾個月前的事了，泰介命夕子去吸引楡井的注意。

「這一點都不難。」泰介說。「我已調查過楡井，他有典型的戀母情結。而且現在身邊沒有女朋友，只要妳巧妙接近他，他一定會上鉤。這份資料妳拿去參考。」泰介交給夕子一份關於楡井母親的資料。夕子說她不想這麼做，但泰介又重複說了一次「這都是為了翔」。

「為了這個目的，翔之前一直接受嚴格的訓練。妳也不想讓他的辛苦白費吧？」

關於那嚴格的訓練內容，夕子很清楚。她和母親文代多次想加以勸阻。人在運動中心醫學沙龍上班的夕子，知道泰介對翔做了各種肉體改造。她翻閱書籍，查詢它所帶來的副作用。書上寫滿令人絕望的內容。

文代哭著央求時，泰介還是重複同樣的話語。「這都是為了翔。」

然而，夕子知道泰介是為了替自己爭一口氣。所以她明白很難加以勸阻。

「爸，如果我成功說服楡井，就能完成你的計畫對不對？」

沒錯，泰介答道。接著他又補上一句「翔的時代將就此到來」。

與文代討論的結果，夕子決定遵照泰介的命令去做。泰介的為人，一旦執行計畫，便不可能半途而廢。夕子心想，如果他的計畫需要楡井明的協助，只要沒達成目的，翔便會一直過著痛苦的日子。

可是，這個想法大錯特錯。她應該全力阻止父親執行這項計畫才對。

誠如泰介所料，楡井很快便向夕子示好。他對夕子展現出天真、撒嬌的模樣，就像個向母親流露孺慕之情的小孩。

接著，她成功讓楡井同意協助泰介的計畫。不過，泰介他們常在無意間透露的CYBIRD SYSTEM，夕子並不知情內容為何。後來告訴她這件事的不是別人，正是楡井。楡井實在稱不上是個善於描述的人，不過，從中可以確定的是，翔正在接受很不人道的特殊訓練。

「那是很厲害的機器，我從來沒有見過。以聲音刺激腦部，讓人學會完美的姿勢。要是姿勢有錯，就會這樣。」楡井誇張地蹙起眉頭，雙手抱頭。

翔因為那異常的訓練而慢慢產生改變，夕子看得一清二楚。以前他沒這麼少言寡語，而且也常面帶微笑。經這麼一提才想到，這幾個月來，夕子都沒看他笑過。

夕子不知如何是好，只好找昔日曾是日星滑雪隊一員的深町商量。他們以前曾有過一段情，但自從深町離開滑雪隊後，兩人就沒再見面了。

「這樣啊。那項計畫終於執行了。」深町露出凝望遠方的神情，接著像是想起什麼痛苦回憶般，不斷搖頭。
「夕子，我現在還沒有資格說些什麼，不過，我勸妳最好想辦法加以阻止。」他坦白說出自己當初被選進日星滑雪隊的原因，以及之後那一整年，宛如白老鼠般的生活。這件事令夕子感到難以置信。
「那種方式有個缺陷。」深町說道。「不，應該說研究得還不夠完善。總之，要是繼續這樣訓練下去，會有危險。」
「這話該怎麼說？」經過夕子詢問，深町提到兩年前在宮樣滑雪大賽中，他們三名選手全都跌倒的事。
「事後我們才知道原因。是因為比賽當天，廣播電台在跳台處放了一台無線對講機，它在比賽途中發出雜音。以高速通過跳台的選手們當然聽不到雜音，就連我們也不記得有聽到聲音。小泉和島野也一樣，但我們三人幾乎都在同樣的時機下失去平衡。我們三人都在無意識下聽見無線對講機的雜音，然後無意識地做出動作。」
夕子感覺全身幾欲就此顫抖。「這有可能嗎？」
「只能這樣推測，雖然杉江教練否認。另外還有一件事，妳知道島野死了嗎？」
夕子頷首。那是最近剛發生的事。
「他從通道上墜落的事，至今仍原因不明。但是我、小泉，以及常和島野討論的冰室興產的日野，都知道原因。島野曾經說過，他的工作是以無線對講機來引導機器。我們猜，有可能是無線對講機發出雜音，因而引發意外。」

「為什麼會這樣？」

「詳情我不清楚。應該是那令人不舒服的聲音使得身體極為敏感，動不動就會產生影響。算是一種發作症狀。」

「發作……」這句話聽起來莫名地陰沉駭人。

「我不知道CYBIRD SYSTEM的真實樣貌到底為何。但基本構造應該一樣，翔絕不能接受那樣的訓練。」深町以嚴肅的表情結束兩人的對談。

夕子心想，我就去看看他們的訓練情況吧。但泰介堅持不讓夕子和文代到現場參觀，於是夕子改向楡井請託。

「既然這樣，只要妳和我早點到實驗室去，然後找個角落躲起來就行了。等練習結束，大家都走了之後，妳再偷偷離開。」夕子想看弟弟練習的心願，楡井沒半點懷疑。

就這樣，夕子目睹那幕光景。

弟弟宛如機器的一部分，是一個被電線所控制的人偶，配合各種機器的運動擺好姿勢，展開跳躍。

每次跳躍，他總會痛苦地慘叫。懸吊在天花板下，全身纏滿電線，雙手抱頭。

「再來一次。」站在電腦前的泰介，彷彿沒聽見兒子的悲鳴般，仍如此下令。接著機器隨著他的暗號而啟動，翔的身軀就此被抬往機器上。

馬達聲響起，翔騰空而上。隨後是慘叫聲、機器停止的聲音、「再來一次」的命令聲。

翔是用來做耐久測試的機器零件，以起重機來回於輸送帶與空中之間。

翔和爸爸都瘋了——夕子躲在機器後方發抖。

文代也早已發現丈夫與兒子的異常行徑。當夕子將他們所進行的瘋狂訓練告訴母親後，兩人決定加以阻止。但泰介根本置若罔聞。就他的立場來說，現在正是展現出訓練成果，最全神投入的時候。

而更令夕子和文代感到悲觀的，是翔的反應。面對父母和姊姊激烈爭吵的畫面，他只是以充滿血絲、不帶半點情感的眼神旁觀。

他瘋了——當時夕子已感覺到了。

就在這時，發生了一起事件。就是宮之森跳台滑雪場的那起命案。

從跳台上滑下的榆井，在夕子面前昏倒。她快步奔向前，扶他坐起身。只見榆井滿臉通紅，呼吸困難。

但當時他並未就此斷氣，他舉起握拳的右手，在夕子前面攤開手掌。

他手中握著一顆膠囊。

「這是毒藥。」他喘息著說道。「峰岸先生想要讓我吞下它。可是我一看就明白，因為只有峰岸先生會這麼做。」

也許是呼吸急促的緣故，榆井的胸口急遽起伏。

「峰岸先生他恨我，因為我騙了他，也難怪他會恨我。」

「所以你吞了毒藥嗎？」夕子如此問道，榆井的表情變得扭曲。其實他在微笑。

「我只舔了一下……」

「舔？」

「這麼一來，峰岸先生，應該，會原諒我吧？」

「榆井……」夕子不懂整件事的始末，她只知道峰岸想取榆井性命。

她本想打電話給飯店，但當時榆井以氣若游絲的聲音說：「我想……喝杯水。」

膠囊從榆井手中掉落，夕子將它拾起。

「水是嗎？我知道了。」夕子留他在原地，前往取水。管理事務所前有水龍頭。一旁備有一個紅色的塑膠杯。

當夕子朝杯裡裝滿水時，有個念頭在她腦中萌芽。

要是榆井就這樣死了的話……

翔的悲鳴和改變、文代的悲戚，登時全都浮現在腦中。要是榆井就此喪命，杉江他們的計畫非中止不可。

一想到這點，夕子便將膠囊裡的藥丟進杯中。然後帶著它返回榆井身邊。

喝完水後，榆井的表情平靜了一會兒。但旋即又呼吸急促，張大著嘴像在喘息一般。接著嘴角垂涎，表情因痛苦扭曲，雙手緊緊按著胸部和腹部。

夕子顫抖著目睹他掙扎的模樣。榆井的雙眼始終注視著她，他應該已經發現自己被心愛的女人所騙。

他嚥氣之後，夕子勉強站起來。雙腳不大聽使喚，感覺從這裡走到管理事務所的路途變得無比遙遠。

那晚，夕子深受罪惡感所苦。還有很多其他方法不是嗎？根本沒必要殺死他。

經歷百般苦惱後，她向母親道出一切，想向警方自首。

文代似乎頗受打擊，但是她旋即重新振作。接著她對夕子說，妳不必自首，我自有打算。後來，文代似乎向警方寄出那封告密信。她滿心以為，只要峰岸被捕，警方就不會找上女兒。

事件的方向一如預料，但意想不到的是，翔那異常的訓練絲毫沒因此減少。泰介對沒能取得新的資料深感遺憾，但他似乎沒有要中止訓練的意思。

但最後卻以意外的形式解決此事。

約莫兩天前，夕子和文代在家裡廚房談這起事件時，突然感覺背後有人。轉頭一看，翔面無表情地站在身後。

不知道翔是否已聽見她們兩人的交談。

夕子她們無法開口詢問。

結果當天晚上，當夕子得知翔破壞了實驗室的消息時，她心想，這就是翔的答案，證明他還保有人性。

猛然回神，夕子已經是淚眼漣漣。夕子拿起手帕偷偷拭淚，不讓翔發現，接著拿起蘋果開始削皮。那是百感交集的淚水。

削完皮時，病房的房門突然開啟。泰介走了進來。他發現夕子在場，露出略顯吃驚的表情。

「妳今天放假嗎？」他問。

「我向公司請假。」

「這樣啊。」泰介似乎對夕子完全不感興趣，他大步走向床邊。

「你的腳狀況怎樣？」他問。

「得再觀察一陣子。」

聽完翔的回答，泰介暗啐一聲。「什麼時候可以開始練習？下個月就能練習了吧？」

「不可能。我現在完全不能動。」

「瞧你講得好像事不關己似的。」泰介朝床腳踢了一腳。「你知道自己幹了什麼事吧？損毀的機器，大可用新的替代，但榆井的資料已經全毀了。現在得趕緊讓你痊癒，儘可能恢復原有的資料。但問題是，在那之前，你的身體不知道還留有多少榆井的技巧。」

翔不發一語望向窗外。從夕子的位置，可以清楚看見他此刻正緊握毛毯。

「真是的。」泰介不悅地說道。「真不知道你在想什麼。你想以此來擺脫特訓嗎？還是藉此表示你對機器的不滿？不管是怎樣，你都太天真了。明明知道沒有它，你根本就達不到榆井的水準。你自己好好冷靜想一想。」

儘管如此，翔還是不打算開口，姿勢也維持不變。泰介朝兒子的側臉瞪視半晌後，再度暗啐一聲，就此轉身。

「參加世界賽的選手名單已經發表了。少了楡井和你，那些沒本事的傢伙可樂著呢。」

泰介走向門邊，握住門把。最後又補上一句。「不中用的東西。」

夕子聽聞此言，頓時腦中一片空白。她朝父親背後喚道：「等一下。」

泰介維持開門的姿勢，就此轉身。

「我有話跟你說。」夕子低頭望著手中緊握的水果刀，如此說道。「是一件很重要的事。」

「下次再說吧，我有急事。」

「你現在不聽，一定會後悔的。」夕子從水果刀上移開目光，抬起頭來，注視著泰介，如此說道。「因為是關於我自首的事。」

「什麼？」泰介為之瞠目。

6

經過一段時間的空白之後，眼前出現的是雪白的地面。那是他熟悉的光景，但是每次都有所不同。總會帶來一些新鮮的體驗。

成功落地滑下後，他發現減速道旁站著一名見過面的男子。對方親切地朝他揮手，澤村也微微抬手回禮，朝他滑近。

「狀況如何啊？」佐久間刑警問。

「還可以啦。今天找我有什麼事嗎？」

「只是順道來看一下。聽說後天你們就要出國比賽了，真令人期待。」

「要是表現能像榆井那樣就好了。」澤村扛著滑雪板，開始朝滑雪纜車走去。

佐久間也跟在一旁。

「日星滑雪隊好像暫時停止一切活動了。」佐久間說。

「是啊。杉江先生突然說要從滑雪跳躍界引退。不清楚到底是什麼原因，我不覺得他這個人會因為翔受傷而一蹶不振。也許是原本在外頭獨居的夕子小姐說要回來住，他轉而想將心思放在家庭吧。」澤村如此說道，但佐久間沒有對此回應。

他改變話題說道：「關於滑雪跳躍，我想拜託你一件事。」

「什麼事？」

「杉江先生之前說的話，我很在意。保有正常人原貌的運動，真的不可能辦到嗎？」

「這是個很深奧的問題啊。大可不必想得那麼複雜吧。」

「如果可以的話，希望你能以正常人的姿態挑戰。生化人對生化人的比賽我根本不想看。」

「哈哈，生化人是吧。」澤村來到滑雪纜車前停步。他改成用手拿滑雪板，單腳跨上階梯，望向佐久間刑警。

「你的話，我會牢記在心。不過，刑警先生。」

「嗯？」

「人類是很弱的。」

澤村留佐久間獨自一人佇立原地，自己坐上纜車。

此刻他根本不想轉頭看那名刑警臉上是何表情，他只是定睛注視上方。

冰室興產今天已決定，從今年起將引進電腦進行訓練。等賽季結束後，便要開始著手準備。

滑雪跳躍界也將就此產生變化。

過去傲視群雄的尼凱寧，最近也陷入苦戰。

欲取而代之的，是瑞典的楊・柏克雷夫。

柏克雷夫以跳脫舊有模式的跳躍方式接連得勝。

那是將雙腳的滑雪板打開，像飛鼠一樣在空中滑行的姿勢。

他的滑雪姿勢博得了「蟹鉗」的綽號。

此種飛行法的效果，至今仍未獲得科學的證明。

澤村沿著白色的跳台而上，選手們陸續往前躍出，飛向遠方的天空。

——我也來模仿柏克雷夫，張開雙腳吧。就像展翅飛翔一樣。

澤村就此想像起自己化身成飛鳥的模樣。

●在本故事登場的個人姓名、團體名稱等，全是虛構，與實際存在的同名稱團體沒任何關聯。此外，筆者在執筆時，北星學園女子短期大學的佐佐木敏助理教授提供我《滑雪跳躍之跳躍動作分析研究》等眾多資料與建議。在此獻上我的感謝之意。

國家圖書館出版品預行編目資料

鳥人計畫/ 東野圭吾著；高詹燦譯. -- 初版. --
臺北市：皇冠, 2012. 01 面；公分. -- (皇冠叢
書;第4181種)(東野圭吾作品集;11)
譯自：鳥人計画
ISBN 978-957-33-2870-4 （平裝）

861.57 100026848

皇冠叢書第4181種
東野圭吾作品集 11

鳥人計畫

鳥人計画

作　　者—東野圭吾
譯　　者—高詹燦
發 行 人—平雲
出版發行—皇冠文化出版有限公司
台北市敦化北路120巷50號
電話◎02-27168888
郵撥帳號◎15261516號
皇冠出版社(香港)有限公司
香港上環文咸東街50號寶恒商業中心
23樓2301-3室
電話◎2529-1778　傳真◎2527-0904
美術設計—王瓊瑤
校　　對—邱薇靜・陳秀雲・江致潔
著作完成日期—1989年
初版一刷日期—2012年1月
初版二刷日期—2018年10月
法律顧問—王惠光律師

讀者服務傳真專線◎02-27150507
電腦編號◎527008
ISBN◎ 978-957-33-2870-4
Printed in Taiwan
本書定價◎新台幣280元/港幣93元